GRAZIGE WEIDEN, VRUCHTBAAR LAND

Van Gerda van Wageningen verschenen bij Mingus:

Na regen komt zonneschijn
De zon blijft altijd schijnen
Wuivende halmen
Gebonden schoven
De laatste strohalm
Als het koren is gerijpt

Bij Bigot & Van Rossum:

Rijpend geluk
Liefde moet groeien
Tussen het onkruid bloeit de liefde
Oogst van geluk
Het warme vuur van het geluk
Laat je door niets verontrusten
Liefdesbloesem
Morgen komt het geluk
Zomer van geluk
Erfenis van de liefde
Nu begint de lente
Geluk in etappes
Liefde zoekt altijd een weg
Liefde verandert alles
Omnibus Rijpend geluk/Liefde moet groeien
Omnibus Zomer van geluk/Het warme vuur van het geluk

Gerda van Wageningen

GRAZIGE WEIDEN VRUCHTBAAR LAND

UITGEVERIJ MINGUS

BAARN

Een briefkaart of telefoontje naar onze uitgeverij is voldoende om u te verzekeren van regelmatige informatie over nieuwe uitgaven uit ons fonds.
Postbus 108, 3740 AC Baarn, tel. 02154-17241

CIP-GEGEVENS KONINKLIJKE BIBLIOTHEEK, DEN HAAG

Wageningen, Gerda van

Grazige weiden, vruchtbaar land / Gerda van Wageningen. –
Baarn : Mingus
Vervolg op: 'Gebonden schoven', 'De laatste strohalm',
'Als het koren is gerijpt'.
ISBN 90-6564-101-7 geb.
UDC 82-31 NUGI 340
Trefw.: romans ; oorspronkelijk.

Omslagontwerp: Reint de Jonge
Copyright © 1987: Gerda van Wageningen
Verspreiding voor België: Standaard Uitgeverij, Antwerpen

PERSONEN

Maesvreugt
Andries van Bressij, boer van Maesvreugt, geboren in 1864, huwt in 1885 Susanne (Sanne) Roodenburg van de hoeve Poelwijck. Kinderen: Susanne (Suus), geb. september 1887; Hendrik, geb. mei 1889; Wilhelmina (Mineke), geb. augustus 1890.

Mastland
Wouter Leeuwestein, boer van Mastland, huwt in 1876 Arendina Flohil. Hun zoon Dirk wordt geboren in april 1880.

Eben Haëzer
Adam den Hartigh, boer van Eben Haëzer, huwt in 1888 Hanneke Moerkerken. Kinderen: Adam, geb. in 1890; Reindert, geb. in 1891; Magda, geb. 1892; een tweeling die na enkele weken sterft, geb. en gest. in 1898.

1

HET HUWELIJKSFEEST
VAN DE KONINGIN

In de kamer was het nog helemaal donker. Een van de meisjes in de bedstee had al een paar maal rusteloos liggen draaien, maar de ander was nog diep in slaap. Tot haar drongen de geluiden van de boerderij nog niet door, al zou dat niet lang meer duren.

Maesvreugt, een grote en statige boerderij even onder het dorp Ammekerk in de Hoeksche Waard, ontwaakte. Nog was alles duister buiten, want het was in het begin van februari.

Om een uur of vijf reeds kon men de eerste geluiden in de stal vernemen, als de vaste knecht en de meid begonnen de koeien te melken. Niet veel later was er dan ook gestommel te horen in het voorhuis, waar de boer en de boerin uit de bedstee kwamen. Als het fornuis in de keuken goed doorbrandde, zou de boerin de kinderen gaan roepen.

Susanne van Bressij, altijd kortweg Suus genoemd, wachtte op haar moeder. Nog even, dan zou het bekende 'Meiden, opstaan, het is half zes' klinken. Ze tilde voorzichtig het blonde hoofd op. Haar blauwe ogen spanden zich in om in het donker te kijken. Behoedzaam schoof ze een beetje naar de bedsteerand toe om haar zusje Mineke niet te storen. Mineke was zo'n slaapkop. 's Avonds was ze niet naar bed te krijgen en de volgende morgen kwam ze er even moeizaam weer uit. Moeder moest haar altijd porren en een beetje op haar brommen, eer Mineke echt wakker was. Bij Suus was dat nooit nodig.

De bedsteedeuren stonden een beetje open, want moeder zei dat het ongezond was om met potdichte bedsteedeuren te slapen, ook al dachten de meeste mensen in de streek daar anders over. Maar Suus vond het wel prettig als ze door de kier de kamer in kon kijken en het vertrouwde getik hoorde van de staande koekoeksklok, die haar vader een tiental jaren geleden had meegebracht toen hij naar Antwerpen was geweest. De klok zong het vertrouwde liedje: tik-tak, tik-tak. Nog even, dan zou om half zes het 'koekoek' zich laten horen, vlak voor moeder kwam.

Suusje rekte zich nog eens behaaglijk uit. Ze was klaarwakker.

Er was iets bijzonders vandaag, maar wat?

Met een ruk zat het meisje rechtop in de bedstee. Natuurlijk! Het was immers feest!

'Mineke, kom nou, word toch eens wakker. Het is feest.'

'Hè...' klonk het en Mineke murmelde er nog wat onverstaanbaars achteraan, draaide zich om en sliep verder.

Ze had het kunnen weten, dacht Suus boos. Ze huiverde in haar nachtpon, nu ze onder de dekens vandaan was gekomen, maar toch was het niet meer zo koud als een paar weken geleden. In januari had het stevig gevroren; er was zelfs drijfijs geweest op de grote rivieren die het eiland omspoelden. De beurtschipper had het zelf aan vader verteld, toen zijn boot vastgevroren lag in de Binnenmaas, het water achter de dijk van Ammekerk. Ze hadden veel plezier gehad met schaatsen, niet alleen op de kreek, maar zelfs op het dichtgevroren grote water.

Doch nu was het water in de lampetkan 's morgens niet langer bevroren, zodat je er met je vuist een gat in moest slaan eer je je 's morgens wassen kon. Dat deed je dan natuurlijk zo snel mogelijk, omdat je huiverde van de kou. Zo een plens water over je gezicht en je armen, dat was wel genoeg. Dan schoot je rillend in je kleren.

Suus zuchtte bij de herinnering en gaf het ondertussen op om Mineke wakker te krijgen. Op moeder bleef ze vandaag ook niet langer wachten. Ze was klaarwakker en ging eruit.

Suus sloeg haar benen over de bedsteerand en zocht razendsnel haar zwarte wollen kousen bij elkaar. Die trok ze altijd aan eer ze haar voeten op de grond zette. De plavuizen waren altijd kil en pal voor de bedstee lag er geen vloerkleed. In de keuken klonk nu het geluid van de zingende theeketel op het brandende fornuis. Ze had honger. Suus trok intussen haar onderrokken aan en haakte die dicht. Toen sloop ze op haar tenen door de donkere kamer naar de lampetkan. Zo geruisloos mogelijk stak ze de petroleumlamp op.

Brr, het water in de kan was wel niet meer bevroren, maar het was toch nog ijskoud. Heel voorzichtig spetterde het meisje haar gezicht nat, waste ze haar handen en haar armen tot de ellebogen en droogde ze zich haastig af. Ziezo. Onwillekeurig bleven haar ogen even dwalen ter hoogte van de gebarsten spiegel, die aan een spijker boven de lampetkan hing. In het halfduister kon ze niet veel onderscheiden, maar eigenlijk wist ze wel wat ze daar zou zien. Blonde haren met slagen erin, keurig bijeengebonden in een lange vlecht die bijna tot aan haar middel reikte. Daaronder de helderblauwe ogen die alle kinderen Van Bressij van hun vader hadden geërfd. Verder had ze een fijngevormd gezichtje, met wat van vader zowel als van moeder erin. Tante Sabine had met Kerstmis nog gezegd dat ze knap was en dat was Suusje niet vergeten. Het was best fijn als mensen je knap vonden.

Nu, niet langer dralen, ijdelheden waren nergens goed voor, zei moeder altijd. Ze schoot haar jurk aan, draaide de lamp weer uit en haastte zich de keuken in om een kopje verse thee te gaan halen.

'Môge,' groette ze, terwijl ze zachtjes de deur achter zich dichttrok. Een haastige blik op de koekoeksklok leerde haar dat het kwart voor zes was. 'U was ons toch niet vergeten, moeder?'

'Natuurlijk niet, kindje. Maar ik dacht zo, omdat het feest is, zal ik de meiden tot zes uur laten liggen.'

'Mineke slaapt nog.'

Dankbaar accepteerde het meisje een kopje thee. 'Ik zou bijna willen dat ik vandaag ook nog naar school mocht.'

'Je bent al dertien en dus oud genoeg om een handje te helpen. Op een grote boerderij is werk genoeg,' antwoordde moeder niet onvriendelijk, maar Grietje, de meid die juist uit de stal kwam, snoof luidruchtig.

'Mineke en Hendrik krijgen straks chocolademelk en krentenbroodjes,' dacht Suusje hardop met verlangen in haar stem. 'Ze krijgen ook een mooi aandenken, omdat de koningin vandaag trouwt.'

'Ik heb gisteren zelf een krentenbrood gebakken,' suste moeder glimlachend. 'Je komt niets tekort.'

'Konden we ook maar naar Den Haag gaan, hè, moeder, om het allemaal zelf te zien.'

'Gewone boerenmensen hebben niets bij een koninklijke bruiloft te zoeken. Het is al mooi genoeg dat er op het dorp feest is, waarmee we ons de hele dag kunnen amuseren.'

'Hoe zou de bruid zich nu voelen?' droomde Suusje weg, terwijl ze een hap van de dikke snee brood nam. Moeder had er gekookt spek op gedaan, heerlijk. Ze schoof haar altijd een snee brood toe over de keukentafel als ze uit bed kwam, wel wetend hoe hongerig haar oudste dan al was. Ze zouden pas om zeven uur ècht eten, als het melken was gedaan.

'Heel gewoon, denk ik. Het is te hopen dat Willemientje van die hertog Hendrik houdt, maar het is nu eenmaal een feit dat ze moet trouwen. Ze is de laatste van de Oranjes, behalve koningin-moeder Emma dan. Er moeten dus kinderen komen, anders sterft het geslacht uit.'

'Zou ze het dan akelig vinden om te moeten trouwen?' schrok Suus.

'Natuurlijk niet,' bond Sanne van Bressij in en ze glimlachte alweer om haar dromerige oudste. Dertien was het meisje alweer en ze droomde tegenwoordig van jongens, trouwen en kinderen krijgen. Dat was op zich niet slecht. Op die leeftijd was dat niet erg, dan mocht je nog wel denken dat later alles rozegeur en maneschijn zou zijn. De harde werkelijkheid zou zich nog snel genoeg aandienen. Het was donderdag, de zevende februari van het jaar 1901, en niet alleen in Ammekerk maakten de mensen zich op voor de grote dag. De kou van de afgelopen tijd was verdwenen, maar die morgen hing er een dikke mist over het land, toen de zon opkwam. Die kon echter voorlopig nog niet door het wolkendek heenkomen. Toch, toen het lichter werd, tooide men overal in het land de huizen en kerken met de nationale driekleur en de oranje wimpel.

Die dag was het met de natuur net als met het leven van de jonge vorstin zelf. De dikke nevel die overal het uitzicht belemmerde, deed denken aan de onzekerheid die het land had bevangen toen na de dood van koning Willem III slechts een klein meisje overbleef als erfgename van de troon. Maar enige tijd later, toen de zon wat hoger boven de huizen was geklommen, begon de nevel op te trekken. Het kleine meisje was volwassen geworden, had de troon aanvaard en zou nu ook een man krijgen. Later op de morgen behaalde de zon uiteindelijk de algehele overwinning op het wolkendek, helder bescheen zij toen de met feestversiering getooide steden en dorpen. Het leek wel of de natuur meejubelde met deze voor het land zo vreugdevolle gebeurtenis. Om acht uur was het reeds te merken dat deze dag verschilde van alle andere. De klokketoren begon te luiden en het door de mist gedempte bim-bam klonk wat iel over de daken, over de akkers en boerderijen en was tot ver buiten het dorp te horen. Het deed alle kinderen zich vol verwachting naar school reppen, waar eerst zou worden gezongen, waarna zij dan later zouden worden getracteerd en een wandbord kregen uitgereikt met de afbeelding van het jonge bruidspaar.

Ook Mineke en Hendrik haastten zich naar school. Met klepperende klompen renden ze de grintweg langs, die evenwijdig aan de kreek liep en naar Ammekerk voerde. Maesvreugt lag een kwartiertje gaans van het dorp. Het tweetal werd gevolgd door Suus, die niet langer jaloers op de kleintjes was, maar zich nu trots en volwassen voelde omdat moeder haar naar het dorp stuurde om koekjes te gaan kopen ter gelegenheid van deze feestdag.

Ze wuifde naar de kleintjes en mengde zich toen met glimmende ogen onder de mensen in de Kerkstraat. Iedereen was na het luiden van de klokken naar buiten gekomen, want de burgemeester ging nu een feestrede uitspreken en daarna zou men gezamenlijk nationale liederen zingen, zoals 'Wien Neerlands bloed door de aad'ren vloeit' en natuurlijk het Wilhelmus.

Later, om tien uur, zou er in de kerk een bijzondere dankdienst worden gehouden en natuurlijk zou het meisje die met haar ouders bezoeken.

Al lang voor de dienst begon stroomde het kerkgebouw vol. Meisjes, ook Suus, droegen op die dag een oranje strik in het haar en de jongens droegen, net als hun vaders, een oranje strikje op hun zwartlakense kerkpakken. Alle boerinnen van Ammekerk hadden hun mooiste sier vòòr de dag gehaald, zodat het in het kerkgebouw bijkans blonk van de glimmende krullen, die vóór de kostbare kanten mutsen op het voorhoofd zaten. Soms hingen bij de oude vrouwen aan die krullen nog krulbellen. De jongeren droegen voor de krullen de mooiste sierspelden op het kant. Voor bijzondere gelegenheden haalde men graag al het moois dat men bezat uit het kabinet. Behalve degenen die in de rouw waren, droegen alle vrouwen hun bloedkoralen of granaten kettingen. Vooral de boeren zagen hun vrouwen graag rijk getooid. Het w as immers de oude en beproefde manier om te laten zien hoe welgesteld je was. Tijdens zulke samenkomsten spiedden moeders van huwbare kinderen dan ook druk rond. Want het was belangrijk dat een zoon of een dochter een goed huwelijk deed in eigen kring. Zelfs dominee leek vandaag bijna vriendelijk. Zijn gewoonlijk zo bleke, ernstige gezicht was nu getooid met een vage blos van vreugde en gloedvol weefde hij een prachtige preek rond de door hem voor deze dag uitgekozen tekst: de achtenveertigste psalm, het tiende vers: 'Wij gedenken, o God, uw goedertierenheid in het midden van uw tempel.'

Het was verschrikkelijk moeilijk om stil te zitten tijdens de langdurige godsdienstoefening. Suusje had daar altijd al moeite mee gehad en ook nu ze ouder werd, kostte het haar moeite om zo lang aan één stuk stil te moeten zitten. Ze begon op de mutsen om haar heen te letten. Vijfblomskant, de eenvoudige batisten muts van vrouw Flohil, die in de rouw was voor haar enige kind, dat aan tyfus was gestorven. Fabriekskant voor arme vrouwen en handgekloste kant voor de boerinnen, zodat het onderscheid duidelijk was. Maar kijk, daar zag ze zowaar een paar vreemde gezichten in de kerk! Wacht eens, dat moest de oudere zuster van vrouw Flohil zijn, met wie moeder ooit nog tegelijkertijd had schoolgegaan, al zat moeder toen in de laagste klas en die vrouw in de hoogste. Moeder had wel eens verteld dat ze heel vroeger nog vriendinnen waren geweest en dat de vrouw nu getrouwd was met een boer uit Westmaas, een dorp dat enkele kilometers voorbij Ammekerk lag. Had ze de meid van de week niet tegen moeder horen zeggen dat vrouw Flohil enige tijd daar ging logeren, tot het ergste verdriet voorbij was? Naast haar zat een jongeman die met kop en schouders boven de andere mensen uitstak. Zijn donkere, lichtgolvende haar glansde in het lamplicht. Die kende ze ook niet. Ze moest moeder straks eens vragen wie dat was. Verder dwaalden Suusjes ogen weer, langs alle bekende punten waar ze gedurende elke kerkdienst naar keek om de tijd door te komen. De dienst liep eindelijk naar het einde en met een blij gevoel zong het meisje, staande, het Wilhelmus mee met de verzamelde gemeente. Direct daarna begon de kerk leeg te lopen.

Buiten verheugden de mensen zich in de doorgebroken zon en terwijl de boeren hun paarden voor het gerij spanden en de mensen overal samengroepten om nog wat na te praten, trok Suus haar moeder aan haar mouw. 'Moe, wie is dát?'

Moeder fronste haar wenkbrauwen. 'Die jongen zal de zoon van Arendina Leeuwestein zijn, kind. Ze zijn hier om vrouw Flohil op te halen. Maar bemoei je niet te veel met die mensen. Er wordt tegenwoordig zoveel over mijn vroegere vriendinnetje gekletst. Ze schijnt soms rare dingen te doen.'

Nu wist ze nog niets, dacht Suus teleurgesteld. Men praatte zoveel in kleine dorpen als Ammekerk. Het was dom om naar dergelijk geklets te luisteren, dat zei moeder altijd zelf. Waarom deed ze er dan nu aan mee? Suus vond dat je soms niets van volwassen mensen begreep.

Vader hield zich bezig met de tilbury. Natuurlijk was de afstand van Maesvreugt best te lopen – als het lekker weer was liepen ze bijna altijd – maar op hoogtijdagen reed vader altijd de tilbury. Om de stand op te houden, zei hij dan. Gek, vader lachte veel en kon met iedereen overweg, zelfs met de knechten maakte hij graag grapjes. Ze vond dat haar vader het helemaal niet nodig had om indruk te maken met de tilbury. Vader was vader, en dat was toch wel genoeg? Was Maesvreugt niet een van de grootste boerderijen van Ammekerk? Dat wist immers iedereen?

Nu moest je moeder eens zien, hoor. Stond ze warempel gewoon met die vreemde vrouw te praten, omdat ze ooit samen op school hadden gezeten. Waarom moest ze Suus dan waarschuwen?

Aarzelend ging Suus naar haar toe. Net toen ze voorzichtig achter moeders rug vandaan kwam, zag ze de vreemde jongeman weer. Verschrikt wilde ze weer terugkruipen achter die vertrouwde rug. Ze was niet echt verlegen, maar altijd een beetje bang van vreemdelingen.

'Kom, kom, is dat nu je dochter, Sanne?' lachte de vreemde vrouw tegen moeder.

'Ja, dit is mijn oudste. Ze wordt al een hele jongedame, nietwaar? Kom Suus, geef vrouw Leeuwestein eens een hand.'

Suus deed braaf wat er van haar werd verwacht en verwonderde zich in stilte over haar moeder, die nu ineens zo aardig deed, terwijl ze haar eerst had gewaarschuwd voor deze vrouw.

'En is dat nu jouw Dirk?' Moeder keek op naar de donkere jongeman, die bijna een hoofd boven hen uitstak.

'Dirk belooft de sterkste man van het dorp te worden,' antwoordde zijn moeder met onmiskenbare trots. 'En dat is maar goed ook, want hij is mijn enig kind. Ik had er graag meer gekregen, Sanne. Dirk wordt twintig, binnenkort.'

Suusjes strik was afgezakt. Voorzichtig probeerde ze de strik los te trekken terwijl moeder en de vreemde vrouw verder praatten, maar de speld zat vast en er zaten een paar haren tussen.

Toen Suus met een rukje de strik uit haar haar wilde halen, deed ze zichzelf zo'n pijn dat ze onwillekeurig 'au' riep.

De beide vrouwen letten er niet op, maar die vervelende Dirk Leeuwestein lachte spottend, waarbij zijn donkere, bruine ogen Suus minachtend aankeken.

Woedend werd ze! Spontaan stak ze haar tong tegen hem uit, nadrukkelijk en duidelijk, maar er wel voor zorgend dat ze veilig half achter haar moeders rug bleef, zodat de volwassenen het niet konden zien.

De jongeman lachte nog harder en Suus keerde zich om, om niet langer naar dat vervelende, verwaande gezicht te moeten kijken.

Zo, zo, de enige zoon van zo'n rijke boer, rijker misschien nog wel dan haar vader, die voelde zich nogal wat. Bah, zulke mensen kon ze niet uitstaan. En zeker niet als ze haar ook nog eens uitlachten!

Die middag om twee uur begonnen de volksspelen. Suusje, dertien, was voor één keer weer kind met de kinderen. De laatste keer wellicht, peinsde haar moeder, die vanaf een afstandje de verrichtingen van haar kinderen volgde.

Sanne van Bressij begon gezet te worden, nu ze al jarenlang als een welvarende boerin op Maesvreugt woonde. De eerste jeugd was verdwenen, Dries en zij hadden zo langzamerhand de middelbare leeftijd bereikt, maar nooit vond ze dat erg.

Na de moeizame start van hun huwelijk was tenslotte alles nog terechtgekomen en vonden ze liefde en steun bij elkaar. Ze hadden veel verdriet gekend en ook was de grootste hartstocht van de eerste tijd langzamerhand tot rust gekomen, maar daarvoor in de plaats was een ander soort geluk gekomen, een rustig geluk en een weten dat ze altijd op elkaar konden rekenen. Dit soort geluk was, naar ze dacht, misschien nog wel mooier dan de hartstochtelijke liefde van de jonge jaren.

Ze glimlachte, nu Suus met een hoogrode kleur van opwinding haar prijs kwam afleveren, bemachtigd bij het koekhappen.

'Heb je plezier, meisje?'

'O ja, moeder. Mag ik vanavond nog naar de verlichting gaan kijken?'

'Natuurlijk. We lopen na het avondeten nog even met zijn allen naar het dorp en we zullen zelf ook vetpotjes voor de ramen zetten, zodat ook Maesvreugt aan de illuminatie meedoet. Goed?'

'O heerlijk, heerlijk.' Ze huppelde weg, weer helemaal kind. Nog éven kind. Gauw genoeg zou ze volwassen zijn en zou de ernst van het leven toeslaan.

De statige boerin richtte nu haar blik op de andere kinderen. Mineke deed haar uiterste best bij het zakkenlopen en Hendrik, die dondersteen, wilde warempel zijn geluk proberen bij het mastklimmen. Zijn hele goed zou straks onder de groene zeep zitten, waarmee de mast was ingesmeerd om de omstanders het plezier te bereiden dat iedereen van deze spelletjes verwachtte. Nu ja, de meid zou de kleren morgen weer in orde maken. Het belangrijkste was dat de kinderen zich op een dag als deze amuseerden. Zoveel hoogtijdagen kende het eenvoudige boerenleven uiteindelijk niet. Meestal was het heel gewoon hard werken. Vooral in de doorgaans zo eentonige winterdagen was een feestelijke gelegenheid een mooie afleiding en een reden te over de sleur eens te vergeten.

Dries van Bressij kwam eindelijk bij de herberg vandaan, waar hij met andere mannen had staan praten en ondertussen van de oranjebitter had geproefd.

'Zo, was het gezellig?' glimlachte zijn vrouw.

'Zeker,' antwoordde Dries goedgehumeurd, waarna Sanne hem vertelde van haar belofte aan de kinderen.

Die avond vormde het hoogtepunt van de feestelijkheden. De vlaggen waren na zonsondergang binnengehaald, maar nu brandden voor de ramen van bijna alle huizen de vetglaasjes, wat het dorp een prachtig aanzicht gaf. De ereboog onderaan de dijk, met het opschrift 'Hulde aan het Koninklijk Paar' werd door fakkels verlicht en daar in de buurt begon het fanfarecorps 'Semper Crescendo' zich te verzamelen.

In de optocht zouden eveneens brandende fakkels worden meegedragen. De kinderen bedelden al om te mogen meelopen in de optocht en Dries knikte goedmoedig. 'Ja, hoor, als jullie morgenavond dan maar een uurtje eerder naar bed gaan, omdat het vanavond wel heel laat wordt.'

'Ja, vader, natuurlijk,' beloofden ze alledrie grif.

De eerste tonen klonken op, de kinderen werden ongeduldig. De straten waren nu vol mensen, maar de vrolijke muziek overstemde het drukke stemmenrumoer. De fanfare speelde enkele nummers en daarna begon de optocht door de straten, de muziek voorop en de mensen er achteraan.

Hier en daar werd Bengaals vuur ontstoken, wat iedere keer weer een kreet van bewondering aan de mensenmassa ontlokte. Heel Ammekerk was die avond op de been.

De kinderen waren moe, na de rondgang door het dorp, maar nu waren de feestelijkheden toch echt tot een einde gekomen. De notabelen maakten zich op om het slot bij te wonen in het zaaltje achter de herberg. Daar zou de toneelvereniging 'Onder ons en eensgezind' nu een klucht gaan opvoeren, waarna er een volksbal zou zijn. Aan dat laatste zou natuurlijk lang niet iedereen mee-doen, want volgens velen was dansen een zonde die strijdig was met het strenge geloof dat in deze streken werd beleden. Amme-kerk lag zo'n beetje op de grens. Wat westelijker in de streek werd men steeds strenger, tot men in de dorpen Zuid-Beijerland en Goudswaard kwam, waar men zo streng was dat zelfs lachen er verboden was. Althans dat beweerden enkele grapjassen uit an-dere dorpen.

De meeste mensen in Ammekerk dachten er toch iets anders over en bewandelden de gulden middenweg. Dominee had niet te kennen gegeven dat het bezwaarlijk was om de klucht en het dansfeest bij te wonen. Waarlijk, er moest wel een heel bijzonde-re gelegenheid zijn, wilde men in Ammekerk kunnen dansen!

Desondanks was voor veel mensen nu het feest voorbij. Ook de familie Van Bressij trok op huis aan. De kinderen waren moe en moesten naar bed. En morgen zou weer gewoon het dagelijkse werk wachten. Een grote boerderij gaf altijd veel werk. Werk, dat bleef liggen als er feestelijkheden waren. Werk ook, dat niet wachten kon, omdat de beesten gevoerd moesten worden, de stal-len uitgemest en de koeien gemolken. Ook in de armste gezinnen van het dorp was het feest nu wel voorbij, maar ook daar was blijdschap. Moeders vooral waren verguld met de gaven van de bedeling ter ere van het koninklijke huwelijk. Deze gezinnen wa-ren bedeeld met vlees en krentenbrood en niemand ervoer het als een schande. Men was slechts blij met het extraatje.

De straten in het dorp begonnen rustig te worden. De stilte en de duisternis waren weer langzaamaan teruggekeerd.

2

DE BELIJDENIS

Om bom bellen,
vier bestellen,
vier beschuit,
jij bent er eerlijk uit.
En wie het laatste stukje heeft,
die is vrij
van de hazeloterij
ei, ei, ei,
en dat ben eerlijk jij.

Minekes stemmetje schalde over het erf, terwijl ze het aftelversje zong. Suus stond achter het keukenraam en keek naar de kinderen. Ze zuchtte licht. Mineke was nu vijftien en bleef zo kinderlijk! Moeder had helemaal geen hulp aan haar. Al het werk kwam neer op haarzelf en de meid, en natuurlijk ook op moeder. Mineke bezocht de naaischool in het dorp, maar daar was ze net zo zorgeloos als thuis. Doorgaans wist ze zelfs de eenvoudigste naaiwerkjes nog naar Suus door te schuiven. Zelf vond Suus dat het al eeuwen geleden leek, sinds ze zelf zo kinderlijk was geweest. Achttien was ze nu, in september geworden. Over een week, op Palmzondag, zou ze in de kerk haar belijdenis afleggen. Ze zou dan ook voor het eerst haar nieuwe krullemuts mogen dragen. Het was de gewoonte dat meisjes in de dracht gingen bij het afleggen van de belijdenis.

Gedurende de hele winter had ze de lange, saaie lessen van dominee bij moeten wonen. Soms leek het net alsof de cathechisatie al een soort belijdenis was. Maar na volgende week zou ze, als echte volwassene, aan het Avondmaal deel mogen nemen en iedereen vond dat een belangrijke mijlpaal in haar leven.

Suus zelf was daar allemaal niet zo zeker van. Wat had het doen van belijdenis nu nog te maken met een vrije keus? Het werd immers gewoon van je verwacht? Het zou me nogal een opschudding geven in heel Ammekerk, als ze te kennen zou geven dat ze liever geen belijdenis deed omdat ze nog niet geheel zeker was van haar zaak. Omdat ze zo vaak boordevol twijfels zat, ook over het geloof. Suus was van mening dat de meesten van haar leeftijdgenoten hun jawoord aan de kerk lichtvaardig gaven, gewoon omdat het zo hoorde. Ze dachten er verder nauwelijks over na. Maar als je, zoals Suus, de mensen nauwkeurig opnam, dan kwam het je vaak voor alsof het leven heel iets anders leerde dan de kerk.

Ja, van die vragen kon ze tegenwoordig wakker liggen. Toch zou ze, gewoon omdat het van haar werd verwacht, braaf haar belijdenis doen. Ondanks alle innerlijke twijfels kon ze het niet over haar hart verkrijgen vader en moeder te schande te maken voor het front van heel de aanwezige gemeente. Ze zou, net als de andere achttienjarigen, voor de gemeente staan met haar nieuwe bijbeltje, dat een fijn gouden slotje had. Ze zou zich met een glimlach op haar gezicht door de gemeente laten toezingen en uiterlijk rustig haar jawoord geven op de door dominee gestelde vragen. Niemand zou iets van haar twijfel bemerken. Ze zou...

Ach, volwassen worden was helemaal niet leuk. Het leek wel alsof er geen plaats meer was voor onbezorgde vrolijkheid. Ze moesten altijd maar werken en nog eens werken. Zeker nu moeder nog niet helemaal de oude was.

Na vele jaren was Sanne van Bressij opnieuw zwanger geraakt, terwijl ze daar helemaal niet meer op gerekend had. Het gebeurde wel vaker, dat vrouwen ineens nog een nakomertje kregen als ze de overgang naderden. Suus wist dat moeder zich op het nieuwe kindje had verheugd. Maar eind januari had ze het zevenmaandskindje onverwacht verloren en nu was ze nog steeds niet over de slag heen.

Suus draaide voor veel extra werk op dat moeder nu niet kon doen. Er was sprake van geweest om Mineke van de naaischool af te halen, maar daar had ze zelf snel een stokje voor gestoken. Haar zusje moest haar lessen maar liever afmaken. Gelukkig had vader er net zo over gedacht. Suus had trouwens al lang ontdekt dat ze in haar eentje veel meer werk verzette, dan wanneer ze door haar jongere zusje werd 'geholpen'.

Suus draaide zich eindelijk van het raam af en glimlachte naar haar moeder, die aan de grote keukentafel zat met een breikous. Moeder deed tegenwoordig veel van die rustige karweitjes.

Suus hield van dit vertrek. Ze vond het de gezelligste kamer van

Maesvreugt. Het water op het fornuis begon al te zingen. 'Ziezo, ik zal zo langzamerhand eens haast gaan maken met de koffie. Vader zal zometeen wel thuiskomen, denkt u ook niet?'

'Beslist. Ik krijg zelf ook trek. Het is waterkoud, we krijgen vast regen. De koffie zal ons weer warm maken, Suusje.'

'Toe nou, moeder.'

'Och, ja, ik vergeet steeds dat mijn oudste dochter nu volwassen is.'

'Vader vergeet dat niet. Hij wil dat ik trouw.' Ze hield zich bezig met de koffie en keek tersluiks naar haar moeder. Sanne van Bressij keek op en liet eindelijk de breikous in haar schoot rusten. 'Trouwen? Nu al?'

'Ik ben achttien, moeder. Hij zegt dat Dirk Leeuwestein om mijn hand heeft gevraagd.'

'Ja, ja, dat weet ik, dat heeft Dries me wel verteld, maar ik heb het niet zo ernstig opgenomen. In mijn ogen ben je nog altijd mijn kleine meid. Maar ik denk dat het alle moeders zo vergaat met hun oudste. Zeg me eens, kindje, wat vind je daar eigenlijk zelf van?'

'Moeder, ik kén hem niet eens.'

'Jawel, je ziet ze zo nu en dan in Ammekerk en je weet dat ik heel lang geleden wel met zijn moeder omging. Je moet maar niet over de praatjes vallen die men over hen vertelt.'

'Over vrouw Leeuwestein dan. Ze zeggen dat ze kan heksen.'

'Kom, kom,' suste Sanne, die gemakshalve vergat dat ze altijd best geïnteresseerd was in dorpsroddel. Ook al deed ze er zelf niet aan mee, tenminste, dat probeerde ze. 'Je weet best dat Dirk een knappe vent is om te zien.'

'O ja? Die enkele maal dat je zulke mensen in het voorbijgaan ziet? Zijn moeder zal in de kerk wel hebben zitten gluren naar uw mooie mutsen en rijke sieraden.'

'Suus! Je bent een van de aardigste meisjes van het dorp. De vrijers lopen al sinds je vijftiende achter je aan.' Moeder Sanne moest zelfs een beetje lachen bij de herinnering.

'Nu ja,' bloosde Suus, verlegen ineens, 'ze kijken wel naar me, maar u weet dat ik nog nooit met iemand ben omgegaan.'

'Het zou anders helemaal geen kwaad kunnen. Je hebt de leeftijd. En die Dirk is vast heel gek op je.'

'Of hij is gek op Maesvreugt,' antwoordde Suus van Bressij met ongewone ernst.

'Wijsneus. Welnee, het is die aardige toet van je, ik weet het zeker.'

'Zo'n jongeman vergeet heus de hoeve niet, leuke toet of niet.'

'Nu ja, en wat dan nog? Hij is enig kind en de boerderij van zijn vader is nog groter dan Maesvreugt. Dirk Leeuwestein zou een zeer geschikte echtgenoot voor je zijn. Hij is een paar jaar ouder dan jij, midden twintig, en het is een boom van een kerel. Alle mannen in de streek hebben respect voor hem, niet alleen in Westmaas, maar zelfs tot hier in Ammekerk toe.'

'Maar daarom wil ik nog niet met hem trouwen.'

'Dat hoeft ook niet. Je zou Dirk eens wat vaker kunnen zien. Een stukje met hem oplopen langs de kreek. Wat praten, zodat je elkaar leert kennen. Vind je hem dan zo onsympathiek dat je hem niet eens een kans wilt geven?'

'Willen jullie nu eigenlijk dat ik een goede partij doe, of dat ik uit liefde trouw en gelukkig word?' zuchtte Suus, terwijl ze de koffie inschonk.

'Beide,' glimlachte Sanne, maar haar ogen lachten niet mee. Voor een boer telde de hoeve zwaarder, wist ze. Dries had haar indertijd ook niet uit liefde getrouwd, al dankte ze God nog elke dag dat ze later zijn liefde wel had weten te winnen. Maar of hij zijn dochters een partij beneden hun stand zou laten doen, alleen omwille van gevoelens? Daaraan twijfelde ze toch ten zeerste.

Hij was nogal verguld met de belangstelling van de rijke boerenzoon voor hun oudste dochter. Ook Sanne moest ervan zuchten. Ze zou er heel wat voor over hebben om te voorkomen dat er tweedracht kwam op Maesvreugt. Het leven was zo rustig voorbijgegleden, deze laatste jaren. Ze wilde geen moeilijkheden. Ze was gelukkig met haar gezin. Sanne wilde niets liever dan dat zo houden.

'Moeder,' drong het meisje aan. 'U zou toch niet willen dat ik ongelukkig werd?'

'Nee, nee, dat niet. Maar waarom wil je Dirk geen kans geven? Dat zou je vader veel plezier doen.'

'Ik heb een hekel aan hem.'

'En je zegt net dat je hem nauwelijks kent.' Sanne was oprecht verbaasd.

'Ik herinner me hem van een vijftal jaren geleden. Toen deed hij heel vervelend tegen me en heb ik eens mijn tong naar hem uitgestoken.' Suus grinnikte ineens, toen ze aan het voorval terugdacht. Het was al zo lang geleden. Ze was toen nog echt een kind geweest. Het voornaamste dat ze zich ervan herinnerde was, dat hun moeders voor de kerk hadden staan praten. Vanaf dat moment had ze altijd een hekel aan die grote, donkere kerel gehad.

Er klonk geratel op het grint en de beide vrouwen in de grote boerenkeuken keken op. 'Vader.'

'Pak maar vast een koffiekom voor je vader. Hij zal wel meteen een bakje willen hebben.'

'Dat denk ik ook, ja.'

Dries van Bressij vulde het hele vertrek met zijn aanwezigheid. Zijn opgewekte lach schalde over het erf, toen hij Mineke en Hendrik begroette en even later hoorden de twee vrouwen in het keukenvertrek hoe hij zijn klompen uitschopte. Bijna meteen stond hij binnen.

'Ha, vrouwtjes van me. Ik ruik de koffie al. Heerlijk.'

Dries was nog maar weinig veranderd sinds zijn jonge jaren. Weliswaar was zijn dikke blonde haar aan de slapen vergrijsd en had zijn gezicht zo hier en daar groeven gekregen, vooral om zijn ogen, maar zelf zei hij altijd dat dat van het lachen kwam. Alle kinderen van Ammekerk waren dol op hem. Hij had altijd polkabrokken in zijn broekzakken en was niet te gierig om ze met griffe hand uit te delen. Nu kuste hij opgewekt zijn vrouw.

'Je raadt nooit wat ik heb gezien,' grinnikte hij goedgehumeurd. Hij keerde altijd opgewekt van dergelijke uitstapjes terug.

'Nou?' Alle gezichten in de keuken keken hem verwachtingsvol aan. Ook de kinderen waren intussen binnengekomen. Suus was al bezig om chocolademelk voor hen te maken, al dacht ze in stilte dat Mineke dat best zelf had kunnen doen. Ze scheelden niet eens zoveel!

'Een automobiel,' zei Dries en hij genoot van de verblufte gezichten.

'Je bent toch niet naar de stad geweest?' vroeg moeder wantrouwend. 'Hier in de streek rijden geen auto's.'

'Tegenwoordig wel.' Dries genoot. 'Er is nu een heuse automobiel in Oud-Beijerland en alle kerels lopen te hoop als het vehikel voorbijrijdt. Ik heb het zelf gezien. Moeders durven hun kinderen nauwelijks nog op straat te laten spelen, want zo'n gevaarte heeft een ongehoorde snelheid. Vooral buiten het dorp kan zo'n ding wel 35, soms wel 40 kilometer per uur rijden. Gezond kan het nooit wezen, als het zo snel gaat. Ze zeggen dat dan de lucht uit je longen wordt gedrukt.'

'Ik zou mijn hart ook vasthouden als er zo'n gevaarte in Amme-kerk rondreed,' vond Sanne resoluut, terwijl ze eindelijk haar breikous weer oppakte.

'Ja, ja, de nieuwe tijd doet overal zijn intree. Ook hier. We hebben nu al een stoomtram op het eiland, en een automobiel, er is een boterfabriek gekomen zodat we niet meer, zoals vroeger, zelf hoeven te karnen. Sommige mensen hebben zelfs een tele-foon. Dat is een ding waarmee je kunt praten met iemand die zelfs in een ander dorp is.'

'Tjonge, jonge, is het waar?' Weer vergat moeder haar brei-kous van pure verbazing.

'Allemaal wonderen van deze tijd, vrouw. Als mijn grootvader nog leefde zou hij zijn ogen niet geloven, vandaag de dag.'

'Kun je nagaan, wat wij allemaal nog voor nieuwigheden zullen zien, eer wij oud zijn.' Sanne lachte, maar wel een beetje angstig.

'Ja, vrouw, veel goeds en ongetwijfeld ook veel dat de uitvin-ders niet hadden kunnen bedenken. Een mens staat in deze nieu-we eeuw doorlopend voor verrassingen.'

Ze praatten gezellig nog een uurtje na in de grote keuken, eer vader naar buiten liep om naar het werk te kijken. Hendrik liep met hem mee. Hij beloofde een flinke kerel te worden, op wie Dries trots kon zijn. Gelukkig maar, want het had hem altijd ver-droten dat hij maar één jongen had. Een enkele opvolger was een angstig bezit, dat je al te gemakkelijk verliezen kon.

In de keuken begonnen de vrouwen de tafel te dekken en voor het avondeten te zorgen. Maar Suus bleef stiller dan gewoonlijk. Al was ze blij, dat het niemand op scheen te vallen. Ze had wel graag een vriendin gehad, met wie ze eens had kunnen praten. Emma, haar nichtje van ongeveer dezelfde leeftijd, woonde hele-maal in Maasdam en dat was te ver weg om echt vriendschap te sluiten. De kinderen van tante Hanneke en oom Adam waren nog te jong. De oudste waren jongens, echte plaaggeesten, maar Magda was zelfs nog iets jonger dan Mineke. Nee, als ze zorgen had zou ze het alleen moeten klaren. Het huwelijk met Dirk Leeuwestein, dat vader zo graag wilde, daarover kon ze zelfs met moeder niet meer praten.

Palmzondag beloofde een stralende dag te worden. Suus zag het al toen ze de keuken in kwam, waar moeder juist het zelfgebakken krentenbrood aansneed.

'Ben je al wakker, meisje? Hier, neem maar vast een plak ter ere van deze grote dag. Het is een feestelijke aangelegenheid voor ons, en voor jou een van de belangrijkste dagen van je leven, nietwaar?'

Suus vond het wel prettig om zich een beetje te laten verwennen. Later stak ze zich in haar allerbeste kleren en hielp moeder haar met het opzetten van de keuvel of krullemuts, zoals de kanten muts van de streekdracht werd genoemd. De sieraden die ze vandaag droeg had ze voor het grootste gedeelte geërfd. Het dubbele snoer granaten met het gouden tonslot was van haar grootmoeder geweest, en de mooie mutsspelden waren ooit door tante Susanne nagelaten aan haar naamgenote op Maesvreugt. Vader had wel nieuwe gouden krullen voor haar gekocht, met dertien windingen, want het aantal windingen èn de dikte van het goud lieten je welstand blijken. De mooie kant was ook heel duur geweest. Want al begon de streekdracht langzamerhand te verdwijnen, op zondagen en hoogtijdagen tooiden de boerinnen uit de streek zich nog graag met de mooie kanten mutsen en vader zei dat het geld voor een dure muts goed besteed was als je bedacht dat zo'n keuvel minstens vijfentwintig jaar mee kon.

Vanwege de belangrijke aangelegenheid reed de familie die dag met de tilbury naar de kerk. Na de dienst zouden tante Hanneke en oom Adam mee naar Maesvreugt gaan om koffie te drinken. Het zou een drukke dag worden, want ook tante Sabina uit Maasdam werd nog wel verwacht. Maar al die drukte was goed, dacht Suus. Als je het druk had hoefde je niet te piekeren.

Suus zag een beetje bleek en voelde zich erg gespannen, toen ze naar de kerk reden. De onrust kwam voor een gedeelte voort uit het feit dat ze niet met hart en ziel achter het jawoord stond, dat ze straks in de kerk zou geven. Natuurlijk geloofde ze wel en met veel dingen die ze van dominee had geleerd was ze het wel eens, maar er bleven zoveel vragen onbeantwoord. Ze wist dat ze haar belijdenis voornamelijk aflegde, omdat dit nu eenmaal van haar werd verwacht. Ze wilde en kon haar ouders niet te schande maken. Zou ze daarom zo tegen de dienst opzien?

Het was al erg druk bij de kerk. Verschillende rijtuigen stonden al in de Kerkstraat en mensen groepten hier en daar samen om de laatste nieuwtjes te bespreken. Suus wilde maar dat alles vast achter de rug zou zijn.

Met neergeslagen ogen ging ze op haar plaats zitten, samen met de andere jongelui die vandaag getuigenis van hun geloof zouden afleggen. Duidelijk zichtbaar voor iedereen. Ze voelde hoe de gemeenteleden ook naar háár keken. Hoe haar sier aan een kritisch onderzoek werd onderworpen. De dikte van het goud geschat en de windingen van de krullen geteld. Vanaf vandaag werd ze immers als volwassen beschouwd. Nu zouden ook anderen dan vader over een huwelijk gaan denken. Er waren meer boerenzoons die haar vrijer wilden zijn, ze wist het al te goed. Ze was niet lelijk, verre van dat. Dat had ze in de afgelopen jaren door gekregen. En dan was er altijd Maesvreugt op de achtergrond, een van de mooiste boerderijen van het dorp.

Suus zuchtte en vatte eindelijk zoveel moed dat ze durfde op te kijken. Waarom was ze toch zo angstig? Dat was toch nergens voor nodig? Ze was jong en gezond, goedbeschouwd was dit de beste tijd van haar leven. Die mocht ze niet verdoen door aldoor te gaan zitten kniezen... Eindelijk keek ze de kerk rond en blikte ze even later recht in een paar donkere ogen, die haar over alle hoofden heen strak aanstaarden.

Blozend sloeg ze de hare weer neer. Dirk Leeuwestein, de vrijer aan wie vader haar zo graag zou uithuwelijken. Wat deed hij vandaag in de kerk? Nu voelde ze zich nog rustelozer dan eerst. Waarom?

Was hij werkelijk alleen maar op bezoek bij zijn tante? Uitgerekend vandaag? Ze kon het niet geloven.

De dienst begon en Suus had de grootste moeite om er haar aandacht bij te houden. Meerdere malen dwaalden haar ogen af, dat ging gewoon vanzelf. Ze ontmoette dan steeds Dirks donkere ogen, waarna ze de hare verlegen en met een rode blos op de wangen afwendde.

Hij was ook zo lang, hij stak boven iedereen uit. Als hij zo naar haar bleef kijken, zouden de praatjes al beginnen nog voor ze de kerk uit was.

O, ze schaamde zich. Ze hield niet van die man, ze kende hem amper. Waarom was hij naar haar vader gegaan? Hij had beter naar háár kunnen komen, dan had ze hem meteen zelf kunnen vertellen dat hij geen hoop hoefde te koesteren. Ze was immers nog veel te jong om te trouwen? Ze wilde niet uit Ammekerk weg. Ze wilde Maesvreugt ook niet verruilen voor een andere boerderij, hoe mooi die ook was. Maesvreugt, waar ze elke vierkante centimeter kende. Daarbij kon geen enkele andere hoeve het halen. Ze zou zich op een andere boerderij nooit thuis voelen!

Met de grootste moeite bepaalde ze haar aandacht weer bij de dienst. Dominee stelde nu zijn vragen en ze was bijna aan de beurt om haar jawoord te geven. Haar hart klopte in haar keel. Haar stem klonk zacht en bedeesd in de stilte van de kerk. Suus staarde naar een punt onder dominees gezicht, ze durfde haar ogen niet op te slaan en hem aan te kijken. Zou hij weten, dat ze dit jawoord huichelde? Dat het niet van harte werd gegeven? Dominee had zulke priemende ogen in zijn strenge, altijd bleke gezicht. Suus voelde zich verre van gemakkelijk. Nu mocht ze dan deelnemen aan het Avondmaal, maar dat zou ze niet doen. Er waren meer gemeenteleden die daar niet aan deelnamen, omdat ze zichzelf zondig achtten. Soms waren dat de meest hoogstaande mensen die ze kende, maar wat voor de een een zware zonde was, daar stapte een ander kennelijk gemakkelijk overheen. Ze kende heel wat mensen in Ammekerk die als eerste deelnamen aan het Avondmaal en tegelijkertijd hun personeel uitbuitten. Een paar van die boeren waren zelfs kerkeraadslid. Suus schudde even met haar hoofd. 'Oordeelt niet opdat Gij niet veroordeeld worde', flitste het door haar heen. Was er wel één gezegde uit de bijbel dat zo vaak werd vergeten als het zo te pas kwam?

Kom, vader glimlachte en moeder veegde met haar zakdoek een traan van ontroering weg. Zou God begrijpen hoe ze zich nu voelde? Ze hoopte maar dat haar twijfel ook voor vergeving in aanmerking kwam. Vader en moeder waren nu gelukkig. Als ze had gezwegen, zoëven, waren ze nu diep ongelukkig en vol schaamte geweest. Het was goed zo. Het móest goed zijn.

Nu werden de jongemensen door de gemeente toegezongen en voor het eerst voelde Suus zich werkelijk ontroerd. Ze hoorde er nu echt bij en dat was toch een heel mooie gedachte. Verbeeldde ze het zich, of klonk de zware stem van Dirk Leeuwestein boven alles uit?

Buiten werd ze door verschillende mensen gelukgewenst en Suus glimlachte verlegen. Nog even, dan was alles achter de rug. Het oorijzer begon haar pijn te doen. Dat kwam zeker doordat ze er niet aan gewend was er een te dragen. Het was helemaal niet erg om nu vriendelijke woorden in ontvangst te nemen. Tegelijkertijd zag ze echter vanuit haar ooghoek hoe vader op Dirk Leeuwestein toeliep en met hem praatte. Als ze het niet dacht! Nu kwamen beide mannen op haar toe. Hier was ze altijd bang voor geweest.

Vader bleef een paar passen bij haar vandaan staan. Suus werd vuurrood, toen Dirk haar de hand schudde. Haar smalle hand kon wel drie keer in die vierkante, stevige knuisten van hem.

Na de gebruikelijke gelukwens dempte de jongeman zijn zware stem. 'Je vader heeft me zojuist gevraagd of ik met mijn moeder en tante mee wil komen naar Maesvreugt.'

'Nu?' hakkelde ze geschrokken en eindelijk durfde ze hem in de ogen te zien, die donkere ogen die ze in de kerk aldoor op zich gericht had geweten. Zouden de mensen nu ook op hen letten? Vast wel!

'Ja. Ik wil eens met je praten, Susanne.'

'Mijn vader heeft me al verteld waar dat over zal gaan,' zei ze ietwat bitter en de arme man werd er onzeker van. Hij was duidelijk niet op zijn gemak.

'Misschien was het beter geweest als ik eerst met jou had gesproken.' Nu was het zijn beurt om te hakkelen, omdat hij van zijn stuk was gebracht.

'Dat zou ik denken. We kennen elkaar amper.'

'Je moet niet boos zijn. Ik wilde eerst zeker weten dat er geen andere afspraken waren. Je vader moet het goed vinden.'

'Ik moet het goed vinden.' Het meisje stak haar neus in de wind. Dirk keek verlegen om zich heen. Het maakte haar opnieuw onrustig. Zo'n boom van een kerel, breedgeschouderd en met een paar handen als kolenschoppen waarmee hij, naar ze had gehoord, zijn mannetje stond als het op een gevecht aankwam. Hij leek nu met zijn figuur geen raad te weten. Was hij zich er ook van bewust dat er op hen gelet werd?

'Je zult het aan de stok krijgen met de jongens van Ammekerk,

26

als je hier om een meisje komt,' zei ze.

'Daar ben ik niet bang voor.' Hij leek nu weer wat op zijn gemak. Hij glimlachte zelfs om haar woorden.

'Ik ben nog veel te jong om te trouwen.'

'Het is hier niet de geschikte plaats om over zulke dingen te praten,' drong hij aan.

'Goed, dat ben ik met je eens. Nu, dan moeten jullie inderdaad maar meekomen naar Maesvreugt. Ik wil vader niet kwaad maken door dat te weigeren. Maar heus, wat mij betreft komt er nog in geen járen een huwelijk.'

Hij was gekwetst, ze kon het zien. Hij knikte kort. 'Ik herinner me een klein meisje, dat haar tong tegen me uitstak. Jaren geleden alweer.'

Nu leek hij eindelijk weer geheel zichzelf te zijn, hij glimlachte opnieuw bij de herinnering. 'Jij was de enige die dat durfde. Soms zijn kinderen bang voor me, omdat ik nogal flink ben.'

Gelukkig kwam vader eindelijk bij hen staan, zodat Suus niet meer hoefde te antwoorden. 'Ga je mee, Leeuwestein? Ik heb een prachtige vosmerrie te koop. Je moet haar maar eens bekijken.'

'Zo'n paard zoek ik net, voor Mastlands tilbury,' grinnikte Dirk, met een man duidelijk beter op zijn gemak dan zojuist met de weerspannige boerendochter. Suus zag, hoe hij zich oprichtte, de schouders leken nog breder te worden, en hij droeg het donkere hoofd nu fier op het lijf. Nee, Dirk Leeuwestein zou je niet licht over het hoofd zien. Ook niet figuurlijk. Suus wist dat haar vader het allemaal wel goed bedoelde, maar waarom luisterde er niemand naar haar als ze zei dat ze nog lang niet wilde trouwen?

Natuurlijk droeg vader háár op Dirk het paard te laten zien. Zelfs Hendrik grinnikte. O, ze had zich nooit in haar leven zo ongemakkelijk gevoeld. En dat juist vandaag, nu de hele familie erbij was.

Zodra Dirk met haar alleen was, kwam hij op het gevreesde onderwerp terug.

'Susanne...'

'Iedereen noemt me Suus. Er zijn teveel Susannes in onze familie,' antwoordde ze wat kribbig.

'Goed dan, Suus. Ik wil graag met je trouwen en ik zou het op prijs stellen als je mijn aanzoek serieus zou willen overwegen.'

'Je komt te vroeg. Zeker drie, vier jaar. Kom, het paard loopt in de wei.' Ze floot op haar vingers, zoals Hendrik dat altijd deed en het dier begon goedmoedig in haar richting te sukkelen. Dirk moest lachen. 'Je fluit als een kerel.'
'Dank je wel. Dat heb ik van mijn broer geleerd.'
Hij besteedde veel aandacht aan het paard, maar ondertussen overdacht hij zorgvuldig wat hij zou gaan zeggen. Suus voelde dat aan en wachtte gelaten op wat er komen ging.
'Het is een mooie merrie. Als je vader er een redelijke prijs voor vraagt, koop ik haar.'
'Moet je zoiets niet overleggen? Je vader leeft immers nog en die heeft het op Mastland voor het zeggen.'
'Mijn vader vertrouwt mijn oordeel volledig.'
Er was soms iets hooghartigs aan hem, dacht Suus verbaasd. Hij was een indrukwekkende man, dat was zeker. Maar ze hield niet van hem en ze wilde Maesvreugt niet verlaten om de huishouding te gaan doen bij een vreemde. Zelfs al zou die vreemde dan haar echtgenoot zijn.
'Luister nog eens, meisje. Ik doe je nu een aanzoek en ik kom daar later niet meer op terug. Bedenk je nog eens goed.'
'Ik ben geen stuk vee, zoals dat paard,' antwoordde ze verbolgen.
Hij bleef kalm en glimlachte. 'Ken je Mastland?'
'We zijn er wel eens langsgereden.'
'Wil je niet eens op de boerderij komen kijken?'
'Waarom? Wil je indruk maken met je mooie boerderij, Dirk?'
'Zo bedoelde ik het niet.'
'Jawel. Wij kennen elkaar niet. Je komt om Maesvreugt en denkt me te kunnen lokken met Mastland.'
'Doe niet zo kinderachtig, Suus. We kunnen elkaar beter leren kennen, als je dat wilt.'
'Dat wil ik niet. Ik wil je niet als man. Ik wil nog geen enkele man. Mijn vader had je dat moeten zeggen. Dat had ons allebei deze ellende bespaard. Ik wil voorlopig nog op Maesvreugt blijven.'
Toen schrok ze van zichzelf en ze bond iets in. Bijna verlegen keerde ze zich opnieuw naar Dirk, die haar ongemakkelijk aankeek.
'Het spijt me, dat het zo is gelopen,' zei hij echter met opnieuw

28

die eigenaardige trots over zich.

'Mij ook. Echt. Laten we het maar vergeten, Dirk.'

'Nee, vergeten doe ik het niet.' Hij keek haar nog eenmaal onderzoekend aan en liep toen langs haar heen. Hij ging regelrecht naar binnen. Gelukkig vertrok hij al tien minuten later, met zijn moeder en zijn tante. Suus zag hen opgelucht gaan.

3

VERLIEFD

Met het verstrijken der maanden vergat Suus het voorval. Haar vader poogde nog éénmaal om haar tot andere gedachten te brengen, maar toen dat niet lukte liet hij de kwestie verder rusten.

De weken verstreken en werden maanden, de seizoenen wisselden elkaar af in hun vaste regelmaat. Mineke werd eindelijk volwassen en ook Hendrik ontwikkelde zich langzaamaan tot een aardige kerel, die om Magda begon heen te draaien, de dochter van tante Hanneke en de mooiste meid van het hele dorp. Suus kon er om glimlachen.

Het was zomer geworden, herfst, de jaarwisseling kwam en daarna nog een. Opnieuw werd het zomer, het jaar 1908 en in die junimaand werd Suus voor het eerst in haar leven verliefd. Komende september zou ze al eenentwintig worden, maar noch vader noch moeder repten over een huwelijk. Dirk Leeuwestein zag ze even zelden als vroeger; was dat ene, vreemde gesprek er niet geweest, dan zou hij nog altijd een vreemde voor haar zijn. Maar een enkele keer, als ze hem in de kerk zag tijdens een bezoek aan zijn tante, vingen zijn ogen de hare en steeds was er een gekwetste trots in te lezen. Voor zover ze wist, was hij nog steeds niet getrouwd.

De pijl van Amor trof het meisje dan ook als de bekende donderslag bij heldere hemel en toen ze van de eerste verwarring bekomen was, wist ze dat deze liefde haar niets dan narigheid zou brengen.

De man, die haar zo onverwacht had weten te boeien, heette

Barend Hagoort. Hij was echt knap te noemen, en had een vrolijke en innemende natuur, een tikje luchthartig weliswaar, maar daar lette het meisje niet zo op. Hij was niet zo jong meer, tegen de dertig al, maar dat was niet het ergste. Barend Hagoort was getrouwd en alleen daarom al stond het vast dat haar verliefdheid niets anders dan verdriet kon brengen. Hoe had het toch plotseling zover kunnen komen? Barend bewoonde de hoeve naast Maesvreugt en kwam regelmatig bij hen langs. Met een koe voor de stier of een pasgeboren kalf bekijken. Soms kocht hij een paar biggen van haar vader. En in de winter kwamen hij en zijn broodmagere, teringachtige vrouw soms kortavonden. (Dit is het in de streek bij elkaar op visite gaan in de stille winteravonden. Dan drinkt men wat en vertelt elkaar verhalen of wisselt de laatste nieuwtjes uit.)

Vroeger had Suus nooit zo op Barend gelet, maar op een avond waren ze ineens samen buiten bij de kreekkant. Suus spoelde op de stoep aan de kreekkant een kleed uit waar koffie overheen was gegaan en dat dus meteen moest worden uitgewassen, wilde de vlek er nog uit gaan.

Barend stond ineens achter haar. Hij was bij vader geweest om te vragen of hij het gerij een dag mocht lenen. Zijn vrouw moest een dokter in de stad bezoeken, want ze dachten dat ze aan de gevreesde ziekte leed. Ze spuwde de laatste weken soms wat bloed. De dokter van het dorp kon er niets meer aan doen. Suus had intens medelijden met het jonge paar, maar nu hij buiten was keek Barend niet langer treurig. Integendeel, in zijn felblauwe ogen blonken pretlichtjes en ze herkende de onmiskenbare bewondering die ze ook zo vaak bij de jongens gewaar werd. Suus voelde zich toen niet zo heel erg op haar gemak.

'Zal ik je helpen?'

'Ik ben nog niet klaar met spoelen.'

'Haast heb ik niet. Ik kan de mand zo wel even voor je naar binnen dragen. Ik wacht wel even. Het is zo'n heerlijke avond.'

'Ik ben heus niet van porselein. Zo'n mand kan ik heus zelf wel tillen.'

'Neem me niet kwalijk, Suus. Het is zeker dat ik zo gewend ben bij alles te moeten helpen. Bep is niet zo sterk meer als vroeger.'

'Het spijt me voor je vrouw, Barend.'

'Ach ja, het is een braaf mens. Het zou me spijten als ik haar

30

moest missen.' Maar hij keek helemaal niet bedroefd, constateerde Suus een beetje geïrriteerd.

'Zover is het toch nog niet?'

'Nee, nee, natuurlijk niet. Als er geen enkele hoop meer was, hoefden we niet helemaal naar Rotterdam te reizen om daar een andere dokter te raadplegen. Beppie is er nog nooit geweest, in de stad, bedoel ik.'

'Ik ook nog niet zo vaak, maar het is er schitterend. Overal havens met zeilschepen en stoomboten. De markt is er zo groot dat er geen einde aan lijkt te komen. Er rijden een hele massa trams en ook paardetrams. Zelfs auto's, zoveel dat je op de weg allesbehalve veilig bent.'

'Ik hoor het al, jij maakt wel graag een uitstapje naar de stad.'

'Wie gaat er niet graag eens een dagje uit? Dat is het voordeel van de jeugd, Suus.' Barend lachte, maar iets in zijn lach joeg haar het bloed naar de wangen. Ze voelde zich slecht op haar gemak, al wist ze op geen stukken na waarom.

Barend nam de tijd om zijn pijp te stoppen. Suus nam hem tersluiks op. Zijn blonde, lichtkrullende haar glansde in de avondzon. Ze voelde een lichte verwarring in zich opstijgen.

'Ik wilde maar dat ik ooit op jou had gewacht, Suus,' zei hij plotseling en ineens had zijn stem een nieuwe, intieme klank.

Suus was nog meer in de war gebracht. 'Op mij? Hoezo?'

'Ik had best met jou getrouwd willen zijn.'

'Zo?' Ze herinnerde zich ineens dat ze bij Barend thuis een huis vol kinderen hadden. Zijn ouders waren welgesteld, maar als je met acht of negen kinderen was, die allemaal in de erfenis moesten delen... nee, op zo'n vrijer zat vader voor haar niet te wachten. Niet met Dirk Leeuwestein op de achtergrond.

Dat wist Suus maar al te goed. Gelukkig drong die zich tegenwoordig niet meer op. Na die onaangename gang van zaken met Dirk had vader nooit meer over een huwelijk gerept. Al wist ze dat het zijn ongenoegen opwekte dat ze zo weinig haast maakte. Vader wilde dat ze goed onder dak zou komen. Dat wilde ze zelf ook, maar er was niemand die ze zo graag mocht lijden dat ze het met hem aan zou durven. De boerderij waar Barend nu op zat was van zijn vrouw. Ze was enig kind geweest. Als zij zou sterven was de hoeve van Barend. Kinderen waren er nog niet. Barend zou er goed uitspringen als hij weduwnaar werd. Zouden zijn gedachten hovaardig worden en een kant uitgaan die allerminst geoorloofd was?

Lieve help, zijn vrouw was ernstig ziek, dat wel, maar... Suus wilde ineens dat hij weg ging. En toch, die man hád iets. Zoals hij nu gezellig stond te praten over de laatste nieuwtjes, ze moest zich wel vergist hebben. Beslist, alleen haar eigen gedachten waren slecht geweest. Barend was weer gewoon de joviale buurman van altijd.

'Zo, is het spoelen nu klaar, Suus?'

'Ja, hoor.'

'Kom maar, ik zal de mand voor je naar de waslijn dragen.'

'Dat is aardig van je. Wanneer gaan Bep en jij naar de stad?'

'Eind van de week, denk ik. Het hangt er een beetje vanaf. Bep moet een goede dag hebben, zodat ze zich sterk genoeg voelt om de reis te kunnen maken.'

'Dat spreekt vanzelf. Gaan jullie helemaal met het gerij?'

'Nee, we rijden naar Krooswijk (grote tramhalte op het eiland, waar de remise bij was, vlakbij Oud-Beijerland gelegen). Vandaar gaan we verder met de stoomtram. De dokter woont op vijf minuten lopen van de halte in de Rosestraat.'

'Het moet verschrikkelijk zijn, je vrouw zo te zien lijden.'

'Ja, we hadden het graag anders gezien en ook een paar koters gehad.'

'Een zoon?' Suus glimlachte ineens. Barend was eigenlijk een vreemde mengelmoes van een volwassen man en een wat verlegen jongeman. Ineens mocht ze hem wel. Hij zou zich wel vaak eenzaam voelen. Dat was het. Daarom zocht hij nu zo nadrukkelijk haar gezelschap. Had hij niet vanavond nog tegen moeder zitten vertellen, dat Bep vaak al om een uur of zeven naar bed ging, zodra ze hadden gegeten en zij de afwas aan de kant had? Omdat ze dan zo moe was dat ze tot niets meer in staat was. Ze kon zich wel voorstellen hoe Barend dan alleen in de keuken zat, met als enig gezelschap de krant. Dat was op de duur inderdaad geen leven voor een jonge kerel.

Misschien was het heel begrijpelijk dat Barend ineens zo zijn best deed om haar aandacht te trekken. Ze voelde een vleugje medelijden met hem. Het was hard als je toekomstverwachtingen allemaal aan flarden gingen.

'Bep en ik hadden ons ooit zoveel van het leven voorgesteld, toen we trouwden. Ik was er trots op een eigen hoeve te krijgen, eigen baas te worden. Zelfs al was die hoeve lang zo groot niet als die van mijn vader. We zijn met zovelen thuis. En Bep had iemand nodig om haar te helpen, toen haar ouders gestorven waren en ze helemaal alleen achterbleef. Nu ben ik mijn eigen baas, en dat is prettig. Als Bep... Mijn grond grenst aan Maesvreugt, Suus.'

'Ja.'

'Ik heb de beste buren getroffen van heel Ammekerk.'

Suus moest lachen en Barend lachte terug. Nu leek hij wel tien jaar jonger dan zoëven, toen zijn gezicht een zorgelijke uitdrukking had gehad. Er vonkte iets in zijn ogen en even voelde Suus opnieuw een vreemde verwarring. Tegelijkertijd was het net of er een vonk tussen hen oversprong. Ze kreeg het er warm van en haar verwarring was groter dan ooit tevoren. Die avond kwam ze moeilijk in slaap en droomde ze van Barend Hagoort.

Vanaf die tijd kwam Barend vaker op Maesvreugt dan vroeger en hij was nog maar zelden vergezeld van zijn vrouw. Die ging òf vroeg naar bed òf zat 's avonds rustig een poosje buiten, als het warm weer was. Nog was Bep in staat om de boel draaiende te houden in haar huishouding, maar niemand wist hoe lang ze dat nog zou volhouden. Bep Hagoort had de tering, de dokter in Rotterdam had het ook gezegd. Eigenlijk moest ze nu veel rusten en frisse lucht hebben, maar ze was boerin en een meid konden ze daarginds niet betalen. De boerderij was niet groot, maar niettemin was er meer dan genoeg werk voor één enkele vrouw.

Sanne van Bressij deed wat ze kon voor haar zieke buurvrouw, dat was christenplicht. Soms leende ze Grietje een dag uit, zodat die het zware werk kon doen waarvoor Bep te veel was verzwakt. Ze stuurde Suus zo nu en dan met iets lekkers naar de buren. Een pannetje versterkende soep, een stuk gekookt spek, een paar sneden krentenbrood. De buurvrouw was zo mager, ze moest spijzen eten die weer wat vlees op de botten brachten. Mensen stierven niet altijd aan de tering, er waren er die genazen.

Iedereen in het dorp sprak bewonderend over Barend, die het lijden van zijn vrouw zo moedig verdroeg en zelfs niet te beroerd was om iets in het huishouden te doen, als Bep te moe was. Iedere man, die gezien zou worden met een bezem om de vloer van de keuken te vegen, of de was op de bleek ging leggen, zou in de hele streek uitgelachen worden. Maar Barend deed het omdat zijn vrouw er zo slecht aan toe was en daarom lachte niemand. Integendeel. 'Ja,' zuchtte Barend soms, 'een mens wikt...' En dan knikten zijn toehoorders met ingehouden bewondering.

Het verging Suus van Bressij niet anders. Zij bewonderde Barend ook mateloos, maar deed dat wel in stilte. De julimaand was voorbijgegaan en de oogst begon, het koren moest worden gemaaid. In die drukke tijd leende moeder Suus uit aan Bep, om daar de koffie naar het land te brengen. Mineke had op Maesvreugt aan moeten pakken, wat ze mopperend deed. Suus ging met kloppend hart naar de buren.

Bep moest in de keuken een beetje huilen van opluchting, want ze had onnoemelijk tegen de drukte van de oogst opgezien. Omdat de zomer zich van zijn beste kant liet zien, zette Suus een stoel voor Bep buiten in het zonnetje, zorgvuldig uit de wind. Ze had de laatste krant meegenomen, vader gaf de gelezen kranten altijd door aan de buren, zodat die er zelf geen hoefden te kopen.

'Ga jij nu maar lekker een poosje zitten lezen, Bep. Ik klaar het wel met het werk. Op Maesvreugt zijn we wel wat drukte gewend.'

'Maar...' sputterde Bep nog tegen, al was het maar voor de vorm, want juist op die dag zag ze er wel erg slecht uit.

'Toe maar. Barend heeft ons verteld dat je van de dokter zoveel mogelijk van rust en de buitenlucht moet profiteren.'

'Dat is zo, maar...'

'Doe dat dan, nu je de kans krijgt.' Suus knikte hartelijk. 'Het is de enige kans die je hebt om weer beter te worden. Die moet je dankbaar benutten, zeker als je er de mogelijkheid toe krijgt.'

'Ja,' zuchtte de bleke vrouw, wier hoekig gelaat en ingevallen wangen haar tien jaar ouder deden schijnen dan ze was.

Weer had Suus een intens medelijden met de jonge vrouw. Hoe zou je je voelen als je wist dat je leven eigenlijk al voorbij was, nog voor het goed en wel was begonnen?

Ze huiverde licht, ondanks de warmte. Dan toog ze aan het werk. Ze zette koffie, luchtte de keuken eens goed door, smeerde de dikgesneden boterhammen en belegde ze zorgvuldig, ervoor wakend dat veel zuiniger te doen dan ze op Maesvreugt gewoon waren. Op de meeste boterhammen ging gewoon stroopjesvet, maar op die van Bep ging spek en ook maakte ze er twee voor Barend met spek klaar. Hij was de boer, hij mocht wel wat extra's hebben. Ze zwaaide nog even naar Bep, eer ze de zware mand en de koffieketel oppakte om naar het land te gaan.

Het was een zwaar vrachtje om te sjouwen, maar dat was ze gewoon. Toch kleefde haar muts om haar hoofd eer ze bij de maaiers was. Vandaag of morgen zou ze beslist met de nieuwerwetse mode gaan meedoen en door-de-weeks blootshoofds gaan en de krullemuts zou ze dan alleen nog op zon- en feestdagen dragen. Vader zou het niet leuk vinden, maar ze zou doen wat ze wilde. Alle mannen deden hun uiterste best hun vrouwen in de klederdracht te houden, maar er kwamen steeds meer vrouwen, hoofdzakelijk de jongeren, die deze aflegden. Suus stond er niet zo bij stil dat dit hoofdzakelijk vrouwen waren uit de betere kringen, die ook in Ammekerk eerst heel voorzichtig, maar nu steeds vastslotener mee gingen doen aan de mode, die uit de grote stad kwam overwaaien.

'Ah, daar is mijn reddende engel.' Suus schrok op uit haar overpeinzingen. Barend stond pal voor haar. Hij grinnikte overmoedig. Zijn blonde krullen zaten op zijn bezwete voorhoofd vastgeplakt, zijn pet propte hij vaak in zijn broekzak en zijn helderblauwe ogen straalden haar overmoedig tegemoet. Suus kreeg het nog warmer.

'Fijn, dat jullie Bep zo veel helpen,' zei hij toen met een gewone glimlach, maar zijn stem behield de warme, strelende klank.

'Er is nog altijd een kans dat ze er weer bovenop komt, als ze zichzelf voldoende in acht neemt,' antwoordde Suus hartelijk, terwijl ze haars ondanks snel wegkeek van die mooie ogen, die zo overduidelijk vertelden dat hij blij was om haar te zien. Zelfs al zwegen zijn lippen.

Ze bleef bij de mannen zitten om wat met hen te schertsen, terwijl ze zo nu en dan met de in een blauwe theedoek geknoopte ketel rondging om de koffiekommen bij te vullen. De mannen die Barend had ingehuurd als maaiers waren allemaal armoedzaaiers. Ze aten gretig van de door Suus meegebrachte mondvoorraad, ook al brachten ze gewoonlijk hun eigen eten mee. De arme mannen waren altijd blij met een extraatje, zeker als er zo hard gewerkt moest worden. Nu de oogst begonnen was, werkte men van zonsopgang tot zonsondergang, zolang het mooie weer aanhield. Dat hield je niet vol op een lege maag, zo had ze het thuis op Maesvreugt altijd geleerd. Ze zag heus wel dat Barend een bedenkelijke blik wierp op de extra boterhammen. Dat zouden de meeste boeren doen. Maar vader zei, dat als je iets meer uitgaf voor je arbeiders, je dat altijd met rente terug kreeg. En hij had gelijk. Op Maesvreugt konden ze altijd de beste mensen krijgen. De gewone man werkte graag voor een boer met een hart in zijn lijf, maar al te vaak maakten ze het totaal anders mee.

Alle boterhammen waren in een mum van tijd verdwenen, als sneeuw voor de zon. Ook de koffieketel voelde niet zwaar meer aan. Ziezo, de mannen begonnen alweer overeind te komen, maar al te bereid om hun beste beentje voor te zetten voor een boer die goed voor zijn volk zorgde. Barend zei dat tegen Suus, een beetje verrast was hij wel. Zijn vader hoorde bij de krentiger boeren. Suus wist dat heel goed. 'Vraag het maar aan m'n vader,' lachte ze. 'Dat beetje geld van die boterhammen verdien je dubbel terug doordat ze harder werken. Het is echt waar, Barend. Nu zul je het zelf eens zien.'

'Suus, je bent gewoon een wonder.'

'Welnee, ik doe gewoon wat ik thuis altijd heb geleerd.' Maar ze voelde weer die vreemde verlegenheid over zich komen, toen hij haar zo strak aankeek. Was ze nu echt verliefd op hem?

Nog voor die gedachte goed en wel tot haar was doorgedrongen, deed Barend een stap naar haar toe. Hij stond nu vlak voor haar en zijn diepblauwe ogen boorden zich doordringend in de hare. 'Het is heel erg jammer dat ik al getrouwd ben, Suus. Er is in heel Ammekerk niemand zoals jij. Mooi én lief. En bovendien...' Hij beet op zijn lip.

En bovendien is Maesvreugt er, dacht ze, maar zo wílde ze niet denken. Ze wierp haar hoofd achterover en blikte hem vol aan, ineens gedreven door een nieuwe, vreemde drang die maakte dat ze hem helemaal wilde doorgronden.

'Bovendien...' Hij aarzelde slechts kort. 'De beste boerin die een man zich maar kan wensen.'

Weer steeg die verraderlijke kleur naar haar wangen en Barends ogen kregen een vreemde glans. 'Zulke dingen moet je liever niet zeggen, Barend.'

'Ik zou niet weten waarom niet. Elk woord is er van waar. Suus...'

'Ik moet gaan. Bep zal zo zachtjesaan ook wel een kop koffie lusten. Ze zit lekker in het zonnetje.' Ineens was het heel erg veilig om over zijn vrouw te praten.

Hij knikte kort. 'Ben je er straks nog?'

'Ik kook nog voor jullie. Moeder heeft gezegd dat ik zo lang kan blijven als nodig is.'

'Blijf dan tot na de middagkoffie. Ik heb zelden zo'n lief plaatje gezien, als toen jij daarnet langs de goudgele tarwe liep, met de koffie en de mand. Zo'n mooi, rank figuurtje en...' Weer maakte hij zijn zin niet af, maar hij keerde zich abrupt om en ging weer aan het werk.

Suus werd iets nieuws gewaar. Voor het eerst bemerkte ze, dat vrouwen soms een vreemde macht over mannen hadden. Zij had dat met Barend. Wat betekende dat? Zou hij... Zou hij misschien ook oprecht verliefd zijn op haar? Van haar houden zelfs? Waarom maakte haar hart nu ineens een sprongetje van blijdschap?

Nu kreeg ze ineens haast. Ze moest naar Bep terug. Bep, zijn vrouw. Zijn ziekelijke vrouw, die welicht ten dode was opgeschreven. Wat lag haar leven ineens overhoop.

Nog voor ze bij de boerderij terug was, had ze wel viermaal omgekeken naar dat blonde hoofd bij de arbeiders. Tweemaal daarvan had ze zijn ogen getroffen. Daardoor voelde ze zich diep in haar binnenste geraakt.

Ze was wel wis en waarachtig verliefd op de buurman, wist ze, toen ze binnen de mand en de ketel op de keukentafel zette. En buiten wachtte zijn vrouw, die slechts goedheid bij haar had gezien. Het leven was ineens hopeloos ingewikkeld geworden.

De augustusmaand liep nu langzamerhand naar het einde en overal werden reeds voorbereidingen getroffen voor de viering van Koninginnedag, op de laatste dag van die maand.

Suus en Mineke hielpen een avond mee met het maken van papieren bloemen bij de dominese thuis. Het weer hield zich goed. Zo nu en dan viel er een buitje, maar nu bijna overal de tarweoogst binnen was, vonden de boeren dat wel best. Met zulk groeizaam weer konden ze over een poosje een prima aardappeloogst tegemoetzien.

De avond voor het feest kwam Barend weer eens op Maesvreugt langs.

'Goedenavond, samen,' luidde zijn gebruikelijke groet en onmiddellijk daarna zochten zijn ogen die van Suus. Ze boog zich diep over haar breikous. Barend moest maar liever niet zo naar haar kijken waar vader of moeder bij waren.

Hoewel hij tot nog toe niets tegen haar gezegd had, twijfelde ze nu niet langer aan zijn gevoelens voor haar. Die waren overduidelijk en aldoor was ze bang dat een ander het ook zou zien. Het was heerlijk, maar verwarrend tegelijkertijd. Voor het eerst in haar leven had Susanne van Bressij haar hart verloren, totaal en onvoorwaardelijk. Ze wist echter maar al te goed dat het een onmogelijke liefde was. Maar dat deed niets af aan haar gevoelens. Ze voelde zich altijd gelukkig als Barend zo naar haar keek. Op zulke momenten vergat ze alle andere dingen.

Vader was al een geanimeerd gesprek met zijn jonge buurman begonnen en moeder haastte zich om melk te warmen voor de koffie. Mineke was nog buiten, bezig de aardbeienbedden na te lopen voor de napluk. Omdat Suus het ineens zo warm had gekregen door Barends aanwezigheid, zei ze vlug dat ze Mineke wel een poosje zou gaan helpen. Ze vluchtte, ze wist het maar al te goed.

Buiten was het heerlijk. De zomeravonden waren niet langer zoel en warm, want vroeg in de morgen en ook 's avonds was het al goed te merken dat de herfst zich begon aan te dienen. Vogels kwetterden alom en in de kreek zwommen een paar zwanen voorbij. Hoog boven in de blauwe lucht die slechts hier en daar onderbroken werd door een speels wit wolkje dat met onbekende bestemming voorbijzeilde, scheerden de zwaluwen onrustig. Een dezer dagen zouden ze wegtrekken naar het warme zuiden.

'Ik kom je een poosje helpen,' glimlachte Suus naar haar jongere zusje.

'Graag. Ik ben nog maar halverwege, maar het lijkt niet op te schieten.'

'Zitten er nog zoveel aardbeien aan?'

'Ja, het lijkt wel juni in plaats van de napluk.'

'Ik zal even meehelpen.'

'Mijn rug doet zeer van al dat bukken.'

Suus moest lachen, Ze wist dat Mineke zich altijd aan vervelende werkjes onttrok, maar vanavond was ze toegeeflijk gestemd. 'Ga dan maar vast naar binnen. Moeder heeft de koffie haast klaar en ik ben wel graag buiten bezig, als het zo lekker is. Het is zonde om op een mooie zomeravond binnen te zitten. Straks als het regent, denk je er aan terug en dan heb je de hele winter weer voor je.'

'Ik ga vanavond vroeg naar bed. Morgen moet ik de hele dag naar het dorp voor het feest. Ik ga ook dansen, weet je.'

'Laat vader het maar niet horen. Hij zou het niet goed vinden, vrees ik.'

'Je zegt toch niets, hè?'

'Welnee. Ga nu maar.'

Het was heerlijk om een poosje alleen te zijn. Suus bukte zich en begon verder te plukken op de plaats waar Mineke gebleven was. Ze had het nog steeds warm en ook had ze een klein beetje hoofdpijn. Daar had ze met de warmte geregeld last van, omdat het oorijzer van de krullemuts dan zo ging knellen. Wacht, ze was nu toch alleen. Ze zou de muts afdoen. Ze hing de muts met de ondermuts van zwart katoen en het krulijzer aan de takken van een bessenstruik naast het aardbeienbed. Ziezo. Dat was heerlijk koel. Nu voelde je de avondwind door je haren strijken. Het herinnerde haar aan vroeger. Kinderen hoefden zo'n muts niet te dragen, hooguit een strik en dat had ze al erg genoeg gevonden.

Suus plukte verder, terwijl haar gedachten alle kanten uitgingen behalve die ene die ze zo graag wilde. Barend. Nee, ze wilde niet aan hem denken, niet aan die verwarrende gevoelens toegeven. Het was verleidelijk, zeker, maar Barend was getrouwd en dat mocht ze nooit, nooit vergeten.

Ze schrok ontzettend toen hij ineens in de moestuin stond. 'Wat doe jij hier,' hakkelde ze, terwijl ze een schichtige blik op het huis wierp.

'Ik wil met je praten. Dat wil ik al een hele tijd, maar het is bijna onmogelijk om je alleen te treffen.'

'Allicht. Het is onbehoorlijk als een man alleen is met een ongetrouwd meisje.'

'Suus, je moet me niet plagen. Luister naar me.'

'Dat doe ik. Praat maar. Ik pluk intussen verder, zodat mijn vader ziet dat er niets aan de hand is.'

'Zou hij je dan in de gaten houden?'

'Dat weet ik niet. Het zou nergens voor nodig zijn, wel Barend?'

'Hoe kun je zoiets zeggen, Suus? Dag en nacht moet ik aan je denken, verlang ik er naar dat mooie blonde haar van je te zien, die ogen van je op me gericht te voelen, je roze wangen en mooie mond. Suus, je weet toch wel dat ik op die manier aan je denk?' Ze wilde die vraag niet beantwoorden. Alsof hij gewoon over het weer sprak, werkte ze door, maar haar handen waren klam geworden en ze trilden van ingehouden emotie.

'Barend, zulke dingen mag je niet zeggen. Zelfs niet denken. Je vrouw...'

'Ik zit niet om een preek verlegen, Suus. Ik hou van je, zoveel dat ik er gek van word. Ik wéét dat je net zo over mij denkt.' Er klonk een hartstocht in zijn stem door die haar benauwde. Zulke emoties kende ze niet. Ze deed haar uiterste best om kalm te schijnen.

'Zo? Ik vrees toch dat je je vergist, Barend.' Suus rechtte haar rug en probeerde te lachen. Hij moest eens weten hoe haar hart opsprong bij die woorden. Maar tegelijkertijd maakten die woorden haar ook onzeker en bang. Het was slecht dat hij zulke dingen zei. Er kwam narigheid van, dat voelde ze. Aan de ene kant wilde ze nu niets liever dan opstaan en in zijn armen vliegen om zich een beetje te laten liefkozen. Maar dat kon niet, nu niet en nooit en Barend wist dat even goed als zij. Maar aan de andere kant sprak haar geweten en zag ze Bep, met haar lijdende gezicht, en dan voelde ze zich slecht en schuldig. Het was het veiligste om te doen alsof zijn woorden haar niet raakten.

'Suus, dat kan niet,' pleitte hij hartstochtelijk.

Eindelijk stond het meisje op, maar ze zorgde ervoor dat ze vanuit het woonhuis niet langer gezien kon worden. 'Barend, denk toch aan je vrouw.'

'Dat doe ik ook. Maar direct daarna moet ik dan altijd aan jou denken. Waarom zijn wij geen paar, Suus?'

Ze voelde zich hoe langer hoe slechter op haar gemak. 'Zelfs al was je niet getrouwd, dan nog zou er niets van kunnen komen. Mijn vader zou het niet goedvinden.' Ineens voelde ze iets van de trots van het oude boerengeslacht waaruit ze stamde in zich omhoogkomen. Het gaf haar kracht om hem aan te zien en vol te houden. Want hoezeer ze ook verliefd was geworden op deze man, hier gebeurde toch iets dat ze niet wilde. Hij had geen recht om zo te spreken, daar was ze zich heel sterk van bewust.

'Nee,' antwoordde Barend bitter. 'De dochter van Maesvreugt is te goed voor een jong uit een overvol nest.'

'Nu doe je mijn vader onrecht aan.'

'Ja?' teemde hij.

'Barend, hou op. Alsjeblieft.' Ze voelde hoe de tranen nu naar haar ogen drongen en ze moest op haar lippen bijten om ze in te houden. 'Ik mag je graag, maar zo... zo ken ik je niet.'

'Je weet nog bitter weinig af van de liefde, kleintje, en ook van alles wat daarbij komt kijken.'

'Kan zijn, maar van een meisje kun je nauwelijks anders verwachten. Wat ik echter drommels goed besef, is dat jij momenteel geen meester bent over je eigen gevoelens. Later als je weer bij Bep bent, krijg je er beslist spijt van dat je dergelijke dingen hebt gezegd. Ik weet het zeker.'

'Jij weet een heleboel zeker, nietwaar?'

Even keek ze hem onzeker aan. 'Natuurlijk, het is...' Ineens deed hij een paar stappen naar haar toe, en de verdere woorden bleven Suus in de keel steken, zijn armen waren om haar heen en voor ze het wist lag ze in zijn armen. Suus kon niet anders dan de eerste kus die ze in haar leven kreeg beantwoorden met hetzelfde vuur als waarmee die kus gegeven werd.

Welk een emoties namen nu bezit van haar. Ineens was ze niet meer zo zeker van alles wat hoorde en niet hoorde, wat goed was en wat slecht. De verwarring die haar tegenwoordig zo vaak besloop, nam intens bezit van haar.

'Toe.'

Toen Barend haar losliet, glimlachte hij. 'Zie je nu wel?'

'Barend, het is niet eerlijk. Je weet dat ik gelijk heb. Er kan niets van komen.'

'Nog niet, Suus, nog niet. Maar jij houdt van mij en ik van jou.'

'Daarover mogen we niet praten. Je bent getrouwd.'

'Beppie is ziek.'

Ineens werd ze ijskoud en toen duwde ze hem van zich af. 'Je bent walgelijk.' Ze stond te trillen op haar benen van verontwaardiging.

'Het is de waarheid. Ik zie die onder ogen.'

Ze staarde hem sprakeloos aan. Zo, dus dat zag hij. En wat zag hij nog meer. Maesvreugt? Zeker zou hij het welvarende Maesvreugt zien, grenzend pal aan zijn eigen hoeve. De hoeve was van zijn vrouw, maar die had ouders noch broers en zusters. En kinderen waren er niet gekomen. Als Bep stierf, wat God mocht verhoeden, was de hoeve van hem en zou hij zich van alles in het hoofd halen. Maar wat min, om daar nu op te zinspelen. Wat minderwaardig, om er zelfs maar over te denken!

'Ik zal je vertellen wat ik zie. Een pedante man met gedachten waarvoor hij zich slechts zou moeten schamen. Laat één ding je gezegd zijn, Barend Hagoort. Zelfs al zou jij niet gebonden zijn, dan nog zou ik niet met je willen trouwen. Ik trouw helemaal niet.'

Hij lachte, maar zijn onzekerheid was duidelijk merkbaar. 'Kom nou, Suus. Je bent een van de knapste meisjes van Ammekerk.'

'Dat heeft er niets mee te maken. Je bent echt de eerste niet, die met me wil trouwen. Er zijn er meer geweest. Ik heb de afgelopen jaren twee serieuze huwelijksaanzoeken afgewezen. Verwacht maar niets. Je bent geen lelijke vent om te zien, dat is waar en dat weet je zelf nog wel het beste, maar denk daarom nog niet dat dat voldoende is. Je zou me een groot plezier doen als je nu vertrok.'

Even staarde hij haar perplex aan. Toen deed hij, tot haar onvoorstelbare opluchting, wat ze vroeg. Hij vertrok inderdaad.

Suus liet haar tranen eindelijk de vrije loop. Wat een zottin was ze geweest, om verliefd te worden op zo'n man. Goed, hij was knap om te zien en zijn bewondering was vleiend. Maar zijn gedachten... Nee, van zulk een man wilde ze niet houden. Ze wilde niet wachten totdat... totdat... Haar gedachten weigerden dienst.

Toen Sanne van Bressij een kwartiertje later Suus met een kopje koffie opzocht, zat Suus nog op precies hetzelfde plekje tussen de aardbeienplanten.

'Wat is er?' vroeg haar moeder geschrokken.

'Niets,' antwoordde Suus afwerend. 'Ik wilde over een paar dingen nadenken, moeder. Dat was niet gemakkelijk, maar nu zie ik alles weer helder. Fijn dat u me een kop koffie bracht. Ik heb er behoefte aan.'

'Je bleef zo lang weg.' Wat Sanne ook mocht vermoeden, ze zweeg wijselijk. Ze liet haar dochter alleen met haar gedachten en dat was ongetwijfeld het beste dat ze op dat moment kon doen.

4

UREN, DAGEN, MAANDEN, JAREN

Het was moeilijk om Barend te ontlopen, de weken die op Koninginnedag volgden, maar Suus deed haar uiterste best. Ze zocht zijn boerderij alleen op als ze er zeker van was dat hij ergens op de akkers bezig was en niet in staat om bij de arbeiders weg te gaan. Barend werkte zelf mee, omdat hij zich geen vaste knecht kon veroorloven. Wist Suus niet zeker of Barend thuis was, dan bedacht ze een smoes en moest Mineke naar de buren.

Een paar maal probeerde Barend haar alleen te spreken te krijgen: op haar verjaardag in september, en ook later, maar Suus wendde al haar behendigheid aan om dat te voorkomen. Al haar wilskracht ook, want hoezeer ze zich teleurgesteld voelde in haar eerste liefde, ze had nog steeds verwarrende gevoelens als hij haar aankeek. Een enkele keer, als ze heel, heel eerlijk was, moest ze toegeven dat ze nog steeds verliefd op hem was. Dan was het net, of dat vervelende voorval niet was gebeurd en moest ze ondanks alles aan zijn warme kus denken.

Doch ze stamde niet voor niets uit een trots boerengeslacht, dat nu al vele, vele generaties lang op de statige hoeve woonde en vader had verteld dat de familie daarvoor uit Dordrecht stamde, uit een wérkelijk deftig geslacht. Maar eens had een jongere zoon van de familie zich blijvend op Maesvreugt gevestigd en daarmee was de reeks boeren begonnen, die Maesvreugt had gemaakt tot de hoeve die het nu was. De trots van het oude geslacht lag ook in Suus' binnenste gesloten. Ze was er in die weken blij om.

Niemand had haar gevoelens voor de charmante buurman geraden. Ze had haar familie niet te schande gemaakt. Ze kon het hoofd fier opgeheven houden en iedereen in de ogen zien. Zelfs Bep Hagoort, die eindelijk iets leek aan te sterken en bijna geheel geen bloed meer opgaf. Daar was Suus erg blij om. Ze wilde dat Bep in leven bleef. Ze wilde niet dat Barend vrij voor haar zou komen te staan. Ze had schuldgevoelens, omdat ze zich door hem had laten kussen. Schuldgevoelens ook om de gedachten die ze om hem heen geweven had. Wie beweerde dat je jeugd de gelukkigste tijd van je leven was? Het was zeker al erg lang geleden dat je jong was, als je zoiets zei. Misschien was je dan de pijn vergeten?

Eind september begon een langdurige regenperiode. Nu kwamen de mensen niet meer zo vaak buiten als in de zomertijd en Suus was er blij om. Dan hoefde ze Barend niet te zien. Als de buren kwamen kortavonden zou zijn vrouw erbij zijn. Dan zou ze naast Bep gaan zitten en allerhartelijkst met haar praten. Ze zou zich niet laten kennen! Zij, Susanne van Bressij, was een trotse vrouw. Dat zou ze nu tonen, nietwaar?

Er brak een betrekkelijk rustige tijd aan, waarin Suus een volwassen vrouw werd. Haar moeder kon zich soms over haar oudste verbazen, over de nieuwe rijpheid die ze bij Suus waarnam, maar de oorzaak daarvan wist ze niet. Natuurlijk had ze, als moeder, gemerkt dat Suus verdriet had. Ze vermoedde ook wel, dat dat te maken had met een man, maar wijselijk vroeg ze niets en Suus vertelde ook niets. Een enkele maal deed haar moederhart pijn. Ze had haar dochter graag geholpen. Ze had erg graag vertrouwelijk met haar willen zijn. Maar kinderen kon je koesteren en troosten, volwassenen niet. Je kon alleen laten merken dat ze veel voor je betekenden, maar je kon niet voorkomen dat ze pijn leden. Alle mensen leerden verdriet kennen, vroeg of laat. Het was nu eenmaal niet anders.

Zo vergleden de weken. De novemberstormen raasden over het land en Sinterklaas deed zijn intrede in Ammekerk. Niet, dat daar veel aan gedaan werd. Degenen die het betalen konden, deden elkaar een kleinigheid cadeau. Van arme gezinnen had Sinterklaas kennelijk nog nooit gehoord en die waren er toch genoeg. Heus niet alleen in Ammekerk. Voor de arbeidersbevolking op het platteland waren het zware tijden.

Al sinds de grote landbouwcrisis van vijftien, twintig jaar geleden trokken steeds meer arbeiders weg uit de streek, om een beter betaalde baan te zoeken in het snel groeiende Rotterdam, waar de havens zich in hoog tempo uitbreidden. Of ze trokken weg om hun geluk te beproeven in het verre Amerika, waar ook een armoedzaaier nog iets bereiken kon. Als hij tenminste in staat was om hard te werken. Toch bleven er nog genoeg armelui over, om tegen een karig loon het zware werk te doen op de akkers en in de stallen. De landarbeider werd slechter betaald dan de werkman in de stad, maar als je een goede boer trof, dan schoof die nog wel eens iets extra's af in de vorm van eten of afgelegde kleding van hemzelf of de boerin. Je kon zelf een varken mesten en een lapje grond bebouwen zodat je je eigen aardappelen en vlees had. Op die manier probeerde men dan de honger uit de schamele woningen te weren, al viel het niet mee als je een hok vol jong had. Vooral in die gezinnen kreeg moeder de vrouw doorgaans ieder jaar bezoek van de ooievaar.

Ooievaars, waarin het kleine grut grif geloofde, omdat ze gewoon in de streek voorkwamen en ze die dus best wel zagen, al was het dan nooit op weg met een kindje en was moeder altijd van de trap gevallen, als er een kleine was gebracht.

Zo naderde langzaam het einde van het jaar, met als grote lichtpunt in de donkere wintermaanden het kerstfeest. Het werd niet passend geacht voor iemand die waarlijk geloofde om een kerstboom in huis te halen, maar ironisch genoeg brandden op Kerstmorgen in de kerk alle rode kaarsjes in de grote kerstboom. Oud en jong verheugden zich op de kerstdienst en reeds vroeg liep het eeuwenoude gebouw van Ammekerk vol met gelovigen. De kleintjes met verwachtingsvolle ogen en een kreet van bewondering voor de mooie boom op de lippen, de groten stil, een weinig ontroerd, ieder weer anders al naar gelang de eigen aard. De een verwachtingsvol omdat het leven zo slecht nog niet was, de ander berustend en wellicht wat eenzaam, zich ervan bewust hoeveel hem of haar gedurende het leven reeds ontnomen was. Maar ieder voelde dat bijzondere dat men kerstvrede noemt.

Suus schrok een beetje toen ze Dirk Leeuwestein tussen het kerkvolk aantrof. Het was bekend dat zijn tante de laatste tijd vaak ziek was. Moeder had haar ook wel eens een bezoekje gebracht. Kijk, zijn ouders waren er ook. Zijn lengte moest Dirk van zijn vader hebben, maar voor de rest leek hij op zijn moeder. Vrouw Leeuwestein was ook al zo donker, al zag je daar bij haar niet veel van door de keuvel die ze droeg. Maar haar ogen waren zeker even donker als die van Dirk. Zelfs de huid had nog steeds een gebruinde tint, hoewel het nu midden in de winter was. Er gingen praatjes over vrouw Leeuwestein, wist Suus. Moeder zei het ook. Het was geen gemakkelijke vrouw, dat was zeker en verder werd er gefluisterd dat ze zich met hekserij bezighield. Ineens ontmoette ze Dirks ogen over de gemeenteleden heen en snel keek ze van hem weg, pijnlijk herinnerd aan de dag dat ze haar belijdenis had gedaan.

Waarom had ze eigenlijk zo'n hekel aan deze man? Omdat hij haar een huwelijksaanzoek had gedaan? Ze zou hem meer moeten hoogachten dan Barend. Barend, die dingen tegen haar zei die zonder meer zondig waren. Barend, die getrouwd was met een ander maar desondanks liet blijken dat hij verlangde naar de tijd dat hij weer vrij zou zijn, omdat hij ervan overtuigd was dat zij hem dan zou nemen. Eigenlijk was hij een verwaande kwast, en toch was ze verliefd op hem geweest. Geweest? Was ze het eigenlijk niet nog steeds? Een beetje weliswaar, maar... Ondanks al haar gezond verstand, dat haar zei dat hij haar gevoelens niet waard was, lukte het haar toch nog steeds niet zich geheel aan zijn charme te onttrekken.

Weer dwaalden haar ogen door de kerk, nu om heel even te blijven rusten op Barends blonde haar. Knap was hij, zeker, overtuigd van zichzelf ook. Eigenlijk zou hij goed voor zijn vrouw moeten zijn, die hem een eigen stee bezorgd had. Hij zou wel nooit van haar gehouden hebben. De meeste boeren trouwden om geld en goed, wat ze als duurzamer beschouwden dan liefde. De liefde kwam vanzelf wel, als je maar getrouwd was. Vader had ook wel eens zoiets gezegd. Zou hij moeder ook om de erfenis hebben getrouwd?

Dat was een schokkende gedachte, die haar nu geheel in beslag nam, zodat ze niets meer van de preek hoorde. Ze vergat Dirk en ze vergat zelfs Barend. Nooit had ze de indruk gekregen dat er iets schortte aan het huwelijk van haar ouders, maar wat wist ze ervan? Van de dingen die in het verleden waren gebeurd was ze niet op de hoogte. Natuurlijk had ze wel eens horen fluisteren over oude familieschandalen. Haar overgrootvader had een kind gekregen bij een dienstbode en niet van zijn vrouw gehouden. Toen de laatste gestorven was, had hij zijn dienstbode alsnog getrouwd, maar iedereen had van die Nelleke Goutswaert gehouden, tot haar dood toe. Evengoed was het een groot schandaal geweest dat Ammekerk op zijn kop had gezet en dat men zelfs nu nog niet geheel vergeten was. En dan was er nog moeders jong gestorven zusje, dat behekst was geweest en waarvoor men kruiden had gekookt, hoewel dominee had geprobeerd het dwaze bijgeloof uit te roeien. Men praatte veel over hekserij in de streek. Veel oudere vrouwen, vooral de lelijke, werden ervan verdacht. Ook als je met de helm geboren was, bleef je je leven lang in een verdachte hoek zitten. Dat was het geval met tante Sabina en zelfs nog een beetje met moeder, hoewel er niemand was die gewoner was dan juist zij. Vader en moeder hadden niet veel met bijgeloof op. Maar als je eenmaal een bepaald stempel opgedrukt had gekregen in een klein dorp als Ammekerk, dan raakte je dat je leven lang niet meer kwijt. Tante Sabina had ook al voor opschudding gezorgd door met een schoolmeester te trouwen. Welke boerendochter wilde nu met een schoolmeester trouwen? Suus begreep dat niet. Zelf zou ze nooit iets anders willen zijn dan boerin. Dus, zoals vader het haar nuchter voor kon houden, deed ze er goed aan om uit te zien naar een boer die een mooie stee had.

Suus zuchtte. Nu was ze weer terug waar ze begonnen was. Vader dacht nog aan het afgewezen huwelijk met Dirk, daar was ze zeker van, hoewel hij er nooit meer over praatte. Hij was beslist de beste partij in de verre omtrek geweest. Er zou niet gemakkelijk een boerenzoon te vinden zijn die aan hem kon tippen. Ze was al eenentwintig, ze had de leeftijd om te trouwen en eigenlijk al meer dan dat, en toch... Als ze maar van iemand houden kon. Nee, niet van Barend. Ze was verliefd geweest, maar dat was geen echte blijvende liefde. Om een man te kunnen liefhebben, moest je hem hoogachten en dat zou ze met Barend nooit meer kunnen, hoe graag ze hem ook mocht lijden. Barend was hoogmoedig en... ach, ze moest er maar liever over ophouden en zich bepalen tot het Woord. Ze was eenentwintig, goed, ze was pás eenentwintig. Er was nog tijd genoeg om rond te kijken. Beter wat laat getrouwd dan te vroeg en dat de rest van je leven berouwen. Al zóu ze een oude vrijster worden, wat dan nog? probeerde ze zichzelf wijs te maken. Nu moest Suus zelfs glimlachen om haar eigen gedachten. Nee, zover zou ze het toch niet laten komen, dan zou ze nog liever iemand nemen als... nu ja, als Dirk Leeuwestein zelfs. Oude vrijsters werden altijd een beetje zielig gevonden. Vrouwen die waren overgeschoten omdat niemand ze wilde hebben. Dat was niet altijd zo, want er waren beslist vrouwen die liever alleen bleven dan zich te moeten onderwerpen aan een man die ze niet mochten. Maar zo dacht men er doorgaans over.

Suus voelde zich opgelucht toen de dienst bijna voorbij was, want ze begreep niet wat haar vandaag bezielde, nu haar gedachten alsmaar hun eigen gang gingen en het haar niet lukte om bij de dienst te blijven. De kerstdienst nog wel, ze schaamde zich er werkelijk over. Nu klonk het bekende 'Ere zij God' en het joeg een brok naar haar keel. Kerstmis. Waarom zat ze toch te piekeren over haar eigen zorgen? Kerstmis was de mooiste tijd van het jaar, omdat er dan niet zoveel werk was, maar wel veel gezelligheid. Straks zouden ze thuis van een heerlijke maaltijd genieten; tante Sabina en oom Maarten zouden met hun kinderen komen, na de dienst. Moeder had drie kippen gebraden, er was een grote pudding en er was krentenbrood. In huis had moeder mooie witte kaarsen neergezet, die de rest van de dag zouden branden. Want al was het dan niet passend om een kerstboom neer te zetten, kaarsen brachten ook warmte en sfeer in huis. En in een mooie oude vaas stond een bos hulst uit de tuin.

Bij de dokter en ook bij de notaris stond wel een kerstboom in huis, ook al gingen zij elke zondag naar de kerk. Het gebruik werd steeds algemener en Suus begreep niet zo goed wat er nu precies zondig was aan een kerstboom. Omdat het misschien een heidens gebruik was? Van zulke dingen had ze niet zoveel verstand, ze wist alleen dat de kerstboom in de kerk prachtig was om te zien en dat de kaarsjes zo helder brandden en het kille gebouw zo behaaglijk warm leken te maken, al was dat natuurlijk maar schijn. Als er nu wel een boom in de kerk mocht staan, waarom dan niet bij de mensen thuis? Dat was weer een van de dingen die ze niet begreep. Lieve help, nu gingen haar gedachten alweer op de loop.

Het duurde een tijdje eer de overvolle kerk was leeggestroomd, maar de gemeenteleden hadden geen haast. De mensen maakten rustig een praatje, dat kon op zon- en feestdagen als er toch niet gewerkt kon worden. Kijk, daar liep Dirk, vlak voor haar.

Wat was het toch een boom van een vent. Hij stak een hele kop boven haar uit en er was geen enkele man in heel Ammekerk die hem van gelijke hoogte in de ogen kon zien. Het leven zou heel gemakkelijk zijn, als ze van hèm hield en niet van Barend. Maar ja, het leven was nooit gemakkelijk, dat zeiden alle oude mensen. Vroeger had ze daarom gelachen, maar nu begon ze te vermoeden dat ze gelijk hadden.

Ineens liep Dirk naast haar. Hij knikte kort.

'Dag,' groette ze zacht, al wist ze ogenblikkelijk dat de mensen erop letten.

'Het gaat niet zo goed met mijn tante. Met oudejaar zijn we weer in Ammekerk.'

'Het spijt me van je tante.'

'Komen jullie ook om middernacht naar de kerkstraat, om op het slaan van de klok te wachten?'

'Ja, dat doet iedereen hier die er maar enigszins toe in staat is.'

'Ik zal er ook zijn.' Nogmaals knikte hij kort en direct daarop was hij een stuk voor haar uit.

Ze voelde zich in de war gebracht. Wat bedoelde Dirk nu weer? Het zou toch allemaal niet nog eens opnieuw beginnen?

Oudejaarsdag hielp Suus haar moeder met oliebollen bakken. Een oude gietijzeren pot werd met reuzel gevuld en het fornuis werd extra hoog opgestookt. Oplettend keek Suus samen met haar zusje Mineke toe, toen moeder het beslag klaarmaakte. Zelfs Hendrik danste van plezier rond de keukentafel en het fornuis en schreeuwde iedere keer tegen Grietje, als die binnenkwam, dat ze er nu niet meer uit mocht omdat het beslag anders zou inzakken. Moeder Sanne moest keer op keer lachen en had een rode blos van genoegen op haar wangen. In de grote meeltrog, die ze nog elke week gebruikten om brood te bakken, deed ze het meel, de krenten en rozijnen en de geraspte appels. Op Maesvreugt heerste geen gebrek, daar hadden ze altijd al krenten gehad in de oliebollen, maar in arme gezinnen moesten de vrouwen hun bollen bakken van enkel meel.

Nu was de gist opgelost in een pannetje met melk. Voorzichtig goot moeder dat bij het meel en daarna stroopte ze haar mouwen op en begon het beslag door elkaar te mengen. Het plopte een beetje. Wat een gezellig geluid was dat. Suus keek goed toe, zodat ze voortaan zou weten hoe ze oliebollen moest bakken. Eens zou ze dat doen op haar eigen hoeve, voor haar eigen gezin. Wanneer zou dat 'eens' zijn?

Moeder dekte het beslag voorzichtig af met een roodgeblokte theedoek en zette de trog achter het fornuis om te rijzen.

'Ziezo, nu hebben we mooi de tijd om koffie te drinken. Hendrik, haal je vader eens, maar doe voorzichtig met de deur.'

Op kousevoeten sloop Dries van Bressij de gezellige keuken van zijn boerderij in, op de hielen gevolgd door Grietje en Ploon, Maesvreugts vaste knecht. Bovendien was Barend Hagoort er ineens ook. De keuken zat plotseling helemaal vol en Sanne keek vergenoegd rond. Mineke moest met Suus voor de koffie zorgen en omdat het ineens zo feestelijk was, deelde moeder forse sneden peperkoek rond.

'Het ruikt al heerlijk, vrouw.'

'Het beslag staat te rijzen. Zoveel valt er niet te ruiken.'

Nu deed Barend een duit in het zakje. 'Ik wilde maar dat het bij mij thuis ook zo gezellig was, maar die drukte kan Bep niet hebben. Ze is zelfs niet in staat om oliebollen te bakken.'

Het klonk wat gemelijk, dacht Suus.

'Jullie gaan de avond toch zeker wel bij je ouders doorbrengen?' vroeg vader.

'Jawel, maar Bep wil niet tot middernacht blijven.'

'Het is al heel wat dat ze langzaamaan vooruitgaat,' merkte moeder op.

Ineens zag Suus dat haar moeder de jonge buurman met een licht misprijzen aankeek. Had moeder iets gemerkt? Of had ze zich misschien vergist, want nu lachte moeder weer.

'Suus zal straks wel een schaaltje bij jullie brengen. Wij hebben er meer dan genoeg.'

Barends ogen glommen en niet alleen van plotselinge dankbaarheid. 'Graag, buurvrouw, dat is verschrikkelijk aardig.'

'Laat Mineke dat maar doen,' bromde Suus verschrikt. 'Ik heb de beurt om Grietje met het melken te helpen.' Tegenwoordig hadden Suus en Mineke elk een week lang de beurt. Degene die niet hoefde te melken moest moeder helpen in de keuken met het klaarmaken van de maaltijd.

'Ja, dat is waar. Nu, dan doet Mineke het wel.'

Suus slaakte een zucht van opluchting. Ziezo, nu hoefde ze niet bang te zijn dat Barend haar opwachtte op een donker plekje. Het was nu drie uur. Als de oliebollen klaar zouden zijn, zou het zeker al schemerig worden. Ze ving Barends blik, maar deed net of ze het niet zag.

Vader had gelukkig niets in de gaten. Die zat nu gezellig zijn pijp te stoppen en had zo'n haast niet meer om aan het werk te gaan. In de winterdag had een boer het lang zo druk niet als 's zomers en bovendien was dit niet zomaar een dag.

'Ik hoorde vanochtend een prachtig verhaal over een neefje van de notaris,' begon Dries, nu al een glimlach op zijn gezicht bij

wijze van voorpret. 'Luister. Jullie weten allemaal in Oud-Beijerland het lanencomplex dat het paradijs heet, nietwaar?'

Een instemmend gemompel ging op en verwachtingsvolle ogen
richtten zich op Dries van Bressij, die nu hardop lachte, terwijl hij
het verhaal nog moest vertellen. Even later had hij zich echter
weer in bedwang en vertelde hij verder. 'Er loopt daar een bewa-
ker rond die Luijendijk heet, die moet daar oppassen, jullie begrijpen wel wat ik bedoel. Nu goed, op een dag vertelde de juffrouw van dat neefje in de klas het verhaal van de zondeval in het
paradijs en daarna kregen de kinderen te horen, zoals dat ook in
de Schrift staat, dat na de zondeval een engel met een vlammend
zwaard het paradijs ging bewaken.' Weer moest Dries even lachen voor hij verder kon gaan. 'Weet je, wat dat bijdehante joch
toen door de klas riep? "Nee juf, geen engel met een zwaard.
Daar loopt Luijendijk met een stok." ' (Waar gebeurd.)

Iedereen lachte zich de tranen in de ogen en zodra men een
beetje bekomen was van het lachen, joeg Sanne alle kerels de
grote keuken uit en vroeg Suus een broodkorst in de reuzel te
steken om te kijken of het vet voor de oliebollen al heet genoeg
was.

Het vet siste om de broodkorst. Suus glimlachte. 'Ik denk dat
we wel met het bakken kunnen beginnen, moeder.'

Even later gleden de eerste lepels met beslag in het vet, dat
opbruiste en een heerlijke oliebollengeur begon zich al gauw te
verspreiden, eerst door de keuken en later door het hele woonhuis. Natuurlijk brandden ze allemaal hun mond aan de eerste
bollen, die ze veel te heet wilden opeten, zodat moeder Sanne
moest lachen en een kan melk uit de koude kelder haalde. 'Om de
brand te blussen,' zei ze lachend.

Toen de schaal bijna vol was, haastte Suus zich naar de koestal,
het inderdaad aan Mineke overlatend om een schaaltje oliebollen
bij de buren te gaan brengen.

De avond verliep als altijd. Moeder dekte de tafel met oliebollen, brood en spek, met krentenbrood en een schaal glimmend
gewreven appelen. Na het eten speelde het hele gezin ganzebord.
Zelfs Grietje, de meid, mocht meedoen, omdat ze geen familie in
de buurt had waar ze deze avond kon gaan doorbrengen. Ploon
was bij zijn eigen vrouw, in het arbeidershuisje.

Om een uur of tien kregen ze allemaal slaap, maar vader nam

een borrel, schonk voor moeder een glaasje cognac met suiker in en de kinderen kregen een glaasje boerenjongens. 'Jullie zijn dit jaar alledrie zo groot geworden, dat het nu wel kan,' grapte vader goedmoedig.

De wijzers van de klok tikten steeds verder. De kinderen hadden nu rode wangen van de slaap en de ongewone lekkernij. Nadat ze zelfs een tweede glaasje hadden mogen proeven stond vader op. 'Vrouw, zet je zondagse keuvel op. We gaan ons klaarmaken. Meiden, jullie ook. Kom goed voor de dag. We gaan het oude jaar uitluiden.'

Het was al een oud gebruik in Ammekerk. Elke oudejaarsavond verzamelde de hele dorpsbevoking zich tegen twaalf uur in de Kerkstraat, waar men zwijgend de laatste minuten zag wegtikken op de boven alles uittorenende kerkklok. Het was altijd een heel stil moment, die laatste minuten van het voorbije jaar, waarin de meesten veel te overdenken hadden. Men dacht dan aan hetgeen het jaar had gebracht, goed of kwaad. Men dacht aan degenen die er nu niet meer bij konden zijn, aan hen die men graag om zich heen had willen hebben, maar elders waren. Ach, er waren er veel, die verdriet hadden op zo'n moment, maar toch waren de meesten hoopvol gestemd. Nog even, dan verdwenen de spoken. Dan begon er een nieuw jaar, met nieuwe hoop en hernieuwde verwachtingen.

Muisstil was het nu en iedereen staarde omhoog, naar de wijzers van de oude kerkklok. Suus huiverde even in de late avondlucht. Dan, langzaam en zwaar, galmde de eerste slag door de stilte, ver dragend in de stille nachtlucht. Hier en daar pinkte een vrouw met de punt van haar schort een traan weg. Nog steeds stonden de mensen dicht opeen in de Kerkstraat. Het was een heel plechtig moment... vier... Suus keek voorzichtig om zich heen. Daar was Barend. Alleen. Hij keek niet omhoog, hij keek naar haar... zeven, acht... Daar stond ook Dirk Leeuwestein, zoals altijd stak hij boven iedereen uit. Hij leek nergens anders op te letten dan op de torenklok... elf, twaalf.

De laatste slag galmde door de straat en heel even nadat ook het laatste geluid was weggestorven, bleef het doodstil. Dan, ergens in de massa mensen, zette een zware mannenstem het traditionele lied in. Waarschijnlijk was het dominee zelf. 'Uren, dagen, maanden, jaren...' Nu waren alle stemmen hem bijgevallen.

De zang klonk ootmoedig door de drukke Kerkstraat. 'Vlieden als een schaduw heen.'

Toen ook de laatste tonen waren weggestorven brak eindelijk de gebruikelijke drukte los. Iedereen wenste nu degene die naast hem stond een gelukkig Nieuwjaar toe, zijn familieleden en later ook gewoon bekenden, maar ook anderen. Voor even, één keer per jaar, leken rangen en standen weg te vallen. Dominee wenste de bakker een gelukkig Nieuwjaar, de veldwachter schudde onbekommerd de hand van rijke boeren en stak zo nu en dan een dikke sigaar in zijn pet. Suus gaf haar moeder een kus, haar vader een hand, ja, zelfs Barend wenste ze welgemeend veel geluk toe en ze voegde er aan toe: 'Ik hoop dat Bep dit jaar helemaal zal genezen, Barend.'

Zonder op antwoord te wachten draaide ze zich om en maakte ze dat ze bij hem vandaan kwam. Ineens stond ze tegenover Dirk Leeuwestein.

'Wel, Susanne, de allerbeste wensen en dat meen ik uit de grond van mijn hart.' Zijn grote hand omvatte de hare heel stevig.

'Dank je wel, Dirk. Jij van hetzelfde. Laten we hopen dat je tante toch nog zal herstellen.'

'Ja, hopen mogen we altijd. Wat is het goed om de jaarwisseling hier mee te maken.'

'Zeker. Niet alle dorpen in de streek vieren oud en nieuw op deze manier, maar er zijn er wel meer dan Ammekerk, waar het zo gebeurt.'

'Ik weet het. Zeg, Susanne...' Hij trok haar iets opzij, zodat ze een paar passen van de andere mensen vandaan kwamen te staan.

'Ja?'

'Je bent nog steeds ongetrouwd, is het niet?'

Ze bloosde, maar gelukkig zou dat in het donker niet te zien zijn. 'Dat klopt.'

'Waarom?'

Ze keek hem bevreemd aan. Wat gaat jou dat aan, wilde ze zeggen, maar ze beheerste zich. 'Er is niemand met wie ik het aandurf om zo'n belangrijke stap te zetten.'

'Wij hebben elkaar nooit echt leren kennen, zoals ik dat graag wilde, weet je nog? Misschien is het nog niet te laat om daar verandering in te brengen?'

Dat wil ik niet, dacht ze, maar hij hield haar bij haar arm vast, zodat ze zwijgend naar hem opkeek. Hopelijk zou haar zwijgen hem ontmoedigen. Dat was echter niet zo.

'Ik kom binnenkort nog eens op Maesvreugt langs. Samen met mijn moeder om de jouwe Nieuwjaar te wensen. Het is lang geleden dat wij bij jullie zijn geweest. Weet je nog die keer dat ik naar jullie paard kwam kijken? Ik heb haar nog steeds. Zeg maar tegen je vader, dat ik nog eens langskom.'

Suus haalde diep adem om rustig te blijven. 'Ik denk er nog net zo over als toen, Dirk.'

'Dat weet ik. Daar gaat het niet om. Zeg nu maar gewoon tegen je vader, dat we binnenkort een keer langskomen. Misschien blijven we een keertje kortavonden. Dat is alles, Susanne. Soms vergeet je wellicht dat de wereld niet alleen om jou draait. Mijn moeder was vroeger bevriend met de jouwe en veel vriendinnen heeft ze nooit gehad. Verder hoef je er niets achter te zoeken.'

Voor ze kon vragen: o nee? was hij weg. Weer huiverde ze. Wat wilde hij van haar? Misschien was ze wat overgevoelig geworden waar het mogelijke huwelijkskandidaten betrof? Zocht ze er iets achter dat er niet was?

En toch... Ze kon het niet vergeten. Ze haastte zich terug naar haar familie en was blij toen ze eindelijk terug begonnen te lopen naar de boerderij, de stille kreekkant langs. Ze kon nog even nadenken, voor ze in bed zou kruipen. En morgen, als ze geslapen had, zou ze zeker weten dat ze iets geheel anders achter Dirks woorden had gezocht dan hij had bedoeld. Morgen zou ze lachen om de beklemming die haar nu in bezit nam.

5

EEN PRINSES WORDT GEBOREN

Hij kwam inderdaad. Bovendien werd het zelfs een gezellige avond, waarvan Suus zeker genoten zou hebben als er niet allerlei gedachten door haar hoofd hadden gespookt. Vader had niets gezegd, maar ze wist dat hij alsnog aan een mogelijk huwelijk dacht. Moeder zweeg eveneens. Suus moest helemaal alleen met zichzelf in het reine komen.

Het waren moeilijke weken. Dirk kwam nog tweemaal terug, bij welke gelegenheden hij dan om beurten met vader aardige verhalen zat te vertellen. Onderhoudend was hij zonder meer. O, het leven zou zo eenvoudig zijn als ze op hem verliefd was geworden en niet op Barend. Deze laatste kwam ook regelmatig de avonden korten, bijna altijd zonder zijn vrouw. Een enkele maal gingen Suus' ouders ook naar de buren, maar altijd samen, zonder de kinderen, zodat het niet te druk zou worden voor Bep Hagoort.

Suus ontliep Barend zoveel mogelijk, omdat dat de enige manier was om aan die verwarrende gevoelens te ontkomen, die hij nog altijd in haar wist op te roepen. Barend zinspeelde gelukkig nergens meer op, maar zo nu en dan ving hij haar blik en dan wist hij die vast te houden en te zeggen wat zijn lippen verzwegen. Dan wist Suus dat ze nog altijd hopeloos verliefd op hem was, al deed ze nog zo haar best om dat te negeren.

Maart kwam en ging en in het hele land ontstond er een zekere spanning, nu de jonge koningin na acht jaar huwelijk eindelijk een kind zou krijgen. Vooral de vrouwen die zelf een of meer miskramen hadden gehad, leefden nu met Wilhelmina mee. Oranjecomités bogen zich druk over de vraag, hoe de geboorte van de Oranjetelg zou worden gevierd en ook in Ammekerk werd veelvuldig overlegd door de notabelen over de te verwachten feestelijkheden. Op Maesvreugt werden oranje rozetten gemaakt om tijdens het feest te kunnen dragen. Alledrie de kinderen verheugden zich erop, want nu het voorjaar aanbrak begon de drukke tijd weer en dan was een verzetje altijd welkom.

April bracht de eerste lentedagen, en de paarden werden zoveel mogelijk buiten gelaten, zodat ze rustig zouden zijn als ze straks voor de eg moesten lopen. Paarden werden altijd dartel als ze in de lente voor het eerst de wei in mochten. Suus stond een poosje naar de dieren te kijken en ze moest lachen toen ze zag, hoe zelfs de zware werkpaarden zich gedroegen als kwajongens.

De maand vorderde en iedereen richtte met spanning zijn ogen op de hofstad. Aan het eind van de maand bevatte elke krant een kort communiqué over Hare Majesteits gezondheidstoestand. Toen de laatste dagen van die aprilmaand aanbraken, begonnen de mensen te hoop te lopen om voor het paleis te wachten op de komende gebeurtenissen.

Eindelijk, op de laatste dag van de maand, toen de spanning naar een hoogtepunt was gekropen, begon men om half acht 's morgens te fluisteren dat er een kind was geboren. In de loop van de dag brachten alle kranten in het hele land een extra uitgave met de mededeling: 'Prinses geboren.' Onmiddellijk daarop brak het enorme enthousiasme los.

In steden en dorpen begonnen de klokken te luiden om de geboorte van de prinses bekend te maken en al snel verscheen er op de gemeentehuizen een oranjekleurig bulletin, waarin werd gemeld dat de geboorte voorspoedig was verlopen en die morgen om zeven uur had plaatsgevonden. Bijna alle huizen waren die dag getooid met de vaderlandse vlag en een oranje wimpel. Het koningshuis, dat al tientallen jaren had bestaan uit de jonge koningin en haar moeder, en later ook de jonge echtgenoot, had een nieuwe telg. Het voortbestaan van de dynastie had aan een zijden draad gehangen, maar was nu gered.

De kerk in Ammekerk puilde net als overal uit van de mensen, die naar het dorp kwamen om er de dankdienst bij te wonen. Zelfs dominee droeg een oranje strikje en na de dienst kon iedereen bij de herbergier een gratis glas oranjebitter gaan halen.

Suus voelde zich een beetje opgewonden, toen ze in de kerk zat. Eigenlijk was het een hoop drukte voor zoiets gewoons als het krijgen van een kind, dacht ze. Maar een kleine prinses was natuurlijk niet zómaar een kind. Haar moeder was als tienjarig meidje koningin geworden en ze was de laatste van haar geslacht geweest. Velen hadden eraan getwijfeld of deze dag wel ooit zou aanbreken, toen de jaren na het koninklijk huwelijk waren verstreken zonder gezinsuitbreiding.

En nu was het dan zover. Zelfs dominee straalde en zijn glimlachende mond liet gloedvolle woorden van de kansel rollen.

'De blijde verwachting, die geruime tijd het Nederlandse volk heeft vervuld, angstvallig eerst, in volle zekerheid later en tenslotte in zenuwachtige spanning, is hedenmorgen vervuld. Neerlands hoop is verwezenlijkt. Een koningskind is ons volk geboren.

Historische dagen maakt ons land door. Het is vandaag een dag van algemene dankbaarheid, die in feeststemming haar uiting vindt.'

Aan het eind van de dienst werd staande, heel plechtig, het

Wilhelmus gezongen en vele vrouwen lukte het niet om de ogen droog te houden.

Reeds de volgende dag maakte de Ammekerkse fanfare, die nu tien jaar bestond, een vrolijke rondgang door het dorp. 'Semper Crescendo' speelde de sterren van de hemel en de kinderen dansten uitgelaten mee. Nog weer twee dagen later werd de naam van de prinses bekendgemaakt. Ze zou Juliana heten, naar de stammoeder van het Oranjegeslacht. In de krant verscheen een uitgebreide stamboom van het prille kindje. De enigen die niet meededen aan deze en de komende feestelijkheden waren de socialisten, die tegen het koningshuis waren, maar in kleine dorpen als Ammekerk waren niet veel 'roden'. Sommige arbeiders luisterden wel naar het opruiende gepraat, maar durfden zich niet aan te sluiten. Als de boer ter ore kwam dat zijn knecht socialist was, kon die er immers zeker van zijn, zijn werk te verliezen. De boeren lustten nu eenmaal geen rooien.

Op dezelfde dag werd bekendgemaakt, dat het officiële feest halverwege de meimaand gevierd zou worden. Het geboortefeest van prinses Juliana werd gekoppeld aan een andere herdenkingsdag van het vorstenhuis. Dat jaar 1909 herdacht men tevens op 12 mei, dat het zestig jaar geleden was dat de grootvader van de pasgeboren prinses, koning Willem III, aan de regering kwam. De hele bevolking zag met plezierige spanning en verwachting naar de feestdag uit.

Op Maesvreugt werkten ze de dagen van tevoren zoveel mogelijk vooruit. Er zou slechts eenvoudig gekookt worden, al had moeder oranjebitter gekocht voor vader en ook koekjes voor bij de koffie. De pudding en de puddingsaus waren de dag tevoren reeds klaargemaakt en stonden in de kelder klaar. Suus en Mineke moesten die ochtend samen melken, zodat Grietje uit kon slapen. Hendrik en vader voerden samen de beesten en mestten de stallen uit. Ook Ploon mocht uitslapen, maar om tien uur moesten de knecht en de meid komen en 's avonds moesten ze samen voor het melken zorgen, zodat de familie weg kon om feest te vieren in het dorp. De knecht moest dan op Maesvreugt passen, voor dieven, brand en landlopers. Na het melken aten de meisjes haastig hun ontbijt, om nog net naar Ammekerk te kunnen gaan voor de reveille met muziek van acht uur.

De kinderen waren allemaal op straat en voor één keer keken

ze reikhalzend uit naar het luiden van de schoolbel. Zoals gebruikelijk zou er vandaag gezongen worden, werden ze getracteerd op chocolademelk en krentenbrood en een blijvend aandenken. Ook de armen zouden onthaald worden op een feestgave. (Noot: men gebruikte nu niet langer het woord bedeling.)

Na de muzikale rondgang gingen de meisjes Van Bressij grinnikend terug naar Maesvreugt, om daar met de familie koffie te drinken. Met het gerij zouden ze later naar het dorp teruggaan, want om elf uur was er een muziekuitvoering op de wei aan de oever van de kreek aan het begin van het dorp. Daar waren een paar banken getimmerd voor de notabelen en voor de mensen die moeilijk ter been waren. Ammekerk kon voor even weer de standen vergeten. Bij dergelijke feestelijkheden was ineens een ongewone broederlijkheid te bespeuren, die daarna weer snel vergeten zou zijn.

Vader en moeder hielden van muziek en wilden de uitvoering bijwonen, om de volksspelen van die namiddag en de 'kermesse d'été' gaven ze niet zoveel, al zou Grietje met de meisjes worden meegestuurd als chaperonne. Vader en moeder bleven dan rustig thuis, maar 's avonds zouden ze allemaal de herberg bezoeken, al kwamen ze daar anders nooit, voor het klapstuk van deze dag. Natuurlijk zou het dorp geïllumineerd zijn, maar de grote bijzonderheid was toch wel de gratis bij te wonen voorstelling van de kinematograaf, een wonder dat je anders slechts in de stad kon aanschouwen. Ja, de nieuwe tijd begon overal zijn intrede te doen. Zelfs in Ammekerk.

Zolang je jong was, bleven de spelen en de kermis aantrekkelijk. Natuurlijk waren de jonge Van Bressijs nu wel te groot geworden voor het gebruikelijke koekhappen en zaklopen, maar Hendrik wilde pertinent meedoen met het mastklimmen en ook met het sprietlopen, waar zelfs volwassen kerels aan mee konden doen. Een heus horloge was als hoofdprijs uitgeloofd, naast de meer gebruikelijke prijzen in de vorm van levensmiddelen als spek, eieren en bonen.

En dan de kermis! De dorpelingen liepen te hoop om de opbouw van een heuse stoomcarrousel te bewonderen, aan het einde van de Kerkstraat. Dan was er nog een draaimolen, de kraam waar je zuurstokken, kaneelstokken en meer van dat soort heer-

lijkheden kon kopen. De herbergier haakte ook al in op de feestelijkheden, want hij zette tafels op schragen in de straat en banken,
zodat de mannen daar een borrel konden drinken en de vrouwen
een glaasje vruchtenwijn. Voor de kinderen was er oranje limonade en de herbergier deed vast wel goede zaken, want de kinderen uit de arme gezinnen, die met verlangende ogen toekeken hoe
hun beter bedeelde dorpsgenootjes het lekkers kochten, kregen
zo nu en dan gratis een beetje van het lekkers. Dan zag je die
magere, bleke toetjes met de ingevallen wangen oplichten van
puur kindergeluk.

Suus en Mineke, op hun mooist uitgedost en gewoon gearmd
met de gezette Grietje, die al van middelbare leeftijd was en die
voor de kinderen altijd een soort tweede moeder geweest was,
genoten van de drukte in het dorp.

'Wat geweldig, dat het zulk lekker weer is,' genoot Mineke
hardop. 'Dat maakt alles eens zo vrolijk.'

Grietje, natuurlijk met haar witte schort voor en haar dienstbo-
denmuts op, genoot al evenzeer als de beide meisjes.

Ineens zag Suus iets, wat haar ogen nauwelijks wilden geloven.
'Kijk daar nu eens,' zei ze verwonderd.

Voor hen uit, op weg naar de kermis, liep een reuzengestalte
die maar aan één persoon kon toebehoren. Was Dirk vandaag
alweer in Ammekerk? Vrouw Flohil, zijn tante, was inmiddels
overleden. Hij had hier niets meer te zoeken, wel? Maar dat was
natuurlijk niet hetgeen, waarover ze zich zo verbaasde. Nee, als
een soort rattenvanger van Hamelen werd Dirk omstuwd door
een schare van wel vijftien arbeiderskinderen, de armsten van de
armsten, die zoëven nog bij de herberg hadden gestaan en die van
de goedhartige herbergier limonade hadden gekregen. Wat
moest Dirk met al die kinderen? Boeren bemoeiden zich immers
nooit met de noden van de arbeiders, hooguit deden ze zo nu en
dan een gulle gave in de collectezak van de diaconie, maar dat
waren alleen de boeren die hun hart op de juiste plaats droegen.
Maar al te vaak hoorde je de rijken verkondigen dat ook armoe
door God gewild was en dat het daarom niet paste om je te bekla-
gen als je gebrek leed. Hoewel de Van Bressijs, met uitzondering
van Dries' vader en grootmoeder, nooit zo waren geweest, was
Suus toch ten zeerste verbaasd over hetgeen ze Dirk Leeuwestein
nu zag doen.

Mineke lachte nonchalant en trok Grietje mee naar de stoom-carrousel, waar de oudere vrouw zich met gilletjes van angst en plezier in liet zetten voor een ritje. Suus trok zich een beetje in de schaduw terug en keek naar de man met wie haar vader haar zo graag zag trouwen.

Die grote lobbes van een kerel kocht voor al die armoedzaaiers een zuurstok of kaneelstok. De schapen mochten zelf kiezen, wat ze deden met grote ogen en rode konen en uiteraard na ellenlang wikken en wegen. Daarna loodste hij de hele likkende optocht naar de draaimolen en betaalde voor allemaal een ritje. Lieve help, ging die dwaas er nu zelf tussen zitten? Kijk nu toch, verbaasde Suus zich, de grootste kerel uit Ammekerk en alle omliggende dorpen midden tussen al de sjofele kinderen in de draaimolen, lachend alsof hijzelf nog maar de helft van zijn aantal jaren telde.

Haar hart bonkte als een razende en als ze in later jaren aan haar leven terugdacht, wist ze dat dit een van die beslissende momenten was geweest, zoals mensen die maar een enkele keer meemaken.

Pas toen Dirk, wat verlegen lachend nu, zich aan de dankbare troep had ontworsteld en volkomen onbewust van de opschudding die hij had veroorzaakt naar de herberg terugkuierde, zag hij Suus staan, weggedoken in de schaduw van het laatste huis van de straat.

'Hallo, Susanne. Ben je ook vrij om feest te vieren?' vroeg hij even vriendelijk als altijd.

Ze knikte en merkte dat ze nog behoorlijk in de war was.

'Ik ga me juist tegoed doen aan een borrel. Kan ik jou misschien een glaasje vruchtenwijn aanbieden?'

'Ja, eh... graag... alleen zie ik Mineke niet en Grietje, die op ons moet passen, ook niet.'

'Kom, kom, hoe oud ben je nu?'

'Eenentwintig, daarom juist.' Ze keek zoekend rond, maar Mineke en Grietje leken in rook te zijn opgegaan. Wacht, nee, daar waren ze, ze zaten nu in de draaimolen. Grietje slaakte niet langer gilletjes, maar haar gezicht vertoonde een lach van oor tot oor en haar rokkenvracht slierde wijduit om haar benen. Suus schoot in de lach. 'Ik zie ze al.' Ze beduidde haar zusje dat ze naar de herberg ging en hoopte maar dat Mineke het begreep. Toen liep ze naast Dirk de straat door.

Hij liet haar plaatsnemen op een bank die in de zon stond en wenkte de herbergier, die zich naar binnen haastte om de bestelde verversing te halen. Het was gezellig druk aan de tafels. Overal zaten mensen die Suus kende. Vader zou er dus wel niet al te hard over vallen, dat ze hier met Dirk zat zonder chaperonne. Zo nu en dan werd er steels naar hen gekeken, dat merkte Suus best. Ze besloot ter plekke zich deze keer niets van de achterklap aan te trekken.

'Zullen wij straks ook eens een ritje in de draaimolen maken?' vroeg Dirk opgewekt.

'Is het eng?' wilde Suus een beetje benauwd weten.

'Verre van dat. Je stoeltje hangt aan een stevige ketting, en als de molen harder gaat draaien word je een eindje opzij geslingerd. Je krijgt het gevoel dat je een vogel bent en door de lucht vliegt.'

'Ik wil het wel eens een keer proberen. Zo vaak is er geen draaimolen in het dorp.'

'Afgesproken. En ga je ook nog naar de zigeunervrouw om je hand te laten lezen en de toekomst te laten voorspellen?'

'Foei. Dat onze dominee zoiets toelaat. Het is heidens en slecht om je de toekomst te laten voorspellen.'

Hij grinnikte. 'Kom nu, het is maar een simpel kermisplezier. Het stelt niets voor. Je hoeft er echt niet bang voor te zijn. Tien tegen een voorspelt ze je een gelukkig huwelijk en een tiental kinderen.'

'Dat is wel een beetje veel, hoor,' schertste ze vrolijk mee. Nog nooit was ze bij hem zo op haar gemak geweest als vandaag. De verversingen werden gebracht en Suus nam voorzichtig een slokje van het zoete, rode vocht. Het smaakte heerlijk. Ze hield van vruchtenwijn, al dronk ze het niet vaak. Suus staarde de straat in. Alle mensen keken vrolijk vandaag, maar zelf moest ze even rillen.

'Waarom ben je nog steeds niet getrouwd, Suus?' vroeg Dirk onverwacht, net als hij had gedaan in de Nieuwjaarsnacht. Toen had ze hem afgepoeierd. Zijn stem klonk zo zacht dat niemand anders hem kon horen. Suus aarzelde en keek hem tersluiks aan eer ze even zacht antwoordde: 'Ik weet het niet. Ik wacht nog altijd op de Ware Jozef, denk ik.'

'Je bent veel te romantisch. Zoiets komt maar zelden voor.'

'Al te veel huwelijken worden gesloten om geld en goed, Dirk. Daar komt veel te vaak narigheid van.'

'Helaas kan ik je mening niet delen. Soms zeggen jonge mensen niet zonder elkaar te kunnen leven en een jaar later vechten ze dan als kat en hond. Het is belangrijker dat je goed met elkaar overweg kunt en gelijkwaardig bezit inbrengt, waar je dan samen voor werken kunt.'

'Het klinkt allemaal heel logisch. Je praat net als mijn vader.'

'Natuurlijk. Hij en je moeder hebben het toch ook goed samen? Trouwden zij soms uit liefde?'

'Ik weet het niet.' Suus kreeg beschaamd een kleur en durfde hem niet aan te kijken.

'Je moet er niet somber om worden, meisje. Kom, we hebben ons glas leeg en we kunnen wel een stukje langs de kreekkant lopen, voor we naar de draaimolen gaan en je zuster weer opzoeken. Het doet me goed om dit eens uit te praten.'

'Waarom?' vroeg ze, zodra hij had afgerekend en ze naast elkaar door de straat naar de kreek liepen.

'Eens heb ik je ten huwelijk gevraagd en ik vind het nog steeds jammer dat je het aanzoek niet hebt aangenomen. Ik vind je aardig en Maesvreugt is gelijkwaardig aan Mastland. Het zou een zeer passend huwelijk zijn, voor ons allebei. Ik heb nooit iemand anders kunnen vinden die ik even graag wilde hebben en het wordt tijd dat ik trouw.'

'Maar wat kennen we elkaar nu eigenlijk?'

'Niet zo goed, daar heb je gelijk in, maar daar is wat aan te doen. Het probleem is dat jij er niets voor voelt. Dat is vroeger al gebleken toen ik hetzelfde voorstelde. Je jaagt naar mijn idee een ideaal na en je moet je er niet over verbazen als je over een paar jaar tot de ontdekking komt dat je idealen als zand door je vingers zijn weggelopen, Suus. Als je dertig bent en je hebt je ware liefde nóg niet gevonden, dan ben je een oude vrijster en zul je je leven lang op Maesvreugt blijven. Wil je dat misschien liever?'

'Bij mijn broer zitten, later? Nee, alsjeblieft niet. Dan word je een soort veredelde meid. Ik wil boerin zijn op mijn eigen erf.'

'Zie je wel,' drong hij aan.

Suus was heel erg in de war. Dit gesprek was zo onverwachts gekomen en hij had haar zo in verwarring gebracht met zijn bijzondere gedrag. Hij had gelijk en ze wist het, maar was het wel zo'n droomwereld, wat ze nastreefde? Ze was op dat moment nergens meer zeker van.

Dirk loodste haar naar het water. Ze waren nu de drukte voorbij van de kermis en de zon schitterde op het water van de kreek. Verderop, achter de ontluikende oude lindebomen, lag Maesvreugt weggescholen. Suus keek er peinzend naar. Nee, ze zou nooit over willen schieten en levenslang daar blijven, hoeveel ze ook van haar ouderlijk huis hield. Ze wilde graag kinderen van zichzelf hebben, dat ook. Dat vooral.

'Luister, Suus, omdat ik nog steeds van mening ben, dat ik het liefste met jou trouw, herhaal ik mijn huwelijksaanzoek. Van alle meisjes die in aanmerking komen, wil ik jou het liefste hebben. Om uiterlijk geef ik niet zoveel, maar je hebt ook een lief karakter en je bent flink. Je kunt aanpakken. Je bent geen aanstelster, zoals je zusje.'

'Hoe weet je dat allemaal?'

'Ik heb naar je gekeken, en mijn moeder heeft dat ook gedaan. Ze mag je wel lijden, geloof ik. Misschien is mijn moeder geen gemakkelijke vrouw. Ik weet dat ze zo bekend staat, maar ze bedoelt het allemaal best goed. Ze uit haar gevoelens nogal moeilijk en ze heeft er verdriet van dat er over haar gekletst wordt. Ze weet het, maar ze kan er niets aan doen. Over mezelf kan ik eigenlijk niet veel vertellen. Ik ben heel gewoon. Ik hou ontzettend veel van Mastland en in mijn ogen is er geen boerderij zo mooi als de mijne.' Hij lachte verlegen. 'Ik ben blij met de boerderij en ik zou geen ander werk willen hebben. We zouden samen goed voor de hoeve kunnen zorgen en een goed leven leiden, Suus. We zijn beiden van hetzelfde geloof, dat is ook belangrijk. En ik mag je graag. Je bent niet zo'n drukteschopster. Ik hou niet van vrouwen die altijd het hoogste woord hebben.'

Ze glimlachte, bijna tegen wil en dank. Zijn donkere ogen leken net die van een hond. Hij keek haar nu even trouwhartig aan. Ze had niet langer een hekel aan hem, maar ze had hem ook niet lief.

'Ik hou niet van je, Dirk.'

'Dat doet er immers niet toe. Als we maar goed met elkaar overweg kunnen. Dat is belangrijker dan een liefde die fel opvlamt om later weer even zeker te doven. Als je met mij trouwt, moeten we een heel leven samen delen. Dan is vriendschap be-

63

langrijker dan een kortstondige verliefdheid.'

Suus werd warm van binnen bij zijn pleidooi, maar iets van aarzeling was er nog steeds.

Had hij misschien gelijk? Joeg ze een droombeeld na? Hij zei ongeveer hetzelfde als haar vader altijd zei. Ze dacht ook aan Barend en dat deed pijn. Maar Barend was getrouwd en zelfs al was hij dat niet... Dirk was veel betrouwbaarder dan Barend, dat zag ze heus wel in. Barend zei soms dingen die niet door de beugel konden. Een enkele keer dacht ze zelfs dat hij meer in haar erfdeel zag dan in haarzelf. Dirk was tenminste eerlijk in die dingen.

Die grote lobbes van een kerel, met handen als kolenschoppen en die beslist geen doetje was... Iedere kerel in de streek had respect voor hem. Hij had verstand van het boerenvak en meer nog van paarden. Suus wist dat zelfs haar vader wel eens om Dirks mening vroeg, als het op paarden aankwam. Zou haar leven bij hem in veilige handen zijn, in rustig water komen? Zou het dan toch mogelijk zijn geluk te vinden waar ze het allerminst had verwacht?

Nadat het een tijdje stil tussen hen was geweest, keek Suus hem eindelijk in de ogen. 'Mag ik er een paar dagen over nadenken, Dirk? Tot zondag? Kom je dan na de kerk bij ons koffiedrinken?'

Hij lachte verrukt en ineens straalden zijn bruine hondeogen. 'Dus ik maak toch een kansje, al is het maar een kleintje?'

'De dingen die je zei klonken heel logisch. Ik heb de laatste jaren ook wel het een en ander bijgeleerd. Misschien heb je gelijk – moet ik mijn jongemeisjesdromen zien als idealen. Mijn vader zei aldoor hetzelfde als jij daarnet. Ik zal er oprecht over nadenken, dat beloof ik je.'

'Afgesproken. Ik wil je niets opdringen, Suus, maar ik weet zeker dat we gelukkig zouden worden, jij en ik. We zouden goede maatjes kunnen zijn en dat is belangrijk als je onder één dak leeft. Zullen we dan nu terug gaan naar het feest en eens wat plezier gaan maken?'

'Graag.'

Ze genoot van de draaimolen, al slaakte ze in het begin óók een paar gilletjes, half van opwinding en half van een prettig soort angst. Maar als je eenmaal draaide en een beetje gang kreeg, dan voelde je de wind langs je wangen strijken en je rokken fladderden achter je aan. Je moest je vastgrijpen aan je stoeltje, dat helemaal scheef kwam te hangen, maar de een of andere onzichtbare hand leek je tegelijkertijd vaster in je stoel te drukken. Middelpuntvliedende kracht noemde Dirk dat. Ze had nog nooit zoiets meegemaakt.

Ondertussen hadden ze ook Mineke en Grietje teruggevonden. Die waren beiden juist bij de waarzegster geweest, die Mineke had gezegd dat ze op moest passen voor ongelukken en de oude Grietje wél een huwelijk had voorspeld. De beide vrouwen geloofden geen snars van wat ze hadden gehoord. Onder algemeen aandringen ging uiteindelijk ook Suus de tent van de waarzegster in. Ze was opeens een beetje bang, ondanks dat Dirk buiten stond en nu voor Mineke een nougatblok kocht.

Ze moest haar hand laten zien en de donkere vrouw met enorme oorbellen in het oor en een glazen bol voor zich op tafel, volgde met een vinger de lijnen in haar hand. 'U heeft een mooie lange levenslijn... U zult oud worden, maar er is een onderbreking in. Eens zult u moeten vechten, dame, voor uw geluk en misschien zelfs voor uw leven. Maar u hoeft niet te wanhopen. Er staat een man aan uw zijde.'

Ja, dat had ze al gedacht. Suus moest zich ineens bedwingen om niet te gaan grinniken.

De donkere ogen van de zigeunerin boorden zich diep in die van Suus en toen glimlachte ze. 'Ja, u moet vechten, maar u bent sterk. U hoeft niet bang te zijn. Iemand die voor zijn geluk moet vechten, waardeert het meer als het geluk toch eindelijk zijn pad kruist. Zo is het ook bij u. U hoeft niet bang te zijn. Tenslotte komt het allemaal in orde. Het staat in de sterren.'

Suus huiverde opnieuw toen ze weer naar buiten ging. Was het een oplichtster? Ze wist het niet. Je werd eigenlijk helemaal niet plezierig bang, zoals daarnet in de draaimolen het geval was geweest. Ze kon de donkere ogen van de zigeunerin nog lang niet vergeten. Ze moest vechten voor het geluk, had deze gezegd. Hoe moest ze dat opvatten?

Pas bij het sprietlopen lukte het Suus weer om los te komen van de beklemmende sfeer in de tent van de zigeunerin. Hendrik deed het goed. De ene na de andere kerel plonsde onder luide aanmoedigingen en nog luider gelach in het ondiepe stuk van de kreek, waar een oude boegspriet lag, natuurlijk rijkelijk ingesmeerd met groene zeep. De mensen waren niet in de eerste plaats gekomen om de winnaars te zien, maar juist om de verliezers te water te zien gaan. Kerels die druipnat naar de kant moesten waden, nadat ze met de malste capriolen van de spriet waren afgeglibberd en vergeefs hadden geprobeerd zich aan de spekgladde mast vast te grijpen. Ja, al was je nog zo somber, daar moest iedereen toch wel om lachen.

Dirk was ondertussen weggegaan. Hij zou ook niet meer terugkomen, 's avonds, voor de voorstelling van de kinematograaf (= voorloper van de film). Ze zou hem pas de komende zondag weerzien. Zondag, als hij het antwoord kwam halen op zijn aanzoek. Het tweede huwelijksaanzoek, en Suus wist dat een derde er nooit zou komen.

Ze lachte wel, en voelde zich ook best vrolijk, maar op de achtergrond was er aldoor het weten dat er over enkele dagen mogelijk over haar toekomst werd beslist. Het was nu woensdag. Voor ze het wist zou het zondag zijn.

Aan het eind van de middag kwamen de drie vrouwen op Maesvreugt terug. Hendrik volgde hen, trots dat hij vijfde was geworden bij het sprietlopen. Mineke praatte opgewonden en Grietje was doodmoe van het ongewone kermisplezier. Ze liep stil achter de drukke jongelui aan. Suus deed zich ook heel vrolijk voor, maar in stilte was ze blij weer thuis te zijn.

Toen ze bezig was om de tafel te dekken voor de avondboterham en samen met haar moeder in de grote woonkeuken was achtergebleven, vertelde ze zo rustig mogelijk dat ze Dirk Leeuwestein vandaag had ontmoet, dat ze samen wat gedronken hadden en langs de kreek hadden gewandeld. 'Hij heeft me opnieuw ten huwelijk gevraagd,' besloot ze.

'En?' Moeder Sanne keek haar oudste dochter gespannen aan.

'Ik heb bedenktijd gevraagd, moeder. Hij komt zondag koffiedrinken.'

'Dat was verstandig van je. Over een huwelijk moet je niet overhaast beslissen. Dan moet je zeker van je zaak zijn, meisje.'

'Dat weet ik, moeder. Ik zal er grondig over nadenken. Er is zoveel veranderd, sinds Dirk me een aantal jaren geleden vroeg. Ik zie alles niet meer zo zwart-wit, moeder.'

'Je weet dat wij Dirk graag mogen. Je kunt er altijd met je vader en mij over praten, maar als je liever alleen tot een besluit komt, is het ook goed. Wij hopen beiden het beste voor je, Suusje.'

'Dat weet ik immers!' glimlachte ze, maar de onverwachte warmte die uit moeders ogen straalde, joeg toch een brok naar Suus' keel. Wat gelukkig was ze, om zulke ouders te hebben!

6

DE TEERLING WORDT GEWORPEN

'Au, verdraaid, au, au! Moe-oe!' Minekes kreten verjoegen de vroege zondagmorgenrust. Ongerust kwam Sanne van Bressij de keuken ingesneld, op de hielen gevolgd door Suus.

'Wat is er, kind?'

'Ik heb me gebrand.' Tranen waren in Minekes ogen gesprongen. 'De theeketel schoot uit en ik kreeg een scheut over mijn arm, hier.'

De plek was vuurrood en Sanne schrok ervan. 'Vlug, Suus, geef me het flesje olijfolie.'

De rode plek werd met olie ingesmeerd en daarna strooide moeder net zo lang meel over de zere plek, tot het meel niet meer door de olie werd doortrokken, maar erop bleef liggen. Daarna wond ze voorzichtig een zachte lap om de deegmassa en de zere arm.

'Ziezo, kind, dit is de beste behandeling voor brandwonden. Nu houdt de pijn zo op en je zult zien dat je over een poosje niets meer van de plek ziet. Ga maar lekker zitten. Suus maakt je werk wel af.'

Mineke snikte nog een beetje na, terwijl Suus behendig twee schepjes thee in de ketel met kokend water deed, waarna ze de ketel op een hoekje van het fornuis zette, zodat de thee kon trekken. Daarna sneed ze het brood en maakte ze de tafel af. Een kwartier later schoof het hele gezin, inclusief de meid, aan tafel. Ploon was na het melken en het uitmesten van de stallen naar zijn eigen huisje gegaan, om daar met zijn eigen vrouw te ontbijten.

Het was geen goed begin van de dag, dacht Suus bedrukt. Na het eten zouden ze met de tilbury naar de kerk rijden en daarna...

Ze rechtte haar rug en dacht aan het gesprek dat ze gisteravond met haar vader in de mooie kamer had gehad.

'Wel, kind,' had vader vriendelijk gezegd na de avondkoffie. 'Kom eens even mee. We moeten iets bespreken.' Zodra ze gezeten was, haar handen helemaal koud van de zenuwen, ging hij verder. 'Morgen is het een belangrijke dag voor je, Suus. Je moet een beslissing nemen die zo belangrijk is dat je maar enkele malen in je leven zo'n keuze maakt. Ik weet dat je de afgelopen dagen aan niets anders hebt gedacht en ik zou het op prijs stellen als je me zou willen vertellen wat je hebt besloten.'

'Waarom?' probeerde ze nog om tijd te winnen, want ze was nog evenzeer ten prooi aan twijfels en onzekerheden als die woensdag van het feest, nu een halve week geleden.

'Lieve kind, als je besloten hebt morgen je jawoord te geven aan iemand als Dirk Leeuwestein, dan is dat een dag om op gepaste wijze te vieren. Mijn oudste dochter... ik zou er trots op zijn, dat weet je, maar voor geen goud wil ik je dwingen tot iets dat je tegenstaat. Daarvan heeft onze familie in het verleden te veel ellende gezien. Ik vertel je die oude familiegeschiedenissen nog wel een keer.'

'Vader...' even aarzelde Suus, toen won de nieuwsgierigheid het van haar respect voor de man die haar vader was. 'U weet dat ik niet van Dirk hou, maar er is ook niemand anders...' – hier haperde haar stem slechts licht – 'met wie ik zou willen trouwen. Hielden moeder en u van elkaar, toen jullie in het huwelijk traden?'

Dries van Bressij stond slechts heel kort in tweestrijd. Eerlijkheid was ook nu het beste. Zijn leven lang had hij onoprechtheid niet kunnen uitstaan, maar het was moeilijk om eerlijk te blijven tegenover je kinderen als er zoiets ter sprake kwam. Toch, hij kon niet anders. Vroeger niet en ook nu niet, nu hij een man van middelbare leeftijd was geworden, zijn haar vergrijsde en zijn rug zich langzaam boog onder het harde werk en ook zorgen, die hem niet bespaard waren gebleven.

'Je moeder hield zielsveel van mij, maar ik had dat niet zo in de gaten. Ik wil graag eerlijk zijn, Suus, maar het valt niet mee. Ik zag je moeder meer als een soort zusje. Ik respecteerde haar en achtte haar hoog, maar de waarheid is dat ik haar niet liefhad toen ik haar vroeg mijn vrouw te worden.'

Ze was niet zozeer pijnlijk getroffen dan wel duidelijk verrast. Ze had altijd gedacht, nee, ze wíst dat het huwelijk van haar ouders goed was. Ze had het elders maar al te vaak anders gezien. 'Net zoals ik me voel ten opzichte van Dirk,' hakkelde ze verlegen.

'Ja, kind, precies zo. Maar mijn gevoelens veranderden ongemerkt. We hadden eerst die vreselijke nacht waarin Kreekestein afbrandde, het ouderlijk huis van je tante Hanneke, en als gevolg daarvan kwam jij ter wereld, te vroeg nog wel. Pas toen besefte ik dat ik van je moeder was gaan houden. Het is al een oude geschiedenis en ons geslacht telt er vele. Je moeder en ik hebben veel om dankbaar voor te zijn. Ik weet zeker dat je niet ongelukkig zult worden met een man als Dirk. Hij is sterk en standvastig, de beste paardenman die ik ken en een goede boer. Je toekomst zou bij hem in goede handen zijn, daarvan ben ik overtuigd.'

'Maar als ik... over een poos... van een ander ga houden?'

'Ja, kindje, dat zou onherroepelijk grote moeilijkheden geven. Het huwelijk is voor eeuwig en een scheiding is bijna onmogelijk, dat weet je. Maar als je gaat wachten op iets dat wellicht nooit komt, krijg je later spijt.'

'Zoiets zei Dirk ook. Ik heb er de afgelopen dagen aldoor aan moeten denken. Ik ben niet zo'n meisje, dat om de haverklap haar hart verliest en dat maar voor korte duur.'

'Lieve kind, je moeder en ik zijn er vast van overtuigd dat je geen spijt zult krijgen van dit huwelijk. Anders zouden we het je nooit aanraden, hoe rijk je toekomst ook zou zijn. Maar Dirk als man heeft ons grootste respect en we weten dat dat ook met jou zo is.'

'Jawel, maar...'

'Ja: maar. De twijfels houden je in de greep, hè? Hoe lang al, Suusje? Een jaar of drie, sinds Dirks eerste aanzoek? Je begrijpt toch wel dat hij het heel goed met je meent? Een trotse man als Dirk zou anders nooit een tweede aanzoek doen. Toch kan alleen jijzelf die aarzeling overwinnen. Je moet maar te rade gaan bij Hem die op alle vragen antwoord weet, meisje. Alleen Boven kun je hulp vinden als je er zelf niet uit komt. Ondanks de hoop van je moeder en mij aangaande dit huwelijk, is het jouw beslissing, jouw leven. Als je het niet zeker weet, vraag dan nog een keer uitstel, al zal Dirk dat niet leuk vinden.'

'Nee, vader, ik ben nu tot een besluit gekomen. Mijn twijfels zouden blijven voortduren, hoeveel uitstel ik ook zou krijgen. Ik zal met Dirk trouwen. Misschien krijg ik er nog eens spijt van. Maar het is het beste dat ik nu kan doen. Ik heb me gerealiseerd dat al mijn vroegere vriendinnen intussen getrouwd zijn. Ik wil niet overschieten. Ik heb ook altijd zeker geweten, dat ik niets anders zou willen zijn dan boerin. En wat de liefde betreft... ach, vader, er is iemand geweest, dat wil ik nu wel toegeven, maar dat ging niet. Ik geloof dat ik mijn jongemeisjesidealen eindelijk heb begraven en de realiteit van het leven aanvaard. Dirk heeft alles, behalve dat ik niet van hem kan houden. Maar u heeft gelijk. Ik respecteer hem ten zeerste. Ik zal gemakkelijk op Mastland kunnen aarden. Het zou dom zijn om het aanzoek niet te aanvaarden. Ik ben sterk, vader. Ik sla me er wel doorheen. Wat er ook van moge komen.'

Dries had tranen van ontroering in zijn ogen gekregen. 'Lieve kind. Je bent zo helemaal míjn dochter. Ons geslacht heeft veel ferme mannen en vrouwen gekend. Je bent een ware Van Bressij. Dirk mag in zijn handen knijpen en ik ben ervan overtuigd dat je later met een glimlach op deze dagen terugkijkt. Kind, levens enkel vol geluk bestaan niet. Ik ben blij dat je dat inziet, zo jong als je bent. Zolang een mens tevreden is met de goede dingen, die er altijd zijn als je ze zien wilt, zolang zal Gods zegen op dat leven rusten. Mijn kind, vergeet nooit hoe trots ik op je ben. Niet omdat je een goede partij doet, maar om het karakter dat je nu, vandaag, hebt getoond. Nu ben je eindelijk volwassen. Nu ben je een Van Bressij. Ik zal de goede Schepper heel wat te danken hebben, morgen in de kerk.'

Doordat ze ineens zo'n vreemde prop in haar keel had gekregen, had ze haar vader niet meer kunnen antwoorden, gisteravond. Maar nu de belangrijke dag was aangebroken en ze op het punt stonden om ter kerke te gaan, voelde Suus toch weer hoe diep ze geraak was geweest. Haar keel zat opnieuw dicht van ontroering. Dat ze vandaag deftig met de tilbury naar de kerk reden, dat deden ze alleen op hoogtijdagen. Alle andere zondagen liepen ze naar de kerk omdat het paste om nederig Gods huis te bezoeken. Die deftigheid zou heel Ammekerk tonen dat er wat bijzonders gaande was. En als Dirk... zou hij bij de kerk zijn? Suus werd steeds zenuwachtiger. De beslissing was genomen, maar ondanks haar woorden was diep in haar binnenste de twijfel gebleven.

Dirk was er niet en ze was zowaar opgelucht. Natuurlijk werden er veel blikken op de familie geworpen. Ze waren allemaal op hun paasbest gekleed, de mooie kanten mutsen waren gesierd met al het goud dat Maesvreugt rijk was. Suus droeg de sieraden die ze van haar grootmoeder had geërfd. Moeder en Suus droegen op hun mutsen een keurige fluwelen kapothoed, versierd met struisvogelveren, zoals de mode dat wilde. Van tijd tot tijd werd het mode om óp de kanten mutsen van de klederdracht een hoed te dragen, een lichte voor de zomer en een zwartfluwelen, versierd met gitten, voor de winterdag. De keuvelhoed of kiep, zoals deze hoeden in de streek werden genoemd, werd als erg deftig beschouwd en in de grote steden was het dragen van een kapothoed algemeen gebruik geworden, maar hier op het platteland deed je alleen aan die mode mee als je welgesteld was.

Hoeden op de keuvels waren wel lastig, vond Suus. Je moest de hoed goed vastzetten, met hoedespelden die bijna net zo lang waren als een breinaald. De hoeden werden nog eens extra stevig vastgezet met een haak en oog achter de bol van de keuvel, dat was het gedeelte waarin de vrouwen hun haar opborgen.

Vader had trots opgekeken, toen moeder en zij zo rijk gekleed in de tilbury waren gestapt. Vader was zo blij met haar rijke huwelijk, dat Suus er vanzelf ook blij om werd. Ze moest nu maar liever haar twijfels vergeten. Straks kwam Dirk en zou haar toekomst worden beklonken. Ze zou, hier in de kerk, bidden om God te vragen haar besluit te zegenen. Dan zou ze zeker wel gelukkig worden. Waarom twijfelde ze daaraan? Dirk was immers een beste man? Ze dacht weer aan zijn royale gebaar tegenover de armeluiskinderen, ze dacht aan zijn trouwe hondeogen, die hem een goede lobbes deden lijken, ze dacht... ach, er was te véél om aan te denken. Ze moest nu haar aandacht bepalen bij de dienst. Als ze de godsdienst verwaarloosde, zou God zeker Zijn zegen niet op haar toekomstig huwelijk laten rusten.

Suus ontspande zich en knikte naar die en gene. Ja, dacht ze. Kijk maar eens goed. Wij hebben op Maesvreugt iets te vieren vandaag.

Was het toeval, dat dominee juist vandaag preekte over verdraagzaamheid en opofferingen? Suus was door de preek geboeid, zoals ze dat zelden was geweest. Ze vergat haar zenuwachtigheid en ze dwaalde niet langer weg met haar gedachten. Ze werd rustig, heel rustig. Wat er ook van mocht komen, het was goed. Ineens was ze daar heel zeker van. Het maakte haar blij en een mengeling van rust en ontroering kwam over haar. Zo moest het altijd zijn, wist ze, als je de kerk bezocht. Als je zo geraakt werd door hetgeen er werd gezegd, dan was het niet moeilijk om te geloven en standvastig te blijven. Dan twijfelde je niet meer, zoals zij zo vaak had gedaan. Al zou dat serene gevoel straks weer verdwijnen, de herinnering eraan zou blijven. Ze beschouwde het als een gunstig voorteken. Wat er ook nog in haar leven zou gebeuren, het zou uiteindelijk wel goed komen. Al zou ze er misschien wel eens anders over denken, want welk mens begreep Gods ondoorgrondelijke wegen? Als je geluk had en je keek in je ouderdom op je leven terug, wetende dat het goed was en dat je lijden niet vergeefs was geweest, ja, dan had je reden om dankbaar te zijn. Maar als je jong was, keek je niet zo licht terug. Dan keek je liever vooruit en wilde je dat de toekomst enkel zonneschijn zou brengen.

Suus zuchtte heel diep, voor ze zich weer gewoon voelde, voor die grote ontroering had plaatsgemaakt voor het opnieuw beseffen hoe de mensen vandaag op haar letten.

Voor de kerk wachtte Dirk Leeuwestein. Hij was met de tilbury gekomen en droeg zijn beste pak. Zijn glimmend geborstelde paard glansde prachtig in het zonlicht. Toen hij eerst haar ouders en daarna Suus de hand schudde, klonk het geroezemoes al op in de Kerkstraat, waar zoals gebruikelijk de mensen nog wat samengroepten om even na te praten.

Suus rechtte haar schouders en ving haar vaders blik.

'Meisje, jij rijdt zeker wel met Dirk terug naar Maesvreugt?'

'Ja, vader,' fluisterde ze en ze zag hoe een blijde lach over zijn gezicht trok. Zijn onmiskenbare vreugde ontroerde haar opnieuw. Nog voor ze goed en wel naast Dirk in de tilbury zat, staken de vrouwen van Ammekerk hun hoofden al bij elkaar.

Zwijgend reden ze achter Suus' ouders de Kerkstraat uit.

Aan de rand van het dorp gekomen begon Dirk te praten. 'Suus, je vader gaf me een duidelijke wenk. Betekent dat... dat...'

Zijn hoopvolle aarzeling ontroerde haar.

'Ja, Dirk. Ik heb mijn beslissing genomen. Mijn vader is bijzonder in zijn nopjes, dat kan ik wel zeggen.'

Heel de verdere weg vertelde hij over Mastland.

Thuis werden ze samen in de mooie kamer gelaten, al moest de deur op een kier blijven voor het fatsoen, want een meisje mocht niet zonder meer met een jongeman alleen blijven. Zelfs niet voor een paar minuten.

Dirk aarzelde niet. 'Suus, nu zijn we samen en mag ik je de belangrijkste vraag van mijn leven stellen. Wil je me de eer aandoen mijn vrouw te worden?'

Ze slikte en haar aarzeling was nauwelijks merkbaar. 'Ja, Dirk, je hebt mijn woord,' antwoordde ze met schorre stem, maar toch vertoonde haar gezicht een glimlach.

'Nu mag ik je wel een kus geven, hè, Suus?' Het verlangen in zijn stem ontroerde haar toch. Even zag ze het gezicht van Barend Hagoort voor haar geestesoog, maar ze wilde daar niet aan denken. Zeker vandaag niet. Ze hief haar gezicht op naar de man met wie ze haar leven zou delen. Zijn lippen drukten zich licht op de hare, ze voelden warm aan en het was niet onplezierig om gekust te worden, dacht Suus.

'We zullen ons nu gauw verloven, Suus. Als het aan mij ligt trouwen we nog dit najaar.'

'Ja, dat is goed,' antwoordde ze iets te snel, want de opnieuw opgekomen aarzeling mocht nu geen kans meer krijgen. De teerling was geworpen en nog maar een uur geleden was ze zo zeker van zichzelf geweest, had ze trots en vastberaden de kerk rondgekeken.

Moeder had gezorgd voor koek bij de koffie en al gauw kwamen de flessen op tafel om het heuglijke feit te vieren. Zelfs Mineke en Hendrik kregen een glaasje vruchtenwijn om op de toekomst van hun zuster te drinken.

Door de borrels werd het gesprek al snel geanimeerd. De spanning was verdwenen en iedereen was gelukkig. Zij ook, zij vooral, hield Suus zich voor.

Grietje had het druk met het bijvullen van de glazen, vader stak met Dirk een grote sigaar op en juist op dat moment kwamen Bep en Barend Hagoort op koffievisite.

Nu deden ze dat wel vaker, maar het leek wel of Barend er een neus voor had om op Maesvreugt aan te lopen als er iets bijzonders gaande was, dacht Suus. Vooral als het iets was, waarbij zij betrokken was.

'Kom binnen, kom binnen, buurman,' nodigde Dries hen joviaal uit om zich bij de anderen in de mooie kamer te zetten, want het was vandaag een van de gelukkigste dagen van zijn leven. 'Drink een borrel mee op het geluk van onze oudste dochter. Jullie zijn de eersten die het grote nieuws horen, al denk ik wel dat het dorp al gonst van de geruchten.' Dries lachte luid om zijn eigen woorden. 'Suus gaat trouwen met de flinkste boer uit de hele streek.'

Barend keek zuinigjes en Suus deed wanhopig haar best om zijn ogen te ontwijken. O, Barend was knap en vrolijk, ze was nog steeds verliefd op hem, maar hij was getrouwd en dat zou nooit veranderen. Bep leek te genezen, hoe weinig geloofwaardig dat iedereen had geleken. Die knappe stadse dokter die haar had behandeld, had haar zover gekregen dat ze bleef leven en zei nu zelfs ook, dat ze nog op een kind mocht gaan hopen. Ja, het was toch goed dat ze nu zelf bij Dirk hoorde.

Dirk zelf was, door de opluchting dat hij Suus tenslotte toch nog zou krijgen én de derde borrel die vader Van Bressij juist voor hem had ingeschonken, de vrolijkste van allemaal. Suus had al eerder gemerkt dat hij een gezellige prater was, maar nu, omdat ze niet meer op Barend wilde letten, richtte ze bewust haar volle aandacht op haar aanstaande man, die juist begonnen was om Hendrik een paar paarderijmpjes te leren.

'Wees in de omgang met uw paard,
geduldig, flink en toch bedaard.

Laat varen zweepslag en getier,
want 't paard is een goedaardig dier.

Alvorens op stal bij een paard te gaan,
spreek het dier eens vriend'lijk aan.'

Dries van Bressij grinnikte. 'Die regels zouden ze alle boerenjongens moeten leren nog voor ze moeten rekenen. Of direct na: "Wien Neerlands bloed door de aderen vloeit".'

'Die kwajongens hebben immers meer belangstelling voor streken, zoals ruitentikken,' bromde Dirk goedmoedig. 'Als kind heb

74

ik trouwens ook vaak een naald in een kozijn gestoken om er een klosje op te schuiven en natuurlijk had ik ook altijd een keitje aan een draadje sajet bij me om op en neer te laten gaan en zo tegen de ruiten te laten tikken. Dan verborg ik me met mijn kornuiten achter een heg en rolden we om van het lachen als de mensen keer op keer voor niets naar buiten kwamen. We gingen vooral ergens plagen, waar een meisje met een jongen vrijde, maar ik mag nu hopen zelf van die streken verschoond te blijven. Gelukkig ligt Mastland wat te ver van het dorp om last te hebben van schooljongens.'

'Nee, je moet eerder beducht zijn voor de vechtersbazen van Ammekerk,' waarschuwde Dries. 'Ze zullen het niet leuk vinden als je hier een van de mooiste meisjes weg komt halen.'

'Daar kun je zeker van zijn,' deed Barend een duit in het zakje, met een stem die Suus aan het blozen bracht. 'Je zult nog wel eens een flink pak slaag toegediend krijgen.'

Het klonk of hij niets liever wilde dan het karwei zelf ter hand te nemen en wel ogenblikkelijk. Nu keek de arme Bep zo gekwetst, dat Suus opnieuw een kleur kreeg. Ze wilde maar dat de buren opstapten, maar Barend deed vooralsnog of zijn neus bloedde.

'Kom, Barend,' suste Dries in onbezorgde onwetendheid. 'Je moet Dirk geen schrik aanjagen.' Waarop de goedaardige reus in vrolijk gelach uitbarstte. 'Voor wie zou ik nu bang moeten zijn?'

'Zo is dat. Vertel me nu eens, mijn aanstaande schoonzoon, hoe jullie boerderij aan de naam Mastland komt.'

Het gevaar was afgewend en het gesprek bevond zich weer in veilige banen. Dirk vertelde hoe zijn grootvader, die de vroegere hoeve van de familie had laten afbreken en rond 1840 had laten vervangen door een grotere, gloednieuwe boerderij, een goede vriend was geweest van de in de hele streek bekende dominee uit die tijd, die enkele jaren in Westmaas had gestaan en die Van Koetsveld heette. Hij was een heel geleerd man geweest, die dan ook niet lang in zijn eerste gemeente was gebleven, maar er wel vrienden had gemaakt voor het leven.

'U weet dat dominee Van Koetsveld een boek schreef over ons dorp en dat daarin Mastland noemde. Nu, onze hoeve werd juist in die tijd gebouwd en daarom gaf mijn vader hem de naam van het dorp in het boek. "De pastorie van Mastland" stond bij ons thuis naast de bijbel. Zijn leven lang heeft mijn grootvader met de dominee gecorrespondeerd. Daar kan ik nog leuke dingen van vertellen.'

'Vertel,' drong Suus aan, blij dat Barend niet meer de kans had om zijn mond open te doen.

'Van Koetsveld was heel geleerd en jullie weten allemaal dat hij later hofpredikant is geworden en zelfs onze dierbare Koningin heeft gedoopt. Maar het is minder bekend wat hij van ons vroegere vorstenpaar dacht.' Ineens grinnikte Dirk. 'Hij heeft de koningin-moeder, Emma, die ten tijde van het dopen nog heel jong was, eens "een snoeperig koninginnetje" genoemd en hij durfde het aan om met prinses Marianne te dineren. Daar was moed voor nodig, want die dame veroorzaakte schandaal op schandaal doordat ze zich liet scheiden en later een kind kreeg van haar koetsier. Ze was het zwarte schaap van de hele Oranjefamilie. Maar Van Koetsveld schreef aan mijn grootvader dat hij de eigenzinnige prinses wel mocht lijden. We bewaren die brieven nog in het kabinet.'

' 't Is toch, 't is toch,' mompelde moeder, want een scheiding was zo'n schandaal dat een christenmens er niet eens over praatte.

'Wisten jullie trouwens ook, dat het wel gebeurde dat de koning boos uit de kerk wegliep, als dominee Van Koetsveld preekte? Hij was een van de zeer weinigen, die Zijne Majesteit de waarheid durfde te zeggen. Hij schreef grootvader eens dat het een zeer driftig heerschap was. Maar nu is zijn kleine dopeling een flinke koningin geworden en zelf moeder van een klein prinsesje.'

'Dat zijn leuke verhalen, Dirk,' vond Dries van Bressij glimlachend.

'Ja, en ze zijn allemaal waar gebeurd. Geen dorpsgeroddel, maar de bewijzen liggen bij ons thuis. Moeder bewaart ze zorgvuldig in een kistje. Als u ze eens wilt lezen, kan dat wel.'

Dries bromde wat en hield de jeneverkruik nog eens omhoog. 'Nog een, Dirk?'

'Nee, ik ben aan mijn taks. Ik drink zelden en ik word zowaar al licht in mijn hoofd.'

'Dan eet je hier een stukje mee en ga je daarna pas op huis aan,' besliste vader grinnikend. 'Jij nog, Barend?'

'Ja, ik wel. Ik heb een sterke maag,' zei buurman met een duidelijke minachting in zijn stem, die de spanning in de kamer terugbracht, net nu Dirk zich zoveel moeite had getroost die te verjagen. Suus zag hoe hij zijn wenkbrauwen fronste en Barend onderzoekend opnam. Daar zou hij zeker nog eens op terugkomen, vreesde ze. Ze zou Barend moeten vertellen waar het op stond. Dat was geen prettig vooruitzicht. Gelukkig, nu stond hij toch op. Hij sloeg de pas ingeschonken borrel met één teug naar binnen. 'Kom Bep, wij gaan zometeen ook eten.'

De rijstepap met krenten werd uit de hooikist gehaald, want vader wilde niet dat de zondag onnodig ontheiligd zou worden. Het werk moest op de dag des Heren zoveel mogelijk worden beperkt en dus aten veel gezinnen op zondag dit gerecht, dat de avond tevoren reeds kon worden gekookt.

Dirk at met smaak. De sfeer was helemaal opgeklaard na Barends vertrek. Na het eten trokken vader en moeder zich terug voor het gebruikelijke zondagmiddagdutje en Dirk vroeg of hij met Suus een wandelingetje langs de kreek mocht maken, eer hij op huis aanreed.

Ze waren nog maar net op het erf toen Dirk over Barend begon. Zie je wel, dacht Suus bedrukt. Daar had je het al. Barend betekende moeilijkheden, altijd weer. Waarom bleef ze dan toch verliefd op hem? Ze begreep dat niet zo goed.

'Wat een vreemde snoeshaan is die buurman van jullie. Als ik niet beter wist, zou ik zeggen dat hij jaloers was.'

Suus haalde diep adem en dacht aan vaders woorden van de vorige avond. Oprechtheid was het beste, maar ook het moeilijkste, besefte ze nu. Maar het was toch nodig. Ze was immers net als vader, ze kon niet goed huichelen en ze wilde dat ook niet.

'Barend is een beetje verliefd op me geweest. Er was een tijd dat zijn vrouw heel ziek was en in die tijd zinspeelde hij er eens op, dat hij wel met mij zou willen hertrouwen, als zijn vrouw er niet meer was.'

'De schoft,' siste Dirk met onmiskenbare minachting en Suus beet op haar lip.

'Ach, dat klinkt zo overdreven. Het was meer een gemoedsstemming, denk ik. Hij zal zich eenzaam gevoeld hebben. In ieder geval kan het niet veel betekend hebben. Zoals je ziet is zijn vrouw weer opgeknapt.'

O, ondanks de mooie woorden die ze nu zei was ze nog lang niet vergeten hoe ze zich had gevoeld. Wist ze, dat ze nog steeds een zwak had voor de blonde Barend, maar ze wist dat velen zouden denken wat Dirk daarnet had gezegd. Nu was ze toch niet helemaal oprecht, maar als ze dat wel was, zou ze Dirk alleen maar diep kwetsen en dat wilde ze niet. Zeker niet. Ze dacht weer terug aan de tijd dat Bep zo ziek was. Had ze zich zelf ook niet onbehaaglijk gevoeld bij Barends woorden? Geschokt zelfs? Ja, ze zuchtte. Het was echter allemaal al zo lang geleden. Het was niet meer belangrijk. Ze moest het maar liever vergeten. Het had geen zin het allemaal op te rakelen. De teerling was immers geworpen? Bep was blijven leven en zelf hoorde ze nu voor altijd bij Dirk.

Toch schoot de twijfel weer omhoog. Ze kon het niet helpen. De vredige gevoelens tijdens de kerkdienst leken ineens zo veraf. Nu begon ze zich weer af te vragen, of ze er wel goed aan had gedaan om met dit huwelijk in te stemmen.

Nee, nee, het was goed. Dirk was gelukkig en haar ouders waren dat ook. Ze mocht zich nu niet langer aanstellen. Ze moest zich vermannen. Barend was het niet eens waard, dat ze haar prille geluk door hem liet verstoren.

'Toe, Dirk, laten we het maar vergeten,' drong ze aan en ze lachte hartveroverend naar haar donkere reus, die een geheel andere blik in zijn ogen kreeg en haar een eindje verder, achter de bescherming van een wilgebosje, onstuimig in zijn armen trok. Suus liet het met gesloten ogen over zich komen. Het was toch goed zo. Het móest goed zijn!

7

HET HUWELIJK

Ineens ging het allemaal heel snel. Het huwelijk zou plaats vinden op de dag dat Suus tweeëntwintig jaar werd, de zeventiende september dus. De zomer vloog dat jaar voorbij met de gebruikelijke oogstdrukte. Daar was het meisje blij om. Hoe drukker je het had, hoe minder tijd er was om te piekeren.

Het was goed dat ze al in september zou trouwen. Direct na het huwelijk kwamen de aardappel- en de bietenoogst met opnieuw een grote drukte voor de boerin. Daarna, in november, kwam de slacht. Ze zou niet om bezigheden verlegen hoeven te zitten in haar nieuwe thuis.

Ze was nu een paar maal op Mastland geweest. Het was inderdaad een bijzonder mooie boerderij. Het woonhuis was fors en comfortabel. De keuken was er nog groter dan op Maesvreugt en er stond een enorm lichtgroen fornuis in. De mooie kamer was bijzonder deftig ingericht en het tweede vertrek in het voorhuis diende haar schoonouders als slaapkamer. Ze sliepen niet als andere boerenmensen in een bedstee, maar deftig in een ijzeren ledikant. Zelf zou ze met Dirk de opkamer krijgen en Dirk had besloten dat zij eveneens een ledikant zouden aanschaffen. Een bedstee met z'n tweeën was veel te benauwd en daarmee kon ze het wel eens zijn. Zeker omdat Dirk zo fors was.

Haar schoonvader had hetzelfde rustige, trouwhartige karakter als Dirk. Hij was ook lang, maar niet zo lang als zijn zoon. Zijn haren waren grijs en de man was oud voor zijn leeftijd. Zijn uiterlijk had Dirk van zijn moeder.

Suus wist niet goed wat ze van vrouw Leeuwestein moest denken. Ze deed vriendelijk genoeg, maar iets in die donkere ogen maakte, dat ze zich onbehaaglijk voelde. Dirk was enig kind. Kon het zijn dat ze niemand goed genoeg voor hem vond? Suus ook niet? Of was er toch iets waar van de verhalen die in de streek werden verteld? Ook in Ammekerk. Zelfs moeder wist er meer van.

Ach, maar men kletste zo graag en er werden in alle dorpen wel een of twee vrouwen verdacht van hekserij. De bevolking van de Hoeksewaard was veel te bijgelovig! Eigenlijk was ze zelf geen haar beter.

Zo regen de dagen zich aaneen en brak de septembermaand aan. Dirk kwam nu regelmatig op Maesvreugt, zogenaamd om nog iets te regelen voor de bruiloft of om iets met zijn aanstaande schoonvader te bespreken, maar zijn werkelijke reden was Suus.

Het meisje wist dat. Ze moest soms een beetje lachen om die goede lobbes van een man, zo trouwhartig en zo door en door goed. Ze hield nog steeds niet van hem, maar zag er toch niet langer tegenop om met hem te trouwen.

De dag zelf bracht prachtig herfstweer. Het was het eerste waar Suus op lette, toen ze voor de laatste maal in de bedstee van Maesvreugt ontwaakte. Mineke had die nacht bij Grietje op zolder geslapen, evenals enkele familieleden die van ver waren gekomen.

Suus, die eigenlijk had moeten uitslapen om goed uitgerust te zijn, was toch al vroeg wakker geworden door al het gestommel boven haar hoofd, zo nu en dan onderbroken door onderdrukt gelach. Ze rekte zich behaaglijk uit. Ze had nu eenmaal nooit lang kunnen slapen.

Vandaag was het dus haar grote dag. Ze zou Maesvreugt moeten verlaten en die wetenschap wierp natuurlijk wel een schaduw over alles heen. Het zou moeilijk zijn geweest als ze niet naar Mastland ging. De grote hoeve, die uitzicht bood op het water van de Binnenmaas. Ze was blij dat Mastland ook dicht bij het water lag. Ze had er altijd zoveel van gehouden om op mooie zomeravonden langs de kreekkant te wandelen. Als kind had ze zelfs geleerd om erin te zwemmen. Vader zei altijd dat ze dat moesten leren, zodat ze niet hoefden te verdrinken als ze te water raakten, wat al te veel jonge kinderen gebeurde in de waterrijke streek. Vader vertelde graag van vroeger, als het dorp te hoop liep om naar een zwemmer te kijken. Men vond het in die dagen maar wat griezelig en ook onfatsoenlijk, maar nu leerden er meer mensen zwemmen. Het was ook plezierig, maar sinds ze opgegroeid was, had ze nooit meer gezwommen omdat moeder het niet netjes vond.

Gelukkig, dat ze water in de buurt hadden op Mastland.

Vader had trouwens ook met genoegen rondgekeken in de grote zwartgeteerde schuur. Dirk was trots op zijn paarden. Hij handelde er ook zo'n beetje in tegenwoordig. De rest van zijn veestapel mocht er trouwens ook zijn. Dirk was niet zoals veel andere boeren bang voor elke nieuwigheid, en ook daarin kon hij het goed met haar vader vinden. Zijn eigen vader liet steeds meer werk aan hem over, dat had Suus al snel begrepen. Dat was goed. Dirk had een trots karakter en zou niet gemakkelijk iemand boven zich kunnen velen. Zelfs zijn eigen vader niet.

Kijk, hier stond ze nu door de blinden naar buiten te gluren op haar trouwdag. Het was warempel al zeven uur geworden. Ze had honger, zoals altijd 's morgens vroeg.

Suus gluurde nu voorzichtig om de hoek van de deur en riep haar moeder.

'Ben je al wakker, kind?'

Ze grinnikte. 'Dat kan wel niet anders, met mensen in alle hoeken en gaten van Maesvreugt. Ik heb honger, moe.'

'Blijf daar maar. Ik zal je thee en brood brengen, dan kun je je daarna op je gemak voor de bruiloft kleden.'

Het duurde niet lang eer haar moeder kwam. 'Zo, Grietje en Mineke zorgen voor de gasten en de mannen zijn al bezig de tafels op schragen te zetten in de deel. De klapstoelen zijn ook al gekomen. Het is fijn dat je in deze tijd van het jaar trouwt. Het vee kan buiten blijven en wij hebben in de deel alle ruimte voor het feest. Alles loopt gesmeerd, Suus.'

Haar moeder sprak vlug, zodat Suus moest lachen. 'Het lijkt warempel wel of u uzelf moet overtuigen.'

Onverwacht pinkte haar moeder een traan weg. 'Ik heb het er best moeilijk mee, dat mijn oudste vandaag trouwt en Maesvreugt verlaat.'

'Ik kom nog vaak terug, hoor, moeder.'

'Dan is het toch anders.'

'Ja, dat is zo. Inderdaad zal alles na vandaag anders zijn. Altijd. Maar ik voel me erg gelukkig, moeder. Ik heb heel de zomer naar deze dag uitgezien.'

'Dan is het goed.' Sanne vermande zich en borg haar zakdoek weer weg in de linnen zak, die ze onder haar rokkenvracht droeg. 'Ik ben heel blij dat je niet met tegenzin weggaat. Ik herinner me de bruiloft van mijn zuster Sabina met je grootvader. Het was een rampdag en dat hele huwelijk werd een ramp, tot je grootvader jaren later verongelukte op de Buitensluisse paardenmarkt. Het was een vreselijke tijd.'

'Ja, vader heeft er wel eens iets over verteld.'

'Vandaag is het gelukkig allemaal anders. Heb je genoeg?'

'Ik heb toch niet zo'n erge honger, geloof ik.'

'Dat zijn de zenuwen, kindje. Daar heeft elke bruid last van. Maar je moet goed eten, hoor, zodat je er straks tegen kunt. De dag is lang en zal veel van je vergen. En na deze dag komt de bruidsnacht ook nog. Ik hoop dat je daarvoor geen angst zult hebben. In tegenstelling tot wat gebruikelijk is, heb ik geprobeerd je daar zo goed mogelijk op voor te bereiden.'

Suus herinnerde het zich en bloosde. Ze was er best bang voor, maar dat wilde ze niet laten blijken. Nooit vergat ze, hoe ze een poosje geleden had toegezien toen de hengstenleider kwam. Ze had toe mogen kijken hoe de merrie gedekt werd en herinnerde zich moeders rode, licht beschaamde gezicht, toen deze fluisterde: 'Herinner je later maar, dat het ongeveer zo toegaat tussen een man en een vrouw, als je straks getrouwd bent.'

Veel meer had ze niet uit moeder losgekregen. Ze had er ook niet goed naar durven vragen. Over zulke dingen praatte je nu eenmaal niet. Wel had ze begrepen waar het om ging en ze wist dat dit al heel wat was vergeleken met de meeste andere meisjes. Die gingen totaal onwetend de echtelijke staat aan. Er waren er, die nog op hun trouwdag dachten dat je van een kus een kind kreeg.

Suus plensde nu handenvol water uit de schaal van de lampetkan in haar gezicht, zodat ze zich koud en fris voelde. Daarna begon ze haar onderrokken aan te trekken en de mooie, nieuwe, zwarte jurk, want tegenwoordig droegen bijna alle vrouwen op zondag zwart. Vroeger hadden de vrouwen veel kleuriger kleding gedragen, maar tegenwoordig werd dat als frivool beschouwd en moest je het doen met zwart, grijs, bruin, donkerblauw en donkerrood. Omdat Dirks moeder erg streng in de leer was, zou Suus op zondag ook zwart gaan dragen, als getrouwde vrouw. Ze had ook een prachtige nieuwe kapothoed van haar vader gekregen, van zwart fluweel. Ze zou een deftige bruid zijn, beslist. En ze wilde ook graag op goede voet komen met moeder Leeuwestein.

Vrouw Leeuwestein, zo heette ze zelf, over enkele uren. Haar konen waren nu helemaal rozig geworden, niet alleen van het koude water waarmee ze zich had gewassen, maar ook van opwinding. Zo, ze had haar kleren aan, haar kousen en ook de mooie, leren schoenen die eveneens nieuw waren. Vandaag zou ze niet als gewoonlijk op haar muilen lopen. Nu was het tijd om de muts op te zetten. Eerst haar haren in een knotje, dan de zwarte ondermuts erover, het krulijzer werd daarmee vastgezet. Ja, ze zou haar mooiste muts dragen vandaag. Ze had van Dirk nog een mooie speld gekregen van goud met granaatjes, om er op te dragen, het kwam uit de erfenis van zijn grootmoeder en het paste erg mooi bij haar eigen snoer granaten, op zilver gezet maar met een gouden tonslot, zoals in de streek gebruikelijk was. Waarlijk, nu zag ze er uit als een welvarende boerin!

Ze werd met gejuich begroet toen ze in de keuken kwam, omdat ze inmiddels snakte naar een kop koffie. Hendrik en Mineke waren juist terug. Ze hadden in het dorp de bruidssuikers, koek en krentenbollen opgehaald, die moeder bij de bakker had besteld. Oei, wat zag alles er feestelijk uit, nu iedereen rondliep in zijn beste kleren en met een lach op zijn gezicht. Het was allemaal zo feestelijk, je kon niet anders dan je blij voelen, dacht Suus. Ze zou zometeen voor het laatst een stukje langs de kreek lopen, zodra ze haar koffie ophad.

Het was er zo stil, met alleen het gekabbel van het water en het gezang van de vogels in het riet en in de wilgebosjes. Suus voelde hoe haar nervositeit verdween. Het was vandaag een belangrijke dag. Er zou van alles veranderen, maar het was goed. Ze werd boerin op een mooie hoeve en kreeg een aardige man. Ze hoefde niet langer aan Barend te denken. Die kon ze voortaan gewoon uit haar gedachten bannen. Ze was bevoorrecht en daar mocht ze God voor danken. Suus haalde diep adem en keek toe hoe de zonnestralen te voorschijn kwamen vanachter een zojuist voorbijzeilende wolk. De stralen deden de dauwdruppels op de velden glinsteren als diamanten en de grond rook zo kruidig als dat alleen in de vroege herfst het geval kon zijn. De berkebomen aan het eind van de hof kleurden al een beetje geel en er sloop een kat de schuur in met een muis in zijn bek. Die ging een rustig plekje zoeken om zijn maaltijd te verorberen. O, Maesvreugt was oneindig mooi, maar dat was Mastland ook. Toch, hoeveel ze er ook voor terugkreeg, ze nam nu afscheid van haar jeugd. Deed dat niet altijd een beetje pijn?

Kom, ze moest zich haasten. Er begonnen nu meer gasten te arriveren. Was dat niet het rijtuig van tante Hanneke en oom Adam van Eben Haëzer? Jawel, daar had je Hendrik al. Hendrik die sinds een paar weken serieus achter Magda aanliep, het oudste nichtje. Vader verwachtte wel, dat Hendrik eens om Magda's hand zou vragen en dat zou misschien niet eens al te lang meer duren. Hendrik was ineens volwassen aan het worden.

Suus zuchtte. Magda was nog heel in de verte familie. Stel, dat Hendrik ook zou trouwen. Dan zou er nog meer veranderen. Ook op Maesvreugt. Dat wilde ze niet, besefte ze ineens hartstochtelijk. Op Maesvreugt moest alles blijven zoals het was. Vader en moeder moest ze hier op kunnen zoeken als ze wilde. Als Hendrik op Maesvreugt zat... Nee, zover wilde ze nog niet denken. Nu moest ze maar liever opschieten en moeder wat gaan helpen met de gasten. Er was zoveel te doen op een dag als vandaag.

Moeder was al druk in de weer met het eten. Er zou soep zijn, en broodjes. Kort na het middageten zou Dirk komen en dan... Was het maar vast zover! Dit wachten en al die vreemde drukte op het erf deden haar toch verlangen naar het moment dat ze naast haar aanstaande man zou staan.

Ze werd omhelsd door oudtantes, die ze maar hoogstzelden zag. Dat was toch wel ontroerend. Er waren ook buurvrouwen gekomen. Ja, ook Bep Hagoort was erbij. Die zouden in de deel alles verder in orde maken. De versieringen en de tafels klaarzetten voor het bruiloftsmaal; als zij straks weg waren zou de deel helemaal versierd worden met papieren slingers en bloemen. Er klonken al regelmatig lachsalvo's uit Maesvreugts grote schuur, maar Suus mocht daar niet gaan helpen. Voor haar moest de versiering een verrassing blijven, die ze pas mocht zien als ze terugkwam uit de kerk. Een bruiloft was waarschijnlijk veel leuker als je niet zelf de bruid was, dacht ze.

Tegen het middagmaal had ze werkelijk honger gekregen, zodat ze fink at. Moeder glimlachte. 'Goed zo, kind, nu kun je er tegen. Van emoties word je meestal nog vermoeider dan van gewone, eerlijke arbeid.' Moeder moest alweer haar ogen droogbetten. Moeder was huilerig vandaag, dat was ze anders nooit. Het zou haar ook moeilijk vallen dat ze het huis uitging, wist Suus. Ze glimlachte nog eens extra hartelijk naar haar moeder.

Eindelijk steeg de opwinding ten top. 'Daar komen ze,' schreeuwde Hendrik even na één uur. Hij had al een kwartier op de uitkijk gestaan, samen met Magda.

Vooraan, in de mooiste tilbury, die van Mastland zelf, reed Dirk. Daarachter, in het geleende rijtuig van de dokter, volgden zijn ouders en daarachter kwamen nog twee koetsen met familieleden.

'Wat krijg jij een deftige bruiloft, zeg,' glunderde een van de tantes. 'Zeven rijtuigen in totaal, alsof het niets is.'

Er werden aan alle kanten handen geschud. Eindelijk legde ook Suus haar hand in die van Dirk en glimlachte ze een beetje beschroomd. Nu waren ze samen. Voor altijd samen. Ze kreeg er een brok van in haar keel. Nu al.

Hij had een rood hoofd van onwennigheid. Zijn nieuwe zwartlakense kerkpak stond hem geweldig. In zijn vest droeg hij een mooi horloge dat hij van zijn grootvader had geërfd. Ja, hij was een bruidegom met wie ze gezien kon worden.

'Wat zie je er mooi uit,' zei hij zacht, met glanzende ogen en een lach op zijn gezicht, van oor tot oor. 'Wat een mooie hoed, Suus.'

'Ja, mijn kiep is splinternieuw,' lachte ze verlegen. 'Vader wilde dat ik goed voor de dag zou komen vandaag. Hij heeft vreselijk veel geld voor me uitgegeven.'

Nu volgde de gebruikelijke drukte van het instappen en ondertussen haastten degenen, voor wie in de rijtuigen geen plaats was, zich te voet naar het dorp. Eindelijk zat iedereen op zijn plaats en klakte Dirk met zijn tong. Ze reden kalm het erf af en achter hen knerpten vele wielen in het grint. Suus kon het niet laten om nog éénmaal om te kijken. Maesvreugt, haar thuis. Natuurlijk zou ze straks weer terugkeren, maar dan was alles toch anders. Dan was ze getrouwd. Nee, niet langer omzien nu. De toekomst lachte haar tegen. Dirk schoof onrustig heen en weer, zodat de paarden er ook ongedurig van werden. Hij had er zijn handen vol aan.

'Ik zal blij zijn als de dienst achter de rug is,' bekende hij. 'Ik ben best zenuwachtig en daar heb ik anders nooit last van.'

Ze legde teder haar hand op de zijne. 'We zijn vandaag allemáál zenuwachtig.'

Het gaf een hele drukte in de Kerkstraat, eer al die rijtuigen aan de kant van de straat stonden. De veldwachter kwam erbij staan om een oogje in het zeil te houden en een paar jongens gloeiden van trots, omdat ze een stuiver konden verdienen door op de paarden te passen. Een van de jongens haalde al ijverig water bij de herbergier om de dieren te laten drinken.

Eerst gingen ze naar het gemeentehuis, waar de burgemeester het burgerlijk huwelijk voltrok. De veldwachter was ook binnengekomen en ging na de korte plechtigheid rond met een bus voor de armen. Daarna ging de trouwstoet te voet naar de kerk, die er vlakbij lag.

Het was er al behoorlijk druk. Iedereen die Suus in Ammekerk kende, wilde het deftige huwelijk bijwonen dat Suus van Bressij nu sloot met Dirk Leeuwestein van Mastland.

'Wat ziet ze er lief uit,' werd er gefluisterd.

'En zo knap in haar klederdracht. Ze draagt de sier van haar

grootmoeder zaliger. Ja, die Dries kan trots zijn op zijn oudste.'
De lange kerkdienst begon. Dominee preekte langdurig, maar
Suus luisterde ontroerd. Nu was ze Dirks vrouw. Nu was er geen
weg meer terug. Ze mocht niet meer omzien maar ze moest voor-
uitkijken. Wat zou de toekomst hun brengen, Dirk en haar samen?
Toen ze de kerk uitkwamen en de mensen buiten hen toejuich-
ten, ving ze ineens Barens blik. Ze schrok, want hij keek lelijk.
Was hij boos, omdat ze nu ook getrouwd was? Dat begreep ze
niet. Het had immers nooit wat tussen hen kunnen worden en dat
wist Barend evengoed als zij. Even wierp het voorval een schaduw over deze dag, maar gelukkig merkte niemand het. Suus liet
zich weer in de tilbury helpen en strooide bruidssuikers naar de
kinderen die eromheen stonden. Eindelijk reden ze terug naar
Maesvreugt.
Na de langdurige plechtigheden had iedereen honger. Vlijtige
buurvrouwen hadden al voor het vee gezorgd en de koeien gemolken. Ze waren nu bijna allemaal naar huis gegaan om voor hun
eigen boeltje te zorgen, maar later zouden ze wel terugkomen.
De eerste borrels werden rondgedeeld en Suus kreeg een glas
vruchtenwijn in de handen gedrukt. Dankbaar nam ze een paar
slokjes; ze had het toch wel een beetje koud gekregen in de kille
kerk en later in de tilbury.
De stemming werd al snel vrolijker, want Dries was zeker niet
karig op de bruiloft van zijn oudste dochter. Suus dronk zelfs een
tweede glas wijn leeg en omdat ze nog niets gegeten had merkte ze
dat de wijn haar een beetje naar het hoofd steeg. Haar wangen
gloeiden en ze was blij toen Dirk met haar aan het hoofd van de
schragentafel plaatsnam om aan het bruiloftsmaal te beginnen.
Opnieuw waren er soep, broodjes en krentenbollen. Op de tafels stonden overal schaaltjes met bruidssuikers en glimmend gewreven appels. Het zag er allemaal zo mooi uit. Ze weigerde een
nieuw glas vruchtenwijn en kreeg eindelijk een kop gloeiendhete
koffie. De sfeer aan tafel was al snel tegen het uitgelatene aan,
vooral in de hoek waar de jongelui bij elkaar zaten. Daar had ze
zelf ook wel bij willen zitten. Maar nu zaten Dirk en zij bezadigd
tussen de getrouwde mensen in. Ja, de jeugd was nu voorgoed
voorbij. Voortaan was het leven een ernstige zaak.
Het bruiloftsmaal duurde zoals gebruikelijk lang en Suus ver-

baasde zich in stilte over de hoeveelheid voedsel die verdween. Sommige mensen konden enorm eten. Er waren erbij die maar hoogstzelden zo lekker aten, want het brood was dik belegd met kaas, worst en spek.

Zelf leunde ze nu voldaan achterover en met een dankbare blik accepteerde ze een tweede kop koffie. Nu was ze niet langer licht in het hoofd. Ze voelde zich tevreden en ze keek met trots naar de bruiloftsgasten en de prachtig versierde deel van Maesvreugt.

Na de maaltijd vroeg dominee om stilte. Hij sprak een dankgebed uit en daarna zongen ze een paar psalmen. Al gauw echter was het met de ernst weer gedaan.

Nu kwamen de voordrachten en vrolijke toneelstukjes. Mineke opende de rij met een zelfgemaakt lofdicht op het bruidspaar, dat zo nu en dan onderbroken moest worden vanwege de luidruchtige bijval.

Lieve bruid en bruidegom,
Mijn gedicht klinkt oliedom,
Toch meen ik het waarlijk in goede zin
Neemt allen nu een borrel in...
Ze hief het glas en de gasten deden haar lachend na.
Op uw geluk, lieve zuster mijn,
Moog' u spoedig moeder zijn.
Weer moest Mineke stoppen vanwege het lachen. Huwelijksrijmen waren nu eenmaal vaak een beetje ondeugend en Mineke trok een gezicht alsof er nog veel meer kwam.
Op Mastland mag u voortaan wonen
Voor zulk een hoeve u dankbaar tonen.
Zo ging het voorlopig nog wel even verder. Episodes uit het leven van het bruidspaar waren op rijm gezet en de gasten begonnen steeds luidruchtiger te worden nu de borrels zo overvloedig genuttigd konden worden. Na Mineke kwamen er andere voordrachten en toneelstukjes werden opgevoerd door neefjes en nichtjes. De buurvrouwen kwamen nu ook terug naar Maesvreugt om feest te vieren. Een paar maal ving Suus Barends blik, terwijl de uren voorbijgingen. Hij was nog steeds niet vrolijk, hoewel ze zag dat hij veel te schielijk dronk. Ze werd een beetje bang. Zou hij onvoorzichtige dingen doen? Haar trouwdag bederven?

Dirk dronk niet veel. Hij zat rustig en kalm naast haar en genoot ervan dat de mensen het zo goed hadden op zijn bruiloft. Hij praatte ook niet veel, omdat anderen dat wel deden. Suus keek een paar maal naar hem. Nog een poosje, dan zouden ze eindelijk alleen zijn. Ze werd opnieuw een beetje bang, maar moeder knikte haar toe alsof ze haar gedachten raadde. Alle bruiden waren een beetje bang, had ze gezegd. Ze had ook gezegd dat het niet nodig was, maar toch... Suus zuchtte licht.

Gelukkig, Barend gleed nu als eerste dronken in het stro. Een paar jongelui jonasten hem balorig, maar hij mompelde nu nog slechts onverstaanbare dingen. Ze lieten hem al gauw met rust om zijn roes uit te slapen. Maar hij lag niet lang alleen. Straks zouden verschillende vrouwen er hun handen aan vol hebben om hun dronken kerels thuis veilig in de bedstee te krijgen.

Suus luisterde naar de gesprekken om haar heen. Ze was nu best moe en ook wat soezelig van alle ongewone drukte. Nu lepelde ze op haar gemak een glaasje bowl leeg, maar ook daarin had iemand wijn gedaan en misschien ook nog wel iets anders. Ze moest oppassen. De bowl kon wel eens koppig wezen, omdat het zo gemakkelijk weglepelde. Het was nu ook behoorlijk warm geworden in de deel door al die mensen en de brandende lantaarns. Op de tafels stonden ook veel vetpotjes te branden, zodat de schuur er vanavond werkelijk sprookjesachtig uitzag... Hier en daar trokken jongelui zich terug in de ruimschoots aanwezige donkere hoekjes. Suus zuchtte opnieuw. Het was nog zo kort geleden dat ze zelf net zo van bruiloften had genoten. Heus, het was maar half zo aardig zelf de bruid te zijn.

Hoor, nu hadden een paar boeren toch een meningsverschil gekregen. 'Guano is alleen geschikt als aardappelmest,' bromde een oudere boer.

Dirk stootte Suus aan. 'De opschepper. In het begin wilde bijna niemand iets van kunstmest weten. Pas toen de ouderen was verteld dat guano gedroogde vogelmest was en dus natuurlijk, werd de tegenstand van die oude mannen overwonnen.'

'Hoe weet je dat?' vroeg ze, terwijl ze een geeuw onderdrukte.

'Door de cursus. Ik ben 's winters op een landbouwcursus geweest, want ik ben niet bang van nieuwigheden.'

'Mijn vader ook niet.'

'Dat weet ik, ik heb een puikbeste schoonvader gekregen.' Hij lachte en had nu geen last van verlegenheid meer. Er blonk iets in zijn ogen dat Suus het bloed naar de wangen joeg. Nee, ze mocht niet vergeten dat de dag nog lang niet ten einde was. Zou ze toch nog een beetje bowl nemen? Het was nu niet meer zo moeilijk als ze aan de komende huwelijksnacht dacht, maar ze werd nog steeds onrustig van die gedachten.

Dirk ging onbekommerd verder. 'Op de wintercursus leren we alles over grondbewerking, over een doelmatig gebruik van de kunstmeststoffen en over nieuwe rassen met een hogere produktie. Daar vaart je bedrijf wel bij. De cursussen worden nu al enkele jaren gegeven. De grootste moeilijkheid is, dat de beste arbeidskrachten naar Rotterdam trekken om daar beter betaald werk te zoeken. Als dat zo doorgaat, moeten wij ons straks behelpen met de oude mannen en jonge knapen die nog in de groei zijn. Ik denk erover om nog meer machines aan te schaffen.'

Suus luisterde maar met een half oor, maar Dirk zat kennelijk op zijn stokpaardje, want onverdroten ging hij verder. 'De zaaimachine heeft zijn nut al bewezen. Wiedmachines vind ik ondeugdelijk, want als de messen even buiten de rijen komen ben je je gewas kwijt.'

'Mijn vader zegt dat met het wieden met de schrepel ook aan de lopende band planten sneuvelen,' antwoordde ze, terwijl ze haar best deed beter op zijn woorden te letten, want ze was toch wel trots dat Dirk over dergelijke dingen met haar sprak.

Hij lachte. 'Ik wist wel dat je niet dom was, al denk ik toch dat veel machines nog verbeterd moeten worden. Zelf denk ik eerder over een dorsmachine. Al is het wel nadelig, dat je door zo snel te dorsen niet de hele winter de beschikking hebt over vers stro en kaf voor het veevoer. Maar je bespaart veel geld, omdat je niet zoveel loon hoeft te betalen.'

'Die gezinnen zitten 's winters dan zonder inkomsten.'

'Ja, ik moet er nog eens goed over nadenken, want hoewel Mastland op de eerste plaats komt, wil ik ook niemand in de armoe storten. Zo ben ik niet, Suus.'

'Goddank. Ken je het verhaal van die boer uit Nieuw-Beijerland, die zijn knecht op een zondag met een sigaar zag? De boer concludeerde hardop dat hij de man kennelijk te veel loon betaalde, omdat de arme stakker zich daarvan een sigaar kon permitteren. En dat zit dan 's zondags evengoed met een vroom gezicht vooraan in de kerk. Als jij ook zo was, zou ik nooit met je getrouwd zijn.'

Hij glimlachte. 'Nog even, dan kunnen we weggaan. De brui-loft is aardig, maar nu zou ik toch wel weg willen.'

Ze bloosde opnieuw.

Het duurde nog meer dan een uur eer het eindelijk zover was. Suus was nu heel moe, maar haar moeder schoof haar een verse kop koffie toe. 'Hier, drink op, het zal je goeddoen, kindje. Je moet nog even voort. Het is nog een aardige rit naar Mastland en dan, tja.' Moeder knikte bemoedigend. De schat, ze bedoelde het goed. Het was ook voor haar een zwaar ogenblik, om te weten dat Suus zometeen van Maesvreugt weg zou rijden.

Suus dronk met genoegen. Ze voelde hoe het vocht haar van binnen verwarmde en ze moest opnieuw een rode kleur gekregen hebben. De mensen hielden haar nu in de gaten, wist ze. Een enkele dronken kerel maakte een brutale opmerking, maar ze deed net of ze niets hoorde en niets begreep. Ze zou blij zijn, als de dag helemáál voorbij was.

Het was een luidruchtige stoet, die over de stille dijk langs de Binnenmaas naar Westmaas reed. Bij Mastland leek het rumoer alleen nog maar te zijn toegenomen, want de dronken kerels van Dirks familie hadden intussen een luidruchtig lied aangeheven. Het moest tot ver in de omtrek te horen zijn, maar Dirk glimlach-te slechts.

'Nog even, dan liggen ze allemaal in het stro en snurken ze als ossen. We hebben stro in de deel gelegd, waar de mannen kunnen slapen, zodat ze niet met hun dronken koppen de trap naar de zolder op hoeven. De vrouwen slapen daar nu bij elkaar. We heb-ben nog nooit zoveel mensen in huis gehad.'

De knecht van Mastland, Driekus van Loon, die de hele dag had opgepast, was wakker geschrokken en ontfermde zich nu over de paarden. Eerst was er een druk geloop op heel Mastland, maar al snel werd het rustiger in huis.

Suus stond onwennig in de opkamer. De blinden waren zorg-vuldig gesloten, zodat geen nieuwsgierige blikken naar binnen konden worden geworpen, want je wist nooit waartoe baldadige bruiloftsgasten in staat waren. Het mahoniehouten ledikant stond tegen de blinde muur en Suus huiverde. Het was nu bijna voorbij, hield ze zich moedig voor.

Dirk liet haar alleen en haastig kleedde ze zich uit. Rillend schoot ze in haar nachtjapon en kroop tussen de witte lakens. Toen restte haar niets anders dan te wachten wat er komen ging. Ze draaide de petroleumlamp zo laag mogelijk. Na een paar minuten klonk er een zacht klopje op de deur.

'Je kunt binnenkomen,' fluisterde ze. Ze trok de lakens zo hoog mogelijk op. Ze was ook bang dat iemand hen zou kunnen horen, nu er overal op Mastland mensen waren. Dat wilde ze niet, daarover zou ze zich schamen. Ze moesten maar heel stil zijn.

Dirk had zijn kleren over zijn arm en hing zijn pak toen zorgvuldig over een stoel. In zijn hemd en lange onderbroek sloop hij op kousevoeten de kamer door naar het bed. Ze durfde nauwelijks naar hem te kijken. Hij blies snel de lamp uit, misschien wel even beschroomd als Suus, en daarna kraakte het bed naast haar.

Stijf lagen ze een poosje naast elkaar. 'Lig je lekker?' vroeg hij tenslotte zacht in het donker.

'Het is veel ruimer dan in de bedstee thuis. Ik sliep daar altijd samen met Mineke.'

'Ja, jij bent het gewend. Ik heb altijd alleen geslapen.'

'Het went wel,' troostte ze.

Hij moest lachen. 'Er staat wel wat tegenover, hè? Nu hoef ik eindelijk niet meer op te passen. Nu mag ik je eindelijk in mijn armen houden en liefhebben, als ik dat wil. Nu is dat eindelijk niet meer onfatsoenlijk. Het heeft me soms moeite gekost om zoveel geduld te hebben, Suus.'

Ze begreep dat niet, maar moeder had haar gewaarschuwd. 'Mannen hebben er nu eenmaal een onbegrijpelijke behoefte aan,' had ze Suus eens voorgehouden. 'Als je van elkaar houdt is het niet erg. Het is net een storm, het raast vanzelf weer voorbij.' Wat zou ze daarmee bedoeld hebben? Nu voelde ze, hoe Dirk naar haar begon te tasten. Zijn mond vond de hare feilloos, ondanks de duisternis. Zijn ene arm onder haar hoofd en de andere lag ineens op haar ontblote borst. Even wilde ze hem wegduwen, want ze vond dat ongepast, maar toen herinnerde ze zich opnieuw enkele woorden van haar moeder. Ze moest geduld hebben. Als de storm was uitgeraasd mocht ze eindelijk gaan slapen. Nu ging het komen. Daarna zou ze niet langer onwetend zijn. Gek, nu bonsde haar hart toch weer!

Dirk voelde het en lachte. 'Jij ook, Suus? Ben jij ook ongeduldig?' vroeg hij met mannelijk onbegrip. Ze knikte maar zo'n beetje, want ze wilde alles doen om hem tevreden te stellen. Ze schrok wel even, toen hij aan haar nachtpon begon te sjorren, maar toen dacht ze aan de paarden. Zoiets was het ook bij mannen en vrouwen. Dat de kleren daar tussenuit moesten, was dus gewoon nodig. Ze hield nog net een zucht binnen. Wat een heisa allemaal. Toch had ze daarna geen tijd meer om te piekeren. Ze merkte al gauw wat moeder met de storm had bedoeld en ook bemerkte ze dat Dirk het bijzonder prettig vond. Hij kreunde en bewoog, zodat het bed er toch van kraakte. Ze hoopte maar, dat niemand dat zou horen.

Het was even onverwacht voorbij als de storm was opgestoken. Dirk fluisterde aan de lopende band lieve woordjes en eindelijk ontspande Suus zich. Dit was wel prettig. Nu was Dirk weer de Dirk die ze kende. Nu fluisterde hij aldoor zachter en ineens sliep hij. Het was voorbij. Nu was ze vrouw. Ze wist. Nu mocht ook zij eindelijk gaan slapen.

Vreemd, dat de slaap nu niet meer wilde komen. Nog uren lag ze wakker in de vreemde kamer van Mastland en luisterde ze naar alle geluiden. Mastland, dat nu voor altijd haar thuis zou zijn.

8

MASTLAND

Alles was hier vreemd, dacht Suus de volgende morgen, toen ze verschrikt overeind gekomen was. Ze lag alleen in het mahoniehouten ledikant en keek met zware ogen de vreemde kamer rond. Vanwaar ze lag, kon ze aan de linkerkant het venster zien, waarvoor de blinden nog gesloten waren, maar door het hartje in de luiken kon ze toch een sprankje daglicht zien. Lieve help, hoe laat zou het al zijn? Het was helemaal niets voor haar om zo lang te slapen. Zou dat door de wijn komen, en alle drukte van gisteren?

Dirks plaats was al koud, die was dus al een poos geleden aan het werk gegaan. Ze hadden haar, de bruid, echter laten uitslapen. Zou haar schoonmoeder nu niet denken dat ze ontzettend lui was? Het moest zeker al een uur of zeven zijn.

Haar hoofd voelde zwaar aan toen ze uit het bed stapte en haar onderrokken bij elkaar griste. Suus rilde even, hoewel het niet zo koud was in de kamer. Haastig begon ze een paar kousen aan te trekken. Haar goede goed borg ze zorgvuldig weg en ze schoot haastig in gewoon daags goed. Zo, nu had ze het niet langer koud. Nog een plens water uit de lampetkan over haar gezicht, dat friste op. Haar ogen waren nu minder zwaar. Nu kon ze nog even de kamer rondkijken. Naast het raam stond een ladenkastje, eveneens van mahoniehout, waarin ze haar lijfgoed bewaarde. Op het kastje lag een plaat marmer en erboven hing een mooie ovale spiegel. Op het kastje stond de lampetkan, een huwelijksgeschenk van tante Sabina. Suus keek eens even in de spiegel. Lieve help, ze zag wel bleek en onder haar ogen tekenden zich donkere kringen af. Het was duidelijk te zien dat ze de halve nacht had wakker gelegen. Maar misschien was dat met alle bruiden het geval?

Even wenste Suus dat ze over een beetje rijstepoeder en wangenrood beschikte, zoals stadse dames dat gebruikten om zich te verfraaien. Nu wreef ze stevig met haar handen over haar wangen, tot die gloeiden en beet ze een paar maal op haar lippen. Nu zag ze niet langer zo bleek, al had ze geen kunstmiddeltjes. Ze kon ermee door. Snel draaide ze haar lange vlecht op een knotje en stak dat met een paar spelden in de nek vast. Ziezo, dat was beter. Ze mocht niet vergeten dat ze nu een getrouwde vrouw was. De boerin van Mastland. Suus van Bressij rechtte haar rug. Ze zou ervoor zorgen dat vader en moeder zich niet voor haar behoefden te schamen. Er kwam zelfs een lachje om haar lippen. Deze dag zou prettiger zijn dan die van gisteren, ondanks de bruiloft. Nu wachtte haar geen moeilijk afscheid van het dierbare Maesvreugt. Er was zelfs geen vrees meer voor het onbekende van de huwelijksnacht. Nu wist ze wat het betekende en vandaag was ze alles wat ze altijd had willen zijn: boerin. Boerin van een deftige hoeve als Mastland. Nee, ze had werkelijk niets te klagen. Kom, nu moest ze eens naar de keuken gaan. Het was hoog tijd om met het werk te beginnen. Ze moest meteen laten zien dat ze beslist niet lui was. Integendeel, dat ze van goede wil was om iets moois te maken van het leven dat ze zojuist begonnen was.

Ze was nog maar twee passen van de deur af, toen deze ineens openvloog. Verbouwereerd zei Suus haar kersverse schoonmoeder goedemorgen. De oude dame snelde echter slechts met een kort knikje langs haar heen en trok ongegeneerd de lakens van het bed opzij. Suus werd vuurrood van schaamte, maar wat de andere vrouw daar zag stemde haar kennelijk tot tevredenheid.

'Goed zo, meisje,' prees ze en haar donkere ogen keken Suus doordringend aan, zodat deze weer moest rillen, al was het deze keer niet vanwege de kilte. Er was iets in die ogen, maar ze wist niet precies wat. Het maakte echter dat ze zich een indringster voelde op de boerderij, waarvan ze nu de boerin was.

'Hoe... hoe laat is het?' hakkelde ze ontdaan door de verwarrende gevoelens die haar bestormden.

'Bijna zeven uur. Ik dacht dat het het beste was om je te laten slapen.'

'En Dirk?'

'Die is al druk bezig. Hij moest de knecht opdragen met mest rijden te beginnen. Zelf kijkt hij de ploeg na. Als het weer goed blijft, gaat hij na de koffie met ploegen beginnen.'

'Ja.' Eigenlijk had ze een ontzettende honger, maar ze wist niet goed of ze om thee en brood moest vragen of dat ze dat gewoon zelf moest pakken. Ze wás de boerin uiteindelijk.

'Je hebt zeker dorst?' vroeg moeder Leeuwestein. 'De theepot staat nog op het fornuis, maar de thee zal intussen wel bijna zwart zijn. Wij eten 's zomers altijd om half zes, het personeel kan komen als het klaar is in de stal. In de winterdag staan we om half zes op en eten we om zes uur.' De oudere vrouw keek de jongere stekelig aan.

Wel allemensen nog aan toe, dacht Suus verbaasd. Opeens werd ze een beetje boos. Ze behandelt me alsof ik de jongste dochter in huis ben. Of de meid! Dat mocht ze niet zomaar laten gebeuren. Vader zou dat niet willen. Zij was de boerin van Mastland.

'Ik zet zelf wel een beetje verse thee, moeder,' zei ze strak. Dat 'moeder' kwam nog heel onwennig over haar lippen. De mond van de oudere vrouw trok samen, maar gelukkig, ze ging weer weg, terug naar de keuken. Zo'n honger had ze niet, of Suus haastte zich terug naar het bed om het op te schudden. Niemand zou er meer in gluren!

Er zat een beetje bloed op het laken. Ze schrok ervan. Het was haar tijd immers niet? Enfin, ze dorst toch niet meteen schone lakens te vragen. Ze zou het er de rest van de week nog mee moeten doen en dan maar hopen dat de vlekken er op de bleek toch nog uit zouden gaan.

Stelde ze zich nu niet aan? Het waren immers lakens uit haar eigen uitzet? Had ze niet twaalf stel en evenzoveel stel slopen meegebracht? Nee, niet piekeren nu. Eerst wat eten, dan voelde ze zich beslist beter. Ze had een ontzettende honger, ondanks het zware hoofd en de norse schoonmoeder.

In de keuken was Pieternel, de stille verlegen meid van Mastland, met de afwas bezig. Ze knikte rustig naar Suus, die glimlachte. 'Goedemorgen, Pieternel. Is er nog warm water over?'

Ze zag de ketel op het fornuis staan, net als op Maesvreugt op een hoekje, met water erin dat stond te zingen, zodat er altijd warm water was zolang het fornuis brandde. Suus spoelde in de bijkeuken de theepot om, gooide de oude theeblaren op de mestvaalt en ging weer terug naar de keuken. Ze deed een schepje verse theebladeren in de pot en goot er wat water op. Omdat er nergens meer iets eetbaars te bekennen was, ging ze in de kelder op inspectie uit. Ze sneed drie boterhammen af, nam een klein stukje spek van het volle bord dat er stond en een klein beetje boter voor de andere twee boterhammen. Haar schoonmoeder was nergens te bekennen, dus die kon haar ook niet afkeurend bekijken. Ze was toch echt niet van plan om honger te lijden. Ziezo.

Suus schonk een kopje thee in en hield de pot omhoog naar Pieternel, die verlegen van niet schudde en een schichtige blik op de gangdeur wierp. Aha, lagen de verhoudingen hier zo? Het zou op Mastland zeker niet allemaal zo gemakkelijk worden als Suus tot die tijd had gedacht. Maar voorlopig zou ze zwijgen. Het zou verkeerd zijn om haar schoonmoeder al direct tegen zich in het harnas te jagen. Ze vulde haar theekopje voor de tweede maal en begon juist aan de laatste boterham toen vrouw Leeuwestein de keuken weer in kwam. Weer die samengeknepen mond en die afkeurende blik in de donkere ogen. Waar had ze dat toch aan verdiend? Suus ging onwillekeurig rechter zitten. Ze zou zich toch niet laten kennen! Ze wist zeker, dat Dirks moeder achter het huwelijk had gestaan, dus het moest aan haarzelf liggen. Maar wat deed ze dan fout?

'Vandaag is het vrijdag, dus we gaan zeker de boel doen?' vroeg ze uiterlijk echter volkomen kalm.

'Ik ben al in de mooie kamer bezig. Pieternel moet zo de meubels in de was zetten en daarna kan ze de buitenboel doen. Mijn slaapkamer is al klaar.'

'Zal ik dan de opkamer voor mijn rekening nemen?' vroeg Suus opgewekt, alsof er niets aan de hand was.

'Ja, doe dat.'

Suus zou niet weten wat ze in de opkamer moest doen, want voor de bruiloft had alles daar geblonken van properheid, maar ze zou er geen woorden over vuil maken. Ze waste haar bord en het theekopje om, deed een werkschort voor en maakte een emmer sop waarmee ze rustig aan de slag ging.

Leek het maar zo, of keken die akelige ogen nu toch een ietsje vriendelijker? Was moeder alleen ontstemd geweest omdat ze dacht dat Suus lui was?

De blinden waren nu geopend en Suus schoof het raam wijd open om de frisse lucht naar binnen te laten. Ze zou straks nog eens het hele huis doorlopen. Natuurlijk had Dirk haar al voor de bruiloft het hele huis laten zien, maar nu was het toch allemaal anders. Nu woonde ze erin.

Mastland was gebouwd van gele baksteen en had een groengeverfde deur in het midden. Dwars door het hele huis liep een brede gang. Naast de voordeur was aan de rechterkant de grote pronkkamer en daar tegenover, aan de linkerkant, was de voorkamer waar vader en moeder Leeuwestein sliepen, maar die nu eigenlijk de kamer van Dirk en haar had moeten zijn, vond Suus. Als je verder door de gang liep, eindigde die in de keuken, achter de pronkkamer. Tussen de voorkamer en de opkamer had je de trap naar boven, waar nog meer slaapkamers waren, onverwarmde kamers die slechts zelden werden gebruikt. Later misschien, als er kinderen kwamen. Kinderen, die de wieg ontgroeid waren. Nee, zover wilde ze nog niet denken. De twee kamers zouden vanzelf een bestemming krijgen. De rest van de bovenverdieping was een kale zolder, zoals overal. Er stond een grote dekenkist en er waren een paar gedeelten afgescheiden met gordijnen, waarachter keurig van alles werd bewaard. Kom, nu moest ze weer naar beneden gaan. Het was de hoogste tijd om verder te gaan met het werk. Ze boende de vloer van de opkamer alsof die werkelijk smerig was. Ze wreef haar mooie mahoniehouten meubeltjes alsof ze nog niet genoeg blonken. Ze zou binnenkort haakgaren kopen en een paar kleedjes haken, nu de wintertijd toch voor de deur stond, besloot ze. Dirk en zij hadden twee roodpluchen stoelen op de opkamer, waar ze 's avonds in konden zitten als ze eens samen wilden zijn. Dat was haar idee geweest. Ertussen stond een mooi rond tafeltje. Daarop moest eigenlijk een vaas met bloemen staan. Een vaas had ze, ook een huwelijkscadeau. Ze zou straks wat asters uit de tuin halen. Daartegen zou moeder toch geen bezwaar hebben? Dirk vond alles goed, waar het de inrichting van de opkamer betrof, dacht ze glimlachend. Hij had zelfs dat mooie hoge bloementafeltje voor haar gekocht, waarop nu een clivia stond die ze van haar moeder had gekregen. Als zij maar gelukkig was, zei hij telkens. Het enige wat hij gezegd had, was dat hij niet in de bedstee wilde slapen. Ze hadden daarin een stang laten maken, daarin hing nu hun goed. De tweede bedstee stond voorlopig nog leeg.

Voorlopig. Als ze later kinderen kregen, konden die daarin liggen. Voor het eerst vroeg Suus zich serieus af hoe dat moest gaan, twee families onder één dak. Er was helemaal geen sprake van geweest dat Dirks ouders een huisje in het dorp zouden kopen, zoals gebruikelijk was als de jongste zoon de hoeve overnam. Dirk had geen broers of zusters, misschien hadden ze gedacht dat Mastland groot genoeg was? Dat was natuurlijk wel zo, maar toch... Suus had ineens haar twijfels en ze was nog maar nauwelijks twee uur uit bed! Ze zuchtte licht. Soms dacht je dat alle zorgen voorbij waren als je een nieuw leven begon, maar het tegendeel bleek vaak waar. Onmiddellijk waren daar nieuwe zorgen. Hoe zou het worden, over een paar jaar, als er kinderen kwamen, wat ze van harte hoopte. Als haar schoonouders later ouder en wellicht ziekelijk werden? Hoe zou de sfeer op Mastland dan wel zijn? Zou moeder wel aanvaarden dat Suus nu de boerin was? Nee, dacht ze ineens een beetje bang. Daar wrong de schoen juist.

'De koffie is klaar,' waarschuwde Pieternel nog onverwacht.

'Dank je, ik kom eraan.'

In de keuken rook het heerlijk. Suus kreeg een plaatsje toegewezen aan de zijkant van de tafel. Schoonmoeder zat aan het hoofdeinde en had een schaal koek voor zich staan. Pieternel was druk bezig de koffiekommen te vullen. De mannen stommelden bij de deur, ze lieten daar de klompen achter, hingen hun petten op een spijker en kwamen de een na de ander de kamer in. Dirk, groot en blozend en met een opgewekte uitdrukking op zijn gezicht, het eerst. Zijn ogen lichtten op toen hij zijn jonge vrouw daar zag zitten. Hij knikte, maar gaf haar geen kus. Dat zou niet gepast zijn met andere mensen erbij. Daarachter kwam zijn vader, die al even welwillend keek.

'Lekker geslapen, kind?'

'Ja, vader,' antwoordde ze blozend en ze sloeg verlegen haar ogen neer.

'Mooi zo, mooi zo. Is de koffie al ingeschonken, vrouw?'

Zíj had daarvoor moeten zorgen, peinsde Suus verder. Zij was de boerin. Haar schoonmoeder zou nu mogen uitrusten van een leven lang hard werken. Ze moest háár, Suus, helpen, in plaats van andersom. O, wat zou alles gemakkelijk zijn als haar schoonouders in een huisje in het dorp waren gaan wonen. Maar ze zou zwijgen. Niemand zou kunnen denken dat ze een brutaal nest was! Zou Dirk niets merken van die stille machtsstrijd die zijn moeder kennelijk voerde?

Er waren twee knechten op Mastland. Driekus, de vaste knecht, die met zijn vrouw in het arbeidershuisje ginds naast de hoeve woonde, en Arie, ofwel Aai, de tweede knecht, die gewoon in het dorp woonde waar hij een kot vol kinders had. Zijn oudste jongens hielpen mee als het druk was, had Dirk eens verteld. Als er geen werk was, gingen de jongens nog naar school. Beide knechten gaven Suus onderdanig een hand, begroetten de jonge vrouw Leeuwestein verlegen. Voor het eerst die dag voelde Suus zich wat ze nu was. De boerin. Ze knikte de mannen vriendelijk toe, pakte de schaal koek op en presenteerde die bij de koffie. Haar schoonmoeder zweeg, maar de opnieuw samengeknepen lippen deden Suus vrezen dat de machtsstrijd op een onontkoombare manier voortgezet zou worden.

Ze zou het er met Dirk over moeten hebben. Ze kon niet als een soort veredelde meid op Mastland wonen. Dat wilde ze niet. Ze was de boerin. Goed, ze was nog jong en moest nog veel leren, maar ze zou zich toch niet zonder meer opzij laten zetten. Ze was niet voor niets een Van Bressij. Maesvreugt mocht er wezen en haar erfdeel ook. Ze hadden hier geen enkele reden om min over haar te denken. Werken kon, dat was zeker. Nee, ze was niet bang.

De mannen scheen het volkomen te ontgaan, dat er zoveel spanning was tussen de beide vrouwen. Zoals altijd praatten ze over belangrijke en onbelangrijke zaken, Dirk en de knechten aten ondertussen ook nog een boterham. Dirk een die dik met spek was belegd, de knechten van hun meegebrachte brood waarop niet meer zat dan stroopjesvet. Even had ze meelij met de knechten, maar dat zette ze toch weer van zich af. Voortaan zou ze zelf voor het brood zorgen dat Dirk met koffietijd wilde hebben. Ze zou zorgen dat alles in orde zou zijn. Misschien dat moeder Leeuwestein dan wat minder afkeurend zou gaan kijken.

' 't Is een slechte zaak, dat de mensen tegenwoordig steeds meer margarine gaan gebruiken,' bromde vader Leeuwestein. Suus had haar eigen vader meermalen op hetzelfde feit horen mopperen. Het klonk zo vertrouwd, dat ze het gepieker eindelijk voor een poos van zich af kon zetten.

'En wat dan te denken van al die tarwe en mais uit Amerika,' deed Dirk een duit in het zakje. 'Een boer moet zich wel aan nieuwigheden wagen om de boel rendabel te houden.'

Suus wist dat Dirk was als alle andere boeren die ze kende. Altijd was er wel wat te mopperen, maar over het geheel genomen waren dit, na de grote landbouwcrisis in de tijd dat ze was geboren, beste en rustige jaren voor de boeren. Veel boeren, en dan met name de ouderen, hadden moeilijkheden met alle nieuwigheid, maar dat was altijd al zo geweest, nietwaar? Vader zei altijd dat nieuwigheden nooit werden ingevoerd, zonder dat vooraf werd verkondigd dat het tot mislukken was gedoemd, of dat het overtollige luxe was. Vader had altijd een scherp oog voor die dingen en ze wist dat hij een hoge pet op had van haar jonge echtgenoot. Dirk dacht over veel dingen net als vader, maar het was wel waarschijnlijk dat zijn eigen vader veel behoudender was en dat gaf natuurlijk spanningen op Mastland. Misschien was ze niet de enige die moeilijkheden had?

'Vroeger werd de grond gebraakt, zodat ze kon herstellen (dit is onbebouwd laten liggen gedurende een of twee seizoenen). Tegenwoordig moet er ieder jaar weer kunstmest op,' mopperde vader Leeuwestein verder, maar Dirk deed wijselijk of zijn neus bloedde.

'We hebben veel mest van onszelf, baas,' merkte Driekus op, met een oog op Dirk gericht. Ja, Driekus was ook nog een jonge kerel, dacht Suus geamuseerd. Ze schatte hem ongeveer van Dirks eigen leeftijd, misschien iets ouder. Het was wel zo aardig om zwijgzaam toe te horen. Zo leerde ze deze mensen een beetje kennen en dat was nodig, want voortaan maakten ze deel uit van haar leven. Dan was het belangrijk om te weten wat je aan iedereen had. Ze zou Driekus vragen zijn vrouw na het eten even langs te sturen om kennis te maken. Nee, wacht, het was beter er zelf heen te gaan. Dan kon ze meteen zien hoe de knecht woonde en of zijn vrouw proper was. Het was belangrijk om van het leven van je personeel op de hoogte te zijn.

Na een paar minuten stommelden de kerels de keuken weer uit, maar Dirk draaide in de deur zijn hoofd nog even om en lachte naar Suus. Ze lachte terug en putte er moed uit. Dirk zou haar steunen, dat kon niet anders. Zijn moeder zou al snel inzien dat er door zijn huwelijk het een en ander veranderd was. Dat Suus nu de boerin was. Ze had zich beslist onnodig ongerust gemaakt. De akelige blikken zouden beslist snel tot het verleden behoren.

Na de koffie begon het werk weer. Suus moest de meubels in de mooie kamer uitwrijven, terwijl Pieternel de kleden uitklopte. Moeder hield zich in de keuken op om het eten te bereiden. Suus kreeg het ondanks haar goede voornemens opnieuw te kwaad. Dat was immers háár taak? Ze zou het er vanavond meteen met Dirk over hebben, want als deze situatie langer duurde, werd het steeds moeilijker om er verandering in te brengen. Was het werkelijk pas een dag geleden, dat ze op Maesvreugt langs de kreek had gelopen en afscheid had genomen van haar jeugd?

De maaltijd verliep grotendeels stilzwijgend. De knechten waren naar huis gegaan om bij moeder de vrouw een warme hap te halen. Dirk leek niets bijzonders op te merken. Nee, dacht Suus teleurgesteld, de dagelijkse pot smaakte immers net als altijd, geen wonder dat hem niets bijzonders opviel. Ja, zodra ze vanavond samen waren, zou ze erover praten. Dirks vader prakte zijn eten langdurig, want hij had geen eigen tanden meer. Hij had wel een kunstgebit, wat op zich al een teken van welstand was, maar dat droeg hij alleen op zon- en feestdagen, net als de vrouwen hun sier. Voor de rest deed vader het zonder tanden. Ze hoopte maar dat Dirk sterkere tanden zou hebben. Het was akelig om een man zonder tanden te zien eten als een baby.

Ze moest er in zichzelf toch ook een beetje om lachen en nog meer omdat ze ook bij haar schoonmoeder een onverwachte ijdelheid had ontdekt, tussen alle ergernissen door. Tegenwoordig lieten de vrouwen bij het dragen van de krullenmuts een stukje haar vrij – in de streek werd dat toertie genoemd – en Suus had tot vandaag altijd gedacht dat moeder net zulk donker haar had als Dirk, maar nu ze een door-de-weekse muts droeg, had Suus ontdekt dat moeder al behoorlijk grijs was. Wat je van onder haar zondagse muts te voorschijn zag komen, moest een lok haar van Dirk zijn, dat daar op een bandje was vastgenaaid en vastgezet. Natuurlijk wist ze dat er meer vrouwen waren die zoiets deden, maar zoveel ijdelheid had ze toch bij haar schoonmoeder niet vermoed. Zou moeder zich erover ergeren dat ze door-de-weeks geen muts droeg?

Al kort na de maaltijd waren Dirk en zijn vader weer verdwenen. Het werd Suus al gauw duidelijk, dat de oudere vrouw gewoon was om een dutje te doen na het eten en opgelucht besloot ze die onverwachte vrijheid te gebruiken om eens nader kennis te maken met Pieternel. Pieternel had juist warm sop gemaakt voor de afwas. Dan ging ze straks nog even langs bij Driekus' vrouw.

'Ik was wel af, Pieternel, dan kun jij drogen en maken we ondertussen een gezellig praatje.'

'Maar...' Het meisje keek verlegen op. Ze aarzelde of ze de boerin wel durfde tegenspreken. Het was een verlegen kind, en Suus glimlachte hartelijk om haar op haar gemak te stellen. 'We zouden het samen kunnen doen en dat doen we voortaan dan elke dag. Wat moet je op vrijdagmiddag gewoonlijk doen?'

'De keuken, mevrouw.'

'Je kunt rustig juffrouw zeggen.'

'Maar deftige boerinnen laten zich steeds vaker mevrouw noemen, net als de vrouw van de dokter en de dominese.'

'Op Maesvreugt zijn wij dat niet gewoon en ik wil er ook niet mee beginnen. Vertel me eens, Pieternel, werk je al lang hier?'

'Vanaf mijn veertiende, juffrouw. Dat is nu tien jaar geleden.'

'Woon je hier ook?'

'Nee, juffrouw, ik woon bij mijn ouders in het dorp.'

'Bevalt het je wel, op Mastland?'

Ze werd vuurrood, het arme kind. 'Ja, juffrouw, zeker wel.'

'Mooi. Je moet me beloven, Pieternel, het te zeggen als er iets is dat je dwars zit,' drong Suus aan, maar het meisje wierp slechts een schichtige blik op de gangdeur en zweeg, hoewel ze nauwelijks merkbaar knikte.

'Je begint dadelijk zeker met het fornuis?' ging Suus onverdroten verder, vastbesloten het vertrouwen te winnen van de meid. Ze dacht aan Grietje, die bijna bij hun gezin had behoord, op Maesvreugt. Een dienstbode die je zo vertrouwd was, had veel voor op meisjes die elk jaar met mei een andere dienst zochten. Dienstboden zagen veel in de huizen waar ze werkten.

'Ja, juffrouw, ik doe mijn werk altijd goed, al zeg ik het zelf.'

'Ik heb inderdaad al gezien hoe ijverig je bent.'

'Dank u, juffrouw.'

Suus werd gewoon kriegelig van al dat gejuffrouw, maar ze zei er niets van. Pieternel was zeker een beetje bang voor haar. Dat zou, naar ze hoopte, later vanzelf wel overgaan. Na de afwas ging Suus op onderzoek uit bij de vrouw van Driekus. Daar trof ze hetzelfde beeld. Een proper en verlegen vrouwtje. Ze hielp regelmatig op Mastland met het grove werk, zei ze. Ze hadden twee kinderen, beiden meisjes, die nu achter het huisje aan het knikkeren waren.

Een kwartiertje later ging Suus tevreden naar Mastland terug. Ze keek onderweg eens goed naar die trotse hoeve, die nu ook haar thuis was. Het was ontegenzeglijk de grootste boerderij uit de omgeving. In het midden zat de deftige groene voordeur, met smeedijzer voor de ruiten en een mooie koperen bel, waar Dirk haar vannacht door naar binnen had gevoerd. Voordeuren werden alleen gebruikt als er een doop of een huwelijk te vieren was, en als ze later was gestorven, zou ze door die voordeur weggedragen worden op weg naar haar laatste rustplaats. Hè, van zulke gedachten kreeg je het koud. Ze keek snel naar de tuin. Die was groot en had aan de voorkant een groot gazon. Een bruine berk stond aan de rechterzijkant en daaronder stond een witgeverfde bank. Daar zou het zeker prettig toeven zijn op warme zomeravonden. Jammer, dat de zomer nu voorbij was.

De hoge en smalle ramen in het huis gaven veel licht binnen. Dat was prettig aan Mastland. Het was ontegenzeglijk een mooi huis om te zien en er was ook veel ruimte binnen. In tegenstelling tot Maesvreugt hadden ze ook boven een paar slaapkamers en daarboven was pas de zolder voor de opslag van voorraden bruine bonen en aardappelen. Het huis was beslist ruim genoeg voor de mensen die er woonden. Waarom had ze dan al de hele dag het gevoel alsof het tegendeel het geval was?

Die middag verliep verder net als de ochtend. Suus kreeg werk opgedragen van haar schoonmoeder, die steeds duidelijker van plan was om zelf de touwtjes in handen te houden. Ze zweeg omwille van de lieve vrede, maar toen ze die avond eindelijk samen in de opkamer waren, zat de hele situatie Suus heel hoog.

'Eindelijk,' zuchtte Dirk vermoeid. Hij had de hele dag geploegd en rook naar de aarde en ook een beetje naar mest. 'Ik ben moe. Ik kan vandaag goed voelen dat het gisteren bruiloft was, Suus.'

Ze glimlachte en kleedde zich uit, toch wel een beetje verlegen nog. Ze was nog niet helemaal aan hem gewend. Wel was ze blij dat hij de petroleumlamp zo laag mogelijk had gedraaid. Ze glipte zo snel mogelijk tussen de lakens en moest tegelijkertijd weer denken aan het voorval waarmee de dag was begonnen. 'Dirk?'

'Lieverd, je eerste dag op Mastland is bijna voorbij.'

Ze bloosde omdat ze wist wat hij bedoelde met dat 'bijna'.

'Dirk,' hield ze echter aan. 'Ik moet je iets vertellen.'

Hij grinnikte opgewekt. 'Zeker dat de uren voorbijkropen toen ik weg was?'

Wat een zelfvertrouwen, dacht ze ineens een beetje geïrriteerd. Wat was Dirk toch overtuigd van zichzelf. Hij sloeg nu zijn armen om haar heen en zijn ogen keken haar verwachtingsvol aan.

Ze wist nog net een zucht binnen te houden. Nu ja, dát eerst maar, misschien had hij daarna meer geduld. 'De lamp,' fluisterde ze nog.

'O ja, natuurlijk.' Hij blies de lamp uit.

Suus was niet bang meer, zoals ze dat de vorige avond toch een beetje was geweest, vanwege het onbekende. Nu wist ze immers wat er komen ging en daarna... daarna zou ze hem vertellen van de stille machtsstrijd tussen zijn moeder en haarzelf. Ze zou hem vertellen van alle kleine hatelijkheden en vernederingen die ze vandaag had ondergaan.

O, het was zeker geen boze opzet van moeder, dat kon toch niet? Niettemin moest zijn moeder er aan wennen dat er nu een nieuwe boerin was.

'Dirk,' begon ze weer, na een poosje. 'Je moeder...'

'Is dolgelukkig met jou, lieve Suus. We moeten nu echt gaan

slapen. Ik ben doodmoe.'

Zo, dus er was alle tijd voor dat, wat hij belangrijk vond. Ze werd boos. Met een schok zat ze rechtop in bed, zodat hij verbaasd opzij rolde. 'Wat heb jij nu, zo opeens?'

'Je moet naar me luisteren als ik je wat wil vertellen. Je moeder wil me hier niet, Dirk. Ze kleineert me en draagt me werk op alsof ik slechts een nieuwe meid ben. Ze heeft de hele dag geprobeerd me dwars te zitten.'

'Welnee. Dat verbeeld je je maar.'

'Dat doe ik niet. Dirk, je moet er wat van zeggen.'

'Kom, Suus, stel je nu niet aan. Het komt alleen maar omdat je ook moe bent. Kom, we gaan slapen. Morgen ziet alles er heel anders uit.'

Hij draaide zich op zijn zij. Terwijl Suus nog aarzelde of ze door zou gaan en daarmee al op de eerste dag een echtelijke ruzie zou riskeren, of dat ze toch maar zou gaan slapen, hoorde ze hoe zijn ademhaling langzamer en regelmatiger werd.

Hij sliep. Er rolden tranen over haar wang, bijna tegen wil en dank. Zo ging het dus. Verliefd tot en met, maar na de bruiloft was de buit binnen. Dan kon een man over zijn vrouw beschikken en de rest deed er zeker niet meer toe. Ze had nooit van Dirk gehouden, maar op dat moment haatte ze hem bijna.

9

EEN REISJE MET DE STOOMTRAM

Suus rilde van opwinding, toen de tilbury de tramhalte bij de greupmolen naderde. Het was al behoorlijk kil, zo vroeg in de morgen, maar ze had de stoof met gloeiende kolen in de tilbury onder haar voeten staan, ze had het niet écht koud. Het kwam meer door de opwinding.

Ze waren nu drie weken getrouwd en deze dag beloofde een schitterende herfstdag te worden. Ze ging voor het eerst met Dirk samen naar de stad. Ze droegen beiden de kleren waarin ze waren getrouwd, want Dirk had gezegd dat ze een foto van zichzelf zouden laten maken. Dat was de voornaamste reden van dit reisje, maar Suus was heel opgewonden. Het was immers pas de derde keer in haar leven dat ze naar de stad zou reizen met de stoomtram, die met de ongehoorde snelheid van wel twintig kilometer per uur door het landschap stoof.

Toen de tram pas op het eiland was gekomen, waren de paarden er van op hol geslagen. Tegenwoordig gebeurde dat nog maar zelden. Zelfs de dieren waren uiteindelijk aan het zwarte, rokende monster gewend.

De komst van de stoomtram had in de streek meerdere grote veranderingen gebracht. Nu gingen de boeren steeds vaker zelf naar de stad om hun vee op de markt te brengen. Op dinsdagen reed de tram extra vroeg en was er op alle stations een grote drukte te bespeuren, omdat het vee moest worden ingeladen en ook andere zaken die in Rotterdam verkocht konden worden. Ook boerinnen kwamen nu gemakkelijker in de stad dan vroeger. Voor de arme mensen was de tram echter heel duur, die reisden maar zelden, maar de rijken genoten van het pleziertje. De deftige dames zochten in de stad mooie japonnen en hoeden uit en legden de dracht nu steeds meer af. Veel vrouwen gaven hun mutsen zelfs weg aan armen of dienstboden, die nu met mooie kanten mutsen rondliepen, wat vroeger ondenkbaar was, omdat niemand boven zijn stand gekleed ging. De stand, die vroeger op het eerste gezicht duidelijk was, vervaagde hierdoor in de hele streek. Door de komst van de tram was ook de stoombootdienst op de Binnenmaas vervallen, wat voor sommige dorpen nogal lastig was, want soms moest je een heel eind rijden met paard en wagen om bij een station te komen. Er gebeurden ook tamelijk veel ongelukken met de tram, omdat de machinisten soms nóg harder wilden rijden, waardoor het wel voorkwam dat het gevaarte ontspoorde.

Terwijl Dirk zijn paard op stal zette bij een boer die daartoe tegen betaling gelegenheid gaf voor de tramreizigers, keek Suus opgewonden om zich heen. Zodra Dirk klaar was, liepen ze het korte stukje naar de halte. Er stonden al meer mensen te wachten.

Ze hoefden niet lang te wachten. Ze hoorden de fluit toen de tram Klaaswaal uitreed en even later zagen ze het zwarte gevaarte de dijk af komen stomen. Dirk moest lachen om Suus' duidelijk zichtbare opwinding. Hij reisde tegenwoordig elke paar maanden naar de stad, gedeeltelijk ook omdat hij het wel prettig vond om zo nu en dan een verzetje te hebben.

Ze reisden eerste klasse en Suus vond dat plezierig, want in de tweede klasse waren de banken hard en ongemakkelijk. Ze genoot van het landschap dat aan hen voorbijgleed en luisterde ademloos naar Dirk die vertelde dat ze in de stad een modiste moest bezoeken, waar zijn moeder altijd haar nieuwe japonnen kocht. Hij wilde graag dat zijn vrouw tot de best geklede vrouwen van Westmaas behoorde en dat ging niet, als je gewoon je kleren bij de dorpsnaaister bestelde. Haar moeder zou haar hoofd schudden over zoveel wereldse ijdelheid, als ze het hoorde, dacht Suus met een glimlach. Maar wat kon ze anders dan zich verheugen en in stilte peinzen dat het toch wel prettig was om een welgestelde echtgenoot te hebben.

Ineens moest ze aan Bep Hagoort denken. Hoe afgetobt kon dat vrouwtje eruit zien van het vele werk, hoe schamel gekleed. Barend mocht dan trots zijn boer te zijn op zijn eigen hoeve, maar je kon dat boerderijtje toch moeilijk vergelijken met Mastland. Ja, op dat moment had Suus wel begrip voor de oude boerenwijsheid dat je in je eigen stand moest trouwen.

'Wat ben je stil,' merkte Dirk na een poosje op.

'Er is ook zoveel te zien,' antwoordde ze een beetje kortaf. Het was niets prettig om aan Barend te denken. Ze wilde dat niet. Ze was verliefd op hem geweest, goed, maar dat was nu voorbij. Ja toch? In ieder geval was er niets meer te veranderen. Ze waren beiden getrouwd en niet met elkaar.

De trein stopte opnieuw. Ditmaal bij de remise te Krooswijk. Hier was het nog drukker dan bij de halte waar zij waren ingestapt. Suus boog zich zover mogelijk naar het raampje om te kunnen zien wat er gebeurde. Dirk ging op het balkon een sigaartje opsteken. Zijn boomlange gestalte vulde het hele balkonnetje. Suus keek even naar hem en ze vond dat ze trots kon zijn. Dirk zag er goed uit in zijn zwartlakense kerkpak. Op zondag en ook nu droeg hij een hoge pet. Een gewone pet was goed voor door-de-weeks. Arbeiders droegen ook op zondag zo'n gewone pet, want onderscheid moest er zijn, vond Dirk.

Barend had niet veel mooie kleren. Hé, ze wilde niet meer aan hem denken. Ze was nu vrouw Leeuwestein en ze had geen klagen. Het was duidelijk dat Dirk veel van haar hield en daar was ze blij om. Dat maakte alles toch gemakkelijker. Weliswaar speelde haar schoonmoeder nog steeds de baas, net als op de eerste dag van hun trouwen en leek Dirk niets bijzonders in de gaten te hebben, maar ze zou het er nog eens een keer met hem over hebben. Misschien vandaag op de thuisreis, als hij goed gestemd zou zijn?

Suus zuchtte. In de eerste weken van hun trouwen had ze toch al ontdekt dat haar bruidegom niet geheel volmaakt was. O, er was niets op hem aan te merken. Hij werkte hard en ze hadden nooit ergens woorden over, maar ze had wel ontdekt dat hij geen moeilijkheden zag eer hij erover viel. Dirk ontliep narigheid zoveel mogelijk. Tot nog toe was het haar niet gelukt om hem duidelijk te maken hoe de houding van zijn moeder haar kwetste. Hoezeer de twee vrouwen kibbelden ontging hem. Of wilde hij het domweg niet zien?

Vond hij het onaangenaam te moeten kiezen tussen zijn vrouw en zijn moeder? Nee, dacht Suus, zo wilde ze niet denken. Ze moest het Dirk ronduit zeggen. Dan móest hij wel luisteren. Ze leunde achterover in de groenleren kussens en dacht aan de donkere vrouw die haar schoonmoeder was.

Ze had intussen ook ontdekt dat men niet alleen in Ammekerk over haar schoonmoeder fluisterde. In Westmaas was dat nog veel en veel erger. Ze werd er ronduit van hekserij verdacht. Suus dacht wel dat dat overdreven was, maar toch was het onaangenaam om te merken dat de meesten niet eens naast de vrouw durfden te gaan zitten, in de kerk bijvoorbeeld. Suus hoopte maar, dat de mensen haar niet aan zouden kijken op de vermeende kunsten van haar schoonmoeder. Zelf had ze nog nooit iets vreemds kunnen ontdekken, behalve die ene keer, toen moeder had gezegd dat de oude Nol Los zou sterven terwijl de man nog gezond en wel in de kerk zat. Toch was hij twee dagen later dood geweest. Een beroerte had op slag een eind aan zijn leven gemaakt. Maar niemand op Mastland deed over zulke dingen de mond open.

Gelukkig, daar klonk de fluit en even later ging het verder. Ze bogen nu af naar de Blaaksedijk, waar ze nog verschillende keren moesten stoppen eer ze op de Barendrechtse brug afstoomden.

Wat een sensatie was het altijd weer vanuit de rijdende stoomtram de diepte in te kijken en dan het water groengrijs onder je door te zien stromen. Toch was Suus blij dat ze behouden en wel op de andere oever aankwamen. Verder ging het weer, tot ze eindelijk in de Rosestraat van Rotterdam bij het eindstation kwamen. De rit had toch wel lang geduurd, het was intussen al negen uur geweest. Suus was hongerig geworden, maar ze had wat ingepakt brood bij zich. Gelukkig stelde Dirk al uit zichzelf voor om bij het station eerst een kop koffie te gebruiken, alvorens met de paardetram naar de Coolsingel te rijden, in welke buurt ze inkopen zouden doen. Ze aten hun brood op en aldus gesterkt vervolgden zij hun reis.

Het werd een heerlijke dag. Dirk was verre van karig. Ze gebruikten ergens een warme maaltijd die heel anders smaakte dan de vertrouwde pot thuis, waarna hij haar bij de modiste afzette en beloofde haar twee uur later weer af te halen. Zelf had hij ondertussen een paar zaken af te handelen. Ze ging verheugd de modezaak binnen en dacht nu met een glimlach aan haar angst van die morgen, toen ze voor het eerst van haar leven op de foto ging. Er was niets engs aan geweest, behalve de fotograaf, die wegkroop onder een zwarte lap en daaronder vandaan met een arm naar hen stond te zwaaien.

Suus was een beetje beduusd door de grootte van de winkel, maar de winkelierster was aardig en stelde haar binnen de kortste keren op haar gemak. Dirk had gezegd dat ze iets moest uitzoeken van goede kwaliteit, zodat ze er lang plezier van zou hebben. Dan was het niet erg om wat meer uit te geven. Nu, ze werd al snel enthousiast toen ze de mooie stoffen betastte die de eigenaresse van de zaak liet aandragen.

Ze koos uiteindelijk voor een mooie donkerblauwe jerseystof, die zo lekker soepel zat, naar mevrouw beweerde. Ze liet zich bepraten om ook een nieuw korset aan te schaffen, want een smal silhouet was mode en een dame was zonder korset niet gekleed. Bovendien drukten de korsetten de boezem fier omhoog, waardoor de nieuwe japon nog mooier zou staan. Ze koos tenslotte een model van een van de platen, met strookjes en plissés, maar heel bescheiden. Niet te veel. De japon zou een lieve stuiver kosten, maar dan kon je er ook veel jaren mee toe. Ze was blij dat ze vanmorgen alleen haar nieuwe trouwhoed had opgezet en niet de hoed op de krullemuts, zoals ze in de streek deden. Thuis zag je alle boerinnen op zondag ter kerke gaan met hun zwarte kapothoeden op de mutsen, maar hier in de stad zag je dat niet. Ze vond het prettig dat ze er niet zo boers uitzag, zodat iedereen al bij het eerste gezicht had kunnen zien dat ze van het platteland kwam. Natuurlijk, Dirks grote, eeltige werkhanden spraken hun eigen taal. Met zulke handen zat je niet op een kantoorkruk, maar verder...

Ineens moest Suus lachen. De naaister nam juist haar maten en Suus verzocht haar de japon niet al te strak te maken, omdat ze dat misschien niet verdroeg. Bovendien was ze pas getrouwd. Wie weet werd ze de komende tijd wel wat dikker? De deftige dame, die eerst wat afkeurend keek omdat ze niet wilde dat het korset zo strak mogelijk werd ingeregen, keek nu weer vriendelijker. 'Ah, mevrouw, natuurlijk, mevrouw.'

Hier was ze mevrouw, dacht Suus geamuseerd. Het was allemaal heel amusant, maar toch ook vermoeiend. Ze zou blij zijn als Dirk terugkwam en ze weer op huis aan gingen. Ze herinnerde zich plotsklaps het eerste uitstapje met de stoomtram, toen ze nog klein was geweest, een jaar of zes, zeven. De tram reed toen nog niet lang en ze waren eens met het hele gezin naar de diergaarde geweest. Als je zo jong was had je nog geen zorgen, maar dat besefte je dan nog niet. Dan was geluk iets heel vanzelfsprekends. Als je later volwassen werd, begon je te beseffen hoe ongewoon dat goedbeschouwd was. Dan was je eigenlijk nooit meer écht gelukkig.

Ha, daar was Dirk. Suus lachte opgelucht. Ze handelde nu snel haar zaken af, weigerde om nog eens speciaal de hele reis te ondernemen, enkel en alleen om te komen passen en sprak af dat haar man de japon zou afhalen als hij de volgende maal in de stad was. Ze was blij toen ze even later weer buiten waren. De zon scheen heerlijk, al was het oktober, en Suus wist Dirk zonder veel moeite over te halen nog even langs de winkels te wandelen eer ze de paardetram zouden nemen.

Het was ongelooflijk druk in de stad. Je zag er rijtuigen, trams en auto's allemaal door elkaar rijden. Fietsen zag je ook overal, zelfs dames reden hier temidden van de drukte op zo'n gevaarlijk vehikel. Suus keek er angstig naar en dacht dat zij zoiets wel nooit zou durven. De doktoren dachten trouwens ook dat fietsen gevaarlijk was, want ze raadden vrouwen maar liever helemaal af te fietsen en voor mannen boven de veertig was het ook af te raden. Ze had het zelf in de krant gelezen. Bovendien was het voor vrouwen onzedelijk, zeker bij hen in de streek, en volgens dominee zou het te prikkelend zijn. Hij had eens van de kansel gewaarschuwd dat een fatsoenlijk mens het fietsen maar moest laten. Ze wist niet goed wat dominee bedoelde met dat prikkelend, maar hij was een wijs man en zou dus wel weten waar hij het over had. Vreemd, dat je in de stad altijd dingen zag die in Ammekerk ondenkbaar waren. Net als de vrouwen hier, met hun opgeschilderde gezichten.

Zou ze dan misschien in de stad willen wonen? Och heden, ze moest er zelf om lachen. Ze zou doodzenuwachtig worden van al dat lawaai. De hele dag hoorde je hier de toeters van automobielen en de bellen op de tram, om maar niet te spreken van het schreeuwen van de voerlieden, of van visvrouwen die met een kar hun handel uitventten. Het was gezellig in een drukke straat als deze, maar niet voor al te lang. Bovendien rook je er nooit meer de frisse buitenlucht en de zon scheen hier niet zo helder als 's middags boven de kreek van Ammekerk.

Stevig gearmd met Dirk was ze inmiddels bij de halte van de paardetram gekomen en ze hoefden niet lang meer te wachten. Dirks gezicht was bezweet, want het was een heerlijke herfstdag en zijn pak was beslist te warm voor dit mooie weer.

'Ik zal blij zijn als ik weer thuis ben,' mompelde hij, terwijl hij zijn voorhoofd afwiste. 'Wat een herrie is het hier. Ik wil altijd graag naar de stad en als ik er dan ben, verlang ik naar huis omdat de drukte op mijn zenuwen werkt.'

'Het is hier wel leuk voor een dagje, maar langer niet,' beaamde Suus en ze moest alweer lachen. 'Maar, inderdaad, ik bedacht juist ook dat ik hier voor geen goud zou willen wonen. Zijn je zaken naar tevredenheid afgehandeld, Dirk?'

'Jawel.' Het stelde haar teleur dat hij niet vertelde waar het over ging. Ze durfde er ook niet uit zichzelf naar te vragen. Wellicht vond hij dat vrouwen zich niet met zaken moesten bemoeien?

In de tram was het nog drukker dan die morgen, al waren ze allebei blij dat ze in de eerste klasse nog een plaatsje vonden.

'Ik ben er moe van,' zuchtte Suus, toen ze dik een uur later de Barendrechtse brug weer in zicht kregen en Dirk opnieuw aanstalten maakte om op het balkon van de stoomtram een sigaar te gaan roken.

110

'We zijn zo thuis, vrouw. Nog een uurtje, hooguit.'

Ja, dacht ze. En dan?

Daar kwam ze al gauw achter. Zodra Dirk het niet meer horen kon, begon haar schoonmoeder over frivoliteit te praten, over de verkwisting om een dure japon aan te schaffen na de trouwdag, als er toch niets meer te vieren viel. En dan nog wel een blauwe. Aan een zwarte had ze meer gehad. Ze wilde dat Suus altijd zwart droeg, net als zij. Dat was een fatsoenlijke kleur voor een christenmens. Het werd die keer zo erg, dat Pieternel met een vuurrode kleur de bijkeuken invluchtte. Pas toen ze samen met haar schoonmoeder was achtergebleven, vond Suus de kracht om zich te verweren tegen de onrechtmatige beschuldigingen, al deed ze haar uiterste best om zo kalm mogelijk te blijven.

'Het was Dirks idee, moeder.'

'Ja, dát zal best. De jongen is tot over zijn oren verliefd. Hij ziet je fouten niet eens. Maar dat komt nog wel en dan zul je nog wel eens terugdenken aan de wijze raad van een oudere vrouw. Heus, er komt een tijd dat je je eigen verspilling gaat berouwen.'

'Ik heb nooit de indruk gekregen dat een hoeve als Mastland geen nieuwe japon zou kunnen bekostigen.' Suus werd steeds bozer en ook was er een gevoel van teleurstelling in haar opgekomen, maar ze deed haar uiterste best om haar stem niet echt verwijtend te laten klinken. Het was allemaal zo onterecht. Waarom zou moeder er op uit zijn om elk pleziertje dat ze had te vergallen?

'Zeker, Mastland kan wel wat hebben. Maar hoe denk je, mijn kind, dat Mastland geworden is tot wat het nu is?'

'Net als Maesvreugt, veronderstel ik. Vlijtigheid en spaarzaamheid, maar thuis hebben we ons nooit tot gierigheid hoeven verlagen.'

Ze had al lang begrepen van Driekus' vrouw hoe 'zuinig' vrouw Leeuwestein kon zijn. Vooral waar het haar personeel betrof. Zie je nu wel dat ze haar beschouwde als een nieuw soort meid?

'Je bent een brutaal nest,' viel de oudere vrouw uit. 'Wacht maar op de dag dat Dirk daar achter komt.'

Omdat er een geluid achter hen klonk zweeg de oudere vrouw, terwijl Suus verbijsterd verder ging met het dekken van de tafel.

Zo ging dat dus. De verwijten waren voor haar, zolang Dirk er maar niets van wist. Daarom begreep hij niet waarover ze zo nu en dan probeerde te praten, als het licht in de petroleumlamp bijna was gedoofd. Als het aan zijn moeder lag, zou hij het nooit weten ook. Dirk zou haar uitlachen als ze hem vertelde dat zijn moeder er welbewust op uit was om haar het leven zuur te maken. Dat ze haar behandelde als een willekeurige ondergeschikte. Wie zou haar trouwens wél geloven? Ze was te trots om met haar moeder over deze moeilijkheden te praten. En een echte vriendin had ze ook al niet, maar zelfs al was dat wel het geval geweest, wie zou haar geloven?

Pieternel was de enige die het wist, maar die trok zich zoveel mogelijk terug. Bovendien, Pieternel was haar meid en het was ondenkbaar om met de meid over je zorgen te praten.

Nee, ze zou dit in haar eentje moeten dragen. Het enige wat ze kon doen, was zo nu en dan van zich af te bijten, maar niet te veel. Als moeder vond dat ze brutaal was, zouden de pesterijen misschien nog veel erger worden en dat was iets, wist Suus, wat ze niet zou kunnen uithouden. Op Mastland stond ze geheel alleen, nu Dirk nog steeds niet erg wilde luisteren als ze over die dingen met hem probeerde te praten. Ze zou het maar niet langer proberen ook, want wat had het voor zin? Moeder won toch. Ze moest leren om het te verdragen.

10

DE OPERATIE OP DE KEUKENTAFEL

Vader Leeuwestein droeg al jarenlang een breukband, maar had verder nooit last van de bult in zijn lies. Zijn tandeloze mond bezorgde hem veel meer problemen, want zijn gebit paste niet zo goed. Het was meer een sierstuk, en dus haalde hij het ding altijd uit zijn mond als er gegeten werd in huiselijke kring. Door-de-weeks had hij het martelwerktuig trouwens helemaal niet in. Zijn koekjes sopte hij in de koffie, waarna hij de zachtgeworden brij naar binnen slurpte, zijn eten werd fijngeprakt en zijn brood kreeg hij zonder korstjes ook wel weg, met wat smeerworst of stroopvet erop. Meer had hij niet nodig, vond hij, maar wel had vader Leeuwestein daardoor veel last van maagpijn. En als vader maagpijn had, klaagde hij steen en been en vergalde hij de hele sfeer in huis. Gelukkig kwamen die aanvallen echter niet al te vaak voor.

Vader Leeuwestein was soms erg kinderachtig, dacht Suus wel eens in stilte. Uiteindelijk voelde je allemaal wel eens een pijntje. Hoezeer ze ook een hekel had aan haar schoonmoeder, haar handen stonden krom van de reumatiek maar klagen deed ze nooit.

De herfst was geleidelijk overgegaan in de winter. Ze hadden de kerstdagen achter de rug en de jaarwisseling hadden Dirk en zij in Ammekerk gevierd. Dat was zo gezellig geweest. Nu de sfeer op Mastland vaak zo gedrukt was door moeders stiekeme plagerijen, kon Suus soms erg naar Ammekerk terugverlangen.

Januari begon met nat, stormachtig weer, waardoor de dagen nog korter leken dan gewoonlijk al het geval was. Toen Suus net na de feestdagen haar maandelijkse periode kreeg toonde Dirk zich voor het eerst sinds hun huwelijk teleurgesteld.

'Het zou zo fijn zijn, als je zwanger zou zijn,' zuchtte hij bedrukt, terwijl hij zich weer terugtrok naar zijn helft van het ledikant.

'Ja, ik verlang er ook naar om een kind te krijgen,' fluisterde ze terug in het donker. Hij besefte niet half hoezeer. Als ze een kind kreeg, zou haar schoonmoeder misschien niet langer denken dat ze Dirk niet waard was. Dan zouden de hatelijke opmerkingen misschien eindelijk ophouden.

'Maar we mogen niet ongeduldig zijn, Dirk.'

Zo regen de dagen zich aaneen, tot halverwege de eerste maand van het nieuwe jaar het weer omsloeg. Ineens daalde het kwik onder de nul graden en vielen er een paar flinke sneeuwbuien. De wegen werden daardoor praktisch onbegaanbaar, maar op oude boerderijen als Mastland was vaak nog een arreslee voorhanden, waarmee men zich dan verplaatsen kon.

De eerste rit maakten ze op een zondagmorgen naar de kerk. De paarden werden opgetuigd met bellen en de slee gleed vrolijk tintelend door de stille, witte wereld. Allengs waren er meer sleden te zien. Vlak voor het dorp was het een sprookjesachtige optocht geworden, die nu op de kerk aangleed.

Suus voelde zich nog steeds niet helemaal op haar gemak in de nieuwe gemeente. De dominee was hier nog strenger dan die van Ammekerk en als je deze dominee mocht geloven, kwamen alle gemeenteleden later in de hel terecht, zo donderend braakte hij zijn preken over hel en verdoemenis vanaf de kansel over zijn gemeenteleden uit. Van de troostende kant van het geloof had het meisje hier nog niet veel gemerkt. Van de goede God als hulp in het leven, van het geloof als krachtbron vertelde dominee nooit en daar ging het toch om, had ze in haar onschuld altijd gedacht. De strijd die ze in zichzelf had geleverd in de tijd dat ze belijdenis had gedaan, laaide weer helemaal op.

Met Dirk kon ze daarover niet praten. Met niemand op Mastland trouwens en dat droeg ertoe bij dat ze zich nog eenzamer ging voelen. Haar nieuwe thuis begon ze als beklemmend te ervaren. Van alles wat ze zich van haar huwelijk had voorgesteld, was maar bitter weinig terechtgekomen. Soms had ze daar bittere gedachten over. Een enkele maal merkte ze dat ze de gedachten aan Barend begon te idealiseren.

Die zondagmiddag reden ze na het middageten opnieuw naar Ammekerk en Suus was als een kind zo blij met dit onverwachte uitstapje. Even alle zorgen achter zich laten en teruggaan naar Maesvreugt, met al zijn hartelijke warmte.

De bellen van het paardetuig klingelden net zo vrolijk door de witte stilte als haar eigen hart op dat moment sloeg. Ze trok de warme deken wat dichter om zich heen. Dirk moest het nog kouder hebben, zoals hij alleen op de boom achter haar zat en over haar hoofd de leidsels vasthield. Het paard brieste zo nu en dan. Na de lange dagen op stal vond het dier het prettig om wat extra beweging te krijgen. Bonte was een heel lief paard, niet meer zo jong maar wel heel slim. Dirk had verteld dat hij met Bonte voor de sjees vaak meegedaan had met de gebruikelijke ringrijderij op Pinkstermaandag. Met Bles echter, een van zijn prachtige werkpaarden, had hij al tweemaal een prijs gewonnen en dit jaar zou hij weer meedoen met de wedstrijd voor ongezadelde paarden.

Ze reden intussen langs het Zwanegat de dijk langs de Binnenmaas op. Het zilvergrauwe water strekte zich bijna rimpelloos uit.

'Ik geloof dat we nog niet van de vorst af zijn,' bromde Dirk na een poosje.

'Zo'n paar graden vorst, een beetje sneeuw en het zonnetje daarboven zoals dat nu het geval is, dat is zo slecht nog niet,' meende Suus. 'Maar echt bitter koud hoeft het voor mij niet te worden. Dan kom je nergens.'

'Je gaat wel graag naar Ammekerk, niet?'

'Ja, dat spreekt vanzelf. Het is altijd mijn thuis geweest.'

'Je hebt zo'n plezier dat ik haast zou gaan denken dat je op Mastland niet gelukkig bent.'

'Dirk, ik heb je al eerder proberen duidelijk te maken dat je moeder... wel, ze is niet zo aardig als we samen zijn.' Ziezo, het was er uit. Haar hart bonsde plotseling in haar keel. De gelegenheid om haar stille verdriet nog eens te spuien was zo onverwacht gekomen.

'Suus, niet weer. Je verbeeldt je het maar, heus. Mijn moeder uit haar gevoelens nu eenmaal wat moeilijk.'

'Ik verbeeld me niets. Ze zegt allerlei hatelijke dingen en dat doet ze alleen als ze zeker weet dat jij en je vader haar niet kunnen horen.'

'Suus, nu wordt het toch werkelijk te gek. Mijn moeder is een schat en ze heeft alles voor je over. Dat weet ik zeker.'

'Ach, Dirk. Je bent haar enig kind. Voor jou zou geen enkele vrouw goed genoeg zijn geweest.'

'Ik vind dit helemaal niet aardig van je. Ik weet zeker dat je overdrijft. We zijn gelukkig op Mastland. Het is allemaal zelfs nog beter dan ik voor ons trouwen had durven hopen.'

Ze zuchtte in stilte. Haar vrolijkheid was verdwenen. Hij was gelukkig en niets mocht dat geluk aantasten. Was hij niet een beetje egoïstisch? Verwend? Het enig kind van Mastland, dat altijd naar de ogen was gezien, voor wie niets goed genoeg was. Ze wist immers dat hij moeilijkheden zoveel mogelijk ontliep? Dat hij maar liever deed alsof ze er in het geheel niet waren? Wat betreft haar verdriet over zijn moeders houding, was dat al net zo. Hij hield maar vol dat er niets aan de hand was.

'Suus, je moet me beloven dat je het moeder niet zo moeilijk maakt.'

De tranen sprongen haar in de ogen, maar ze beet op haar lip, want ze wilde niet dat hij het merken zou.

'Je zou het aan Pieternel kunnen vragen,' probeerde ze in uiterste wanhoop. 'Aan haar stoort niemand zich, omdat ze slechts de meid is. Maar ze heeft net zo goed oren aan haar hoofd als ieder ander mens. Je moeder is de boerin. Niet ik.'

'Is dat dan zo erg, als het erop aan komt? Mijn vader en ik doen ook veel samen.'

'Als puntje bij paaltje komt, neem jij uiteindelijk de beslissingen, Dirk.'

'Dat is in de loop der jaren zo gegroeid. Als moeder je beter kent, zal dat bij jullie ook vanzelf zo worden. Dan is ze er zeker tevreden mee om het rustiger aan te gaan doen.'

Suus voelde zich hopeloos in de steek gelaten, juist door de man die voor haar zou moeten opkomen. O, Dirk was stekeblind. Hij wilde geen narigheid in huis en daarom zag hij niets, niets. Hij stelde haar nu zo bitter teleur. Klakkeloos trok hij partij voor zijn moeder en vond hij dat zij meer haar best moest doen. O, kon ze straks maar op Maesvreugt blijven. Hoefde ze maar nooit meer naar Mastland terug!

Ze genoot al lang niet meer van het uitstapje. Thuis was ze zelfs zo stil dat moeder haar een paar maal vragend aankeek, maar Suus zei niets. Het ging niet aan met je verdriet te koop te lopen. Ze zou het moeten dragen. Ze was met Dirk getrouwd en daar was niets meer aan te doen. Het enige wat ze kon doen, was bidden om kracht om dit verdriet te kunnen verdragen.

Het was al bijna donker eer de slee met zijn rinkelende bellentuig het erf van Mastland opdraaide. De hele terugweg hadden Dirk en Suus geen woord gewisseld. Ze had aldoor somber over de schemerige velden gestaard, waar de witte sneeuw nu wel grauw leek. Net zo grauw als haar leven, had ze even gedacht. De uren op Maesvreugt waren heerlijk geweest en ze had haar uiterste best gedaan om vrolijk te schijnen, zodat moeder niet zou merken hoe ze zich in werkelijkheid voelde. En aldoor was er de wetenschap geweest, dat ze later weer terug zou moeten naar haar nieuwe thuis. Op Mastland troffen ze echter niet de gebruikelijke zondagavondrust, maar alles leek in rep en roer. Driekus kwam al aanrennen nog voor Dirk de arreslee had gestopt.

'Baas, u moet naar binnen gaan, snel. Uw vader ligt over de vloer te rollen van de pijn.'

Dirk schrok zichtbaar, gooide Driekus de leidsels toe voor hij het huis inrende. Ongerust kwam Suus achter hem aan. Wat stond hen nu weer te wachten?

In de voorkamer, half ontkleed, lag zijn vader inderdaad op het vloerkleed en hij kermde zo luid dat ze het in Westmaas zowat zouden kunnen horen. Zijn gezicht was bleek en bezweet, zijn hand hield zijn buik vast en moeder Leeuwestein zat handenwringend in de leunstoel, zonder in staat te zijn iets te doen.

'Hoe lang ligt vader al zo?' vroeg Dirk bezorgd.

'Een half uur, drie kwartier?'

'Waar doet het pijn, vader?'

'Mijn buik. Oh... au-au... oh... nog an toe.'

De rest van het gekerm was onverstaanbaar. Vader was altijd al kleinzerig geweest, maar een tikje meer zelfbeheersing zou hem gesierd hebben, dacht Suus. Nu had hij duidelijk pijn, meer dan dat, vader leed ontegenzeglijk veel, heel veel pijn.

Dirk rende opnieuw de gang door. 'Driekus, span Bonte nog niet uit, maar rijd er als de bliksem mee naar de dokter. Zeg dat mijn vader misschien wel doodgaat, zoveel pijn heeft hij.'

'Ja, baas, het komt voor elkaar.' De trouwe Driekus had de arreslee al gekeerd en kletste met de leidsels op Bontes billen, nog voor Dirk weer naar binnen was gegaan.

Dirks sterke armen tilden zijn vader in het ledikant, trokken hem de rest van zijn kleren uit en trokken de dekens over hem heen.

'Is het zomaar ineens begonnen?'

'Nee, hij had de hele middag al een beetje buikpijn, maar je weet hoe vader is. Die klaagt over elke scheet die hem dwars zit. Ineens begon hij echter te kermen en toen begon ik me wel een beetje ongerust te maken.' Moeder praatte op vlakke toon. 'Het werd niet minder, integendeel. Ik was zo langzamerhand wanhopig toen jullie zo lang wegbleven.' De beschuldigende donkere ogen keken Suus verwijtend aan. Ze zeiden in stilte dat zo'n tochtje met de arreslee naar Ammekerk allemaal verspilling was, van tijd en van moeite, en zie nu maar wat daarvan gekomen was.

Suus beet op haar lip. Ze wilde graag blijven zwijgen, maar het was allemaal zo moeilijk. Het zou nog moeilijker worden nu ze wist dat Dirk absoluut niet in de gaten had wat er gebeurde. Hij wilde het gewoon niet weten en ze voelde zich opnieuw hopeloos in de steek gelaten.

'Ik ga koffie zetten,' zei ze mat. 'We zullen straks allemaal behoefte hebben aan een sterke bak.'

Op zondag was Pieternel er nooit, wist ze. Dan hield haar schoonmoeder ook altijd streng de zondagsrust en dat betekende dat alles gewoon op háár aankwam. Ach, nu was ze zelfs al bitter gestemd over dergelijke simpele dingen. O, kon ze het laatste halve jaar maar terugdraaien. Dan zou ze nooit met Dirk getrouwd zijn. Dan was ze prettig op Maesvreugt gebleven, desnoods als een oude vrijster. Waarom had haar dat een jaar geleden zo verschrikkelijk toegeschenen? Nu kon ze ernaar verlangen!

De dokter was er onverwacht snel. Hij was direct met Driekus mee teruggereden. Zelf had hij geen arreslee en met de koets kon hij op dat moment nergens komen.

De dokter onderzocht vader Leeuwestein en zijn gezicht kreeg allengs een heel ernstige uitdrukking.

'Het is de oude breuk,' mompelde hij tegen Dirk. 'Die is beklemd geraakt. Tsjonge, jonge, dat wordt wat en dat net op zondagavond.'

'Is er levensgevaar?' vroeg Dirk die ineens wit om de neus was geworden.

'Nog niet, nog niet.' De oude man met het grijze sikje wreef zich in gedachten over de kin. 'Was er nu maar een ziekenhuis op het eiland, verdorie. Hem naar Rotterdam brengen zal niet gaan. Dat haalt hij niet, als het al mogelijk zou zijn er te komen met dit weer.'

'Dus er is wél levensgevaar.'

'Als er niets gebeurt, zal dat niet lang meer duren. Er is maar één oplossing, Leeuwestein. We zullen moeten opereren.'

'Hoe... hoe bedoelt u?'

'Het is niet zonder risico, maar het is de enige manier om uw vader te redden. Vrouw Leeuwestein, u moet uw toestemming geven, anders doe ik het niet.'

'Is het gevaarlijk?'

'Operaties zijn altijd gevaarlijk en hoe langer hij zo blijft liggen, hoe groter het risico wordt. Hij is niet eens meer in staat om zelf antwoord te geven.' Vader kermde nu inderdaad nog maar heel zachtjes en had zijn ogen gesloten.

Dirk hakte resoluut de knoop door, al zag hij nu spierwit van angst. 'Dan moet het maar gebeuren, dokter.'

'Goed.' De grijze man ontplooide ineens een grote energie. Zijn priemende oogjes keken Suus doordringend aan. "Jij, kind, trek je werkschort aan, een schone, en boen de keukentafel zo schoon als je maar kunt. Zet intussen alle ketels die je maar kunt vinden op het fornuis en stook dat eens flink op, zodat er straks veel warm water is. Denk eraan, het water moet goed doorkoken. Daar wordt het schoon van. En jij, Leeuwestein, laat je knecht een ander paard voor de slee spannen en in het dorp om de baker gaan. Thuis moet hij ook voor mij de dingen ophalen die ik op een briefje schrijf. Mijn vrouw weet wat ze dan mee moet geven.'

'De baker?' hakkelde Dirk niet-begrijpend.

'Een operatie is geen kleinigheidje, Leeuwestein. Het is onder deze omstandigheden niet mogelijk een collega te laten komen uit een ander dorp, een verpleegster is er niet en kerels als jij raken doorgaans de kluts kwijt als ze zoveel bloed zien. De baker kan daar tenminste tegen, die is wel bloed gewend. Ik heb hulp nodig en geen sta-in-de-weg. Ga nu maar. Ze heeft me al een paar keer eerder geholpen. Ze is capabel genoeg. Vort. Een betere hulp kan ik in deze omstandigheden nu eenmaal niet krijgen.'

Dirk haastte zich als een kleine jongen die om een boodschap wordt gestuurd. Suus was al druk bezig het fornuis op te stoken en schonk ondertussen voor iedereen een kom gloeiendhete koffie in. Daarna stroopte ze de mouwen van haar mooie nieuwe japon op, omdat ze geen tijd durfde te nemen om zich om te kleden. Ze deed een groot en schoon werkschort voor en begon met zeep en soda aan het grote boenwerk.

Ze was blij dat ze hier in de keuken het gekerm uit de voorkamer helemaal niet meer kon horen. Ze was nu ook een beetje bang geworden. Een operatie, stel je voor, dat gebeurde alleen als het echt niet anders kon, want een operatie was altijd gevaarlijk. Zou vader Leeuwestein die wel overleven?

Toen de tafel brandschoon was, liet de baardige dorpsdokter een emmer uitschuren en die vullen met water dat flink had doorgekookt. Het was intussen bloedheet in de keuken en vochtig van de damp van het kokende water, maar Suus durfde geen raam open te zetten. Zodra het water in de emmer voldoende was afgekoeld, stroopte de dokter de mouwen van zijn overhemd op en schrobde lange tijd zijn armen en onderarmen. Driekus kwam terug met de baker, die op dokters bevel eveneens aan het schrobben sloeg, terwijl Dirk met de knecht zijn kermende vader naar de keuken droeg en hem op tafel neerlegde. Alle bewoners van Mastland stonden daarna als lamgeslagen in de keuken toe te kijken hoe de dokter de patiënt verdoofde met chloroform.

'En nu wegwezen, jullie allemaal,' bromde hij, terwijl de baker doende was in een pan allerlei akelig werktuig uit te koken. Ze maakten dat ze wegkwamen en zaten daarna eindeloos in de mooie kamer, gespitst op ieder geluid dat uit de keuken kwam. Dirk staarde zwijgend naar de brandende kachel, zijn moeder bewoog voortdurend de onrustige handen in haar schoot en soms ook haar lippen. Zou ze bidden? vroeg Suus zich af. Wat een dag was dit. Eerst dat gesprek met Dirk op de slee, dat eigenlijk geen gesprek was geweest, omdat hij haar niet wilde geloven. En nu dit... stel dat vader zou sterven? Nee, dat wenste je niemand toe. De dokter had gelijk als hij erop mopperde dat het eiland een ziekenhuis zou moeten hebben. Maar het was er nu eenmaal niet en hij zou het nu alleen moeten klaren, daarginds in de keuken. Gelukkig dat de baker geen bevalling had. Zou zij anders hebben moeten helpen? Suus rilde bij de gedachte alleen al. Ze dacht niet dat ze tegen zoveel engs zou kunnen. Vader Leeuwestein was er slecht aan toe, anders had de dokter zo'n operatie nooit aange-durfd. Ze had nog nooit een stervende gezien. Ze was bang voor de dood en alles wat ermee samenhing. Was het hier nu zo koud of lag het aan haar?

De wijzers van de klok kropen tergend langzaam verder. Ze liet acht slagen horen. Met een schok realiseerde Suus zich, dat ze helemaal vergeten waren te eten vanavond. Ondanks de spanning kreeg ze nu honger. Zou het nog lang duren?

Eindelijk hoorden ze voetstappen in de gang en alledrie vlogen ze overeind nog voor de deur openging.

'De operatie is achter de rug en je vader leeft nog, Leeuwe-stein. Hij moet nu heel voorzichtig in bed worden gelegd.'

Eindelijk lag vader doodsbleek en nog steeds buiten kennis in het ledikant. De keuken was weer opgeruimd. De dokter vroeg om een borrel en Dirk nam er zelf ook een. Zelfs Suus liet zich een cognacje met suiker inschenken. Het drankje schroeide ver-schrikkelijk in haar keel, maar er kwam weer leven in haar stijf geworden ledematen en ze begon enkele boterhammen met spek klaar te maken. De dokter at er nog het meeste van, maar zelf had ze ook een behoorlijke trek. Ze had behoefte aan een warme drank. Van slapen zou voorlopig nog niets komen. De dokter had al gezegd dat er op de zieke gepast zou moeten worden, en dat zou haar taak wel zijn. Zelfs Dirk at iets en ging daarna naar bed, nadat hij Driekus had opgedragen de dokter en de baker naar het dorp terug te brengen. Vrouw Leeuwestein sliep die nacht in een van de slaapkamers boven, in de ijzige kou daar en voor Suus begonnen de eindeloos lange uren van de nacht.

Om een uur of één vroeg vader of hij wat mocht drinken, maar dat mocht ze hem nog niet geven. Met een natte waslap veegde ze zijn gezicht af en maakte ze zijn lippen nat. Kort daarop viel haar schoonvader in slaap.

Hij kreunde gelukkig niet meer. Om vier uur, ze had al een paar maal zitten knikkebollen, want het kostte grote moeite om wakker te blijven in het stille huis, ging eindelijk de deur van de voorkamer open. Moeder keek om de hoek en vroeg hoe het met vader was.

'Hij slaapt.'

'We moeten hem zo laten liggen tot de dokter terugkomt om het verband te verwisselen. Nu zal ik een paar uur bij hem waken. Ga jij maar slapen. Je mag tot zeven uur blijven liggen.'

Het klonk alsof het een gunst was, maar Suus was te moe om zich nog te ergeren. Doodmoe kroop ze in bed om nog een klein beetje slaap in te halen voor de nieuwe dag aanbrak.

11

DE HOOP VAN MASTLAND

Suus was er nog steeds niet aan gewend, dat op Mastland de verspillende gewoonte heerste om suiker over de zoetemelksepap te strooien. Net zo goed als het gebruik van kaas én boter op één boterham overal als een grove verkwisting werd beschouwd. Maar lekker was het wel, dat moest ze toegeven en als iedereen hier het deed, waarom zij dan niet? Zeker nu ze voor twee moest eten.

Dirk was ontzettend trots nu Suus eindelijk een kind zou krijgen. Het kind zou zo ongeveer in oktober moeten komen. Het was nu augustus, maar Suus was al erg dik. De baker had al eens geïnformeerd of er misschien tweelingen voorkwamen in haar familie, maar daarover was Suus niets bekend. Over die opmerking had ze tegenover Dirk trouwens maar wijselijk gezwegen.

Ze waren nu bijna een jaar getrouwd en Suus begon de hoop op te geven dat haar schoonmoeder haar vriendelijker zou gaan behandelen. Zelfs nu ze zwanger was, waren de hatelijke opmerkingen en de stiekeme plagerijen gebleven. Ze probeerde het te aanvaarden, maar diep van binnenuit wist ze dat ze dat niet kon. Ze bad in stilte dat Dirk zijn moeder eens een keer zou horen, al was het maar per ongeluk, als ze tegen Suus uitviel. Misschien dat hij haar dan eindelijk geloven zou. Voor de rest zweeg ze.

Het gevoel van kameraadschap dat ze had gevoeld toen ze in het huwelijk was getreden, had langzamerhand plaatsgemaakt voor een soort verdoving. Het kon haar allemaal niet zoveel meer schelen. Ze geloofde niet dat er voor haar nog veel geluk was weggelegd. Je leefde om te werken en dat was dat. Als ze in het kraambed zou overlijden, zou ze dat niet eens zo erg vinden. Wie zou haar trouwens missen?

Hendrik had nu vaste verkering met Magda den Hartigh en vader en moeder waren in hun sas. Op Maesvreugt was niet langer plaats voor haar, ook daar stonden veranderingen voor de deur.

Het middagmaal was afgelopen. Vader Leeuwestein zou zich nu in de voorkamer terugtrekken om te rusten. Hoewel de operatie zijn leven had gered, was hij daarna nooit meer helemaal de oude geworden. Zwaar werk kon hij niet meer aan en hij liet nu werkelijk alles aan Dirk over. Dirk had voor de zomer een extra knecht gehuurd, een jongen die Chiel heette en op Mastland in de kost was. Hij sliep op zolder en was pas zeventien jaar.

Moeder droeg Suus op om het onkruid in de moestuin te wieden. Ze had weinig consideratie met Suus' toestand. Zelfs nu de middaghitte verzengend boven het land hing, moest Suus buiten werken. Ze zou zeker eerst het kind moeten verliezen, dacht Suus bitter en tegelijkertijd haatte ze zichzelf, omdat ze niet meer de kracht vond om zich te verzetten tegen de tirannie van de oudere vrouw. Ze was murw geworden door het verdriet.

Zuchtend begon ze aan het zware werk. Na een kwartier kreeg ze al rugpijn en opgelucht zag ze hoe Pieternel eraan kwam.

'Ik ben meteen na de afwas gekomen om u te helpen, juffrouw. U had beter af kunnen wassen.'

'Het is nog maar dat je me niet gewoon Suus noemt, anders was ik net als jij de meid hier,' zei Suus zwaarmoedig.

'Ik snap de baas niet. Dat hij zoiets goed vindt.'

'Hij gelooft me niet als ik er iets over zeg.' Ze was nooit van plan geweest haar diepste zorg aan de meid toe te vertrouwen, hoe graag ze Pieternel ook mocht lijden, maar ze was nu zo vol van haar zwarigheden dat ze eenvoudig niet anders meer kon.

'Dan moet u het tegen uw vader zeggen. Dat is een rechtschapen man en hij zal zeker voor uw belangen opkomen.'

'Ach, Pieternel, ik hoorde helemaal niet zo met je te praten, maar ik weet niet tegen wie ik die dingen anders kan zeggen. Hoe kan ik er mijn ouders nu mee lastig vallen? Ze hebben trouwens niets nodig met mijn zorgen. Laat ze maar denken dat ik gelukkig ben. Ik ben jong en sterk. Het zal allemaal wel vol te houden zijn.'

Maar toen Chiel even later uit het huisje kwam, waar hij de ton had gehaald om die te legen in de moestuin, het heette dat de inhoud ervan ervoor zorgde dat de gewassen er zo goed op groeiden, moest Suus onverwacht verschrikkelijk overgeven.

'De warmte is u te veel geworden,' zei Pieternel bezorgd. 'Kom mee, juffrouw, ik breng u naar binnen.'

Omdat Suus behoorlijk duizelig was geworden van al dat ongemakkelijke bukken in de grootste middaghitte had ze ineens niet langer de kracht om zich flink te houden. Ze liet toe dat Pieternel haar ondersteunde en liet zich eerst op de witte bank in de schaduw zetten, onder de bruine beuk aan de voorkant van het huis. 'Rust nu maar even uit, juffrouw. De bazin doet toch haar dutje. Ik haal even een glas fris water voor u. Daar knapt u wel van op.'

Dirk zag haar zitten, juist toen hij naar het land wilde gaan waar de tarwe werd gemaaid. Hij fronste zijn wenkbrauwen. 'Wat is er, Suus, heeft moeder geen werk meer voor je?'

Het werd haar allemaal te veel. Zonder dat ze er iets aan kon doen, barstte ze in snikken uit. 'Jij, o jij, ga toch alsjeblieft weg. Je bent al net zo'n onmens als je moeder.'

Ze schoot overeind om naar binnen te vluchten, gaf niet toe aan een nieuwe duizeling die haar beving en strompelde naar binnen, waar ze zich huilend op het bed wierp. Niemand kwam naar haar toe. Pieternel bracht haar het beloofde water en sloot de deur, terwijl ze zei het werk wel alleen te klaren. De juffrouw moest maar eens goed uitrusten. Suus viel inderdaad in slaap en werd pas wakker toen Dirk naast haar bed stond.

'Ben je ziek?' vroeg hij, nu toch wel ongerust.

'Nee. Ik ben zwanger. En al doen jij en je moeder dan wel net of dat niets is, ik merk wel degelijk dat ik niet zo sterk ben als gewoonlijk. Heel het gewicht van die dikke buik sleep ik aldoor met me in het rond.'

'Moeder zegt dat zwanger zijn heel gewoon is.''

'Natuurlijk. En jij gelooft nu eenmaal alles wat je moeder zegt.'

'Waarom zou ik dat niet doen?'

'O, jij!' Er liepen opnieuw tranen over Suus' wangen. 'Ik wilde dat ik nooit met je getrouwd was. Jullie zijn onmensen, allebei.'

'Maar Suus toch...' mompelde hij hulpeloos en nu toch duidelijk ontdaan. Hij begreep haar niet goed.

De jonge vrouw kromp ineen van de klop op de deur, vrezend dat haar schoonmoeder nu ook binnen zou komen. Ze voelde zich zo moe. Ze was niet in staat zich tegen beiden te verdedigen.

Maar het was Pieternel. Met een gezicht alsof ze niet wist dat Dirk ook in de kamer was, bracht ze een beker krachtige bouillon naar binnen. 'O,' zei ze. 'Ik wist niet dat u hier ook was, baas. Maar u kunt trots zijn op de juffrouw. Weet u dat ze vanmiddag zelfs geprobeerd heeft de moestuin te wieden? Mijn moeder heeft tien kinderen gebaard, waarvan ik de oudste ben en ik weet dus wel wat van zwangerschappen af, maar ik heb nog nooit zo'n dappere vrouw gezien als de juffrouw.'

Ze zei er nog net geen 'ziezo' achter, dacht Suus met iets van humor dwars door alle ellende heen. Wat een schat was Pieternel. Die had goed onthouden wat er die middag was gezegd.

Dirk keek als een domme schooljongen, die voor het eerst van zijn vriendjes heeft gehoord dat Sinterklaas niet bestaat. 'Waarom ging je dan wieden?' vroeg hij na een tijdje. 'Als dat te zwaar voor je is als je zwanger bent?'

'Het moest van je moeder.'

'Moeder zou je nooit iets opdragen dat te zwaar voor je was.'

'We hebben al vaak onenigheid over je moeder gehad, Dirk. Misschien dat ik iets gelukkiger zou zijn als je niet altijd partij koos voor háár, maar ook een enkele maal voor mij. Een heel enkele keer maar.'

'Mijn moeder zou je nooit iets opdragen dat het kind zou kunnen schaden,' hield hij koppig vol.

'Je bent een uitgesproken moedersjongen,' zei ze verdrietig.

Hij keek haar aan alsof ze aan verstandsverbijstering leed. Suus voelde zich weer even hulpeloos als steeds wanneer ze over dit onderwerp aan de praat kwamen.

'Ben je dan niet gelukkig, Suus?' Hij stelde de vraag zo, alsof hij die mogelijkheid al op voorhand uitsloot.

Ze richtte zich op. Eindelijk bespeurde ze weer een beetje vechtlust bij zichzelf. 'Nee, Dirk, ik ben helemaal niet gelukkig hier. Dat ligt voornamelijk aan je moeder, maar ook wel aan jou omdat je domweg weigert mij te geloven. Als ik het over kon doen zou ik nooit, nooit meer met je willen trouwen. Ik háát Mastland.'

Ze had hem nog nooit gezien als nu. De altijd zo trotse boer van Mastland staarde haar aan als een geslagen hond.

'Dat meen je niet,' mompelde hij ontdaan.

'Dat meen ik wel. Laat me nu maar met rust. Ik ben zo ontzettend moe. Ik wil alleen maar rusten. Dagenlang zou ik kunnen slapen, geloof ik.'

'Ze is alleen maar lui.' Deze keer was de deur ongemerkt opengegaan. Als een engel der wrake stond Dirks moeder in de deuropening. 'Een kind krijgen is niets bijzonders. Toen ik Dirk verwachtte, kon ik ook gewoon alles doen, dus is er geen enkele reden waarom jij overdag in je bed moet gaan liggen. Vooruit, opstaan. Het wordt tijd om de tafel te gaan dekken.'

'Moeder, ze blijft hier.' Ineens leek Dirk vastbesloten. 'Suus voelt zich niet lekker en ik zou niet willen dat ze het kind verloor. U toch ook niet?'

Suus luisterde ademloos. Wat was dit? Nam hij haar eindelijk in bescherming?

Dirk aarzelde, dat bleek in de komende weken. Zijn moeder maakte nog steeds haar hatelijke opmerkingen, nu vaak gevolgd door het gezegde dat Suus haar zwangerschap gebruikte om te kunnen luieren. De jonge vrouw zelf wist zich in stilte gesteund door Pieternel. Als er werk bleef liggen, deed de meid dat er extra bij, zonder daarover woorden vuil te maken.

Dirk was toch wel behoorlijk geschrokken van de gedachte dat Suus het kind zou kunnen verliezen omdat ze te hard moest werken. Suus begreep dit zelf nu ook en deed niet meer dan ze kon. Als ze tegen Dirk zei dat ze moe was, geloofde deze haar zonder meer. Eenmaal snauwde hij zelfs zijn moeder af, toen deze zich over Suus beklaagde waar hij bij was en zei dat ze er dan nog maar een meid bij moesten nemen.

'Alsof dat niets kostte,' was het gemelijke antwoord van de oudere vrouw. 'Met zijn huwelijk was zeker de verspilling op Mastland begonnen.' Maar ditmaal geloofde Dirk haar niet. Zijn moeder ging daarmee te ver en Dirks ogen begonnen langzamerhand open te gaan. Voornamelijk dank zij Pieternel, dacht Suus. Maar haar leven werd er tenminste dragelijker door.

Ze hield zich nu steeds meer bezig met het breien van truitjes, en allerlei naaigoed dat in orde moest worden gemaakt voor de boreling. Daar hield ze van. Vanzelfsprekend vond moeder Leeuwestein al snel iets anders om op te mopperen. Suus was gewoon om op de nieuwerwetse manier te breien, waarbij in tegenstelling tot vroeger een breinaald onder de arm werd gestoken zodat het breien gemakkelijker ging. Maar net als moeder Leeuwestein dachten veel oudere vrouwen dat deze manier van breien schadelijk voor de gezondheid was. Ze vond het nodig daar keer op keer met Suus over te kibbelen.

De jonge vrouw zat ook regelmatig 's middags een uurtje op de bank onder de beuk om rustig te naaien. Nu Dirk haar een beetje in bescherming nam tegen zijn moeder, haatte ze hem niet langer. Ze begon toch weer te geloven dat hij uit gewoonte zijn moeder te veel had vertrouwd. Er was een schok voor nodig geweest om hem te doen beseffen dat zijn vrouw anders was dan zijn moeder, maar nu zijn ogen eindelijk geopend waren, zorgde hij op zijn manier voor Suus.

De laatste week van september bracht schitterende nazomerdagen en Suus was nu zo dik, dat Pieternel haar 's ochtends moest helpen met aankleden, want haar kousen en muilen kreeg ze zelf niet meer aan. Ze waggelde wat door het huis en was blij met de mooie, zonnige dagen, zodat ze in haar eentje buiten kon gaan zitten en dan bevrijd was van de stekelige ogen van haar schoonmoeder. Altijd weer lag daarin een onuitgesproken verwijt te lezen.

Suus begreep de oudere vrouw niet. Ze dacht dat moeder misschien jaloers op haar was, maar waarom dan toch? Zou dat komen omdat Dirk altijd enig kind was gebleven? Ze hoopte maar dat ze zelf nooit zo zou worden. Of zou het meer komen doordat moeder Leeuwestein in het dorp werd gemeden omdat ze er werd verdacht van hekserij. Ze moest erg eenzaam zijn, dacht Suus wel eens. Nooit ging ze vriendschappelijk met andere vrouwen om, ging ze eens gezellig ergens een kopje koffie drinken zoals haar eigen moeder dat een enkele keer deed. Er was de hele winter niemand naar Mastland gekomen om te kortavonden. Ze had die gezellige praatjes om de brandende kachel, met een kom koffie en een lekker stuk koek of krentenbrood, vreselijk gemist. Zou het eens op Mastland zo worden als ze op Maesvreugt gewoon was geweest? Eens, als zij er uiteindelijk toch de boerin was geworden?

Oktober kwam en het weer sloeg om, zodat Suus genoodzaakt was om binnen te blijven. Ze begon er nu heftig naar te verlangen dat het kind maar zou komen, zodat ze van haar zware last bevrijd was en zich weer gewoon bewegen kon. Maar de geboorte liet zich door dergelijke gedachten niet afdwingen. Ze moest net als alle andere aanstaande moeders wachten tot haar tijd gekomen was.

'Ik hoorde eens van een aanstaande moeder die van een vis schrok en zich daarbij met de hand op het bovenbeen sloeg. Toen het kind geboren was, had het op dezelfde plek van het dijbeen schubben.'

De oude baker lachte kakelend om haar eigen bakerpraatje. Ze dronk op haar gemak koffie en vroeg eens aan vader Leeuwestein hoe het hem na de operatie was vergaan. Suus hield zich intussen zo groot mogelijk door niet te laten blijken dat ze pijn had.

Eindelijk was het zover dat de baker gewaarschuwd was. De halve nacht had ze in bed liggen draaien, zodat Dirk er tenslotte wakker van geworden was en brommerig had gezegd. 'Wat is er in vredesnaam met jou aan de hand?'

'Ik denk dat het kind komt,' fluisterde Suus hem toe, waarna hij ineens klaar wakker was. Dat was om vier uur geweest. Hij had thee voor haar gemaakt. Ze zei dat de pijn wel steeds terugkwam, ze was daar wakker van geworden, maar dat het nog niet kort op elkaar kwam. 'Laten we niet voorbarig zijn,' smeekte ze. 'Dan wordt je moeder weer boos op me.'

'Moeder wordt heus niet boos, dat verbeeld je je maar.'

'Laten we wachten tot vijf uur. Dan staat iedereen op en misschien wil je Driekus dan naar de baker sturen voor hij aan zijn werk begint.'

Zo was het tenslotte gebeurd. De baker was rond koffietijd gekomen, want voor een eerste kind hoefde je nooit zo'n haast te maken, zei ze. Nu genoot ze van een goede kop koffie en die kreeg ze niet al te vaak. De rijken betaalden wel voor hun hulp, maar er waren veel armoedzaaiers in het dorp en daar ging ze net zo goed heen. Voor die hulp kreeg ze een vergoeding uit de gemeentekas. De baker was geliefd in heel Westmaas. Nu vertelde ze nog meer bakerpraatjes en Suus moest toegeven dat ze zich zo langzamerhand wel bij deze vrouw op haar gemak begon te voelen. Misschien was dat juist de bedoeling geweest.

Eindelijk stond de vrouw op om kleertjes te gaan inspecteren en droeg ze Pieternel op om te zorgen voor voldoende warm water. Je wist nooit van tevoren wanneer je dat nodig had als de bevalling eenmaal op gang kwam. Suus mocht opblijven tot het water was gebroken, zei ze, en wat dat was merkte de jonge vrouw pas ruim een uur later, toen ze van onderen ineens helemaal nat werd, net alsof ze een flinke plas in haar broek had gedaan.

'Mooi, nu zijn de vliezen gebroken. Nu moet je naar bed gaan, meisje. De pret gaat nu pas echt beginnen. Zou de baas het goed vinden als ik een borrel kreeg? Daar lopen bevallingen lekker op.'

'Pieternel, haal jij de kruik eens,' droeg Suus met een glimlach op. Deze keer trok ze zich niets van die zwarte ogen aan, die alweer boos keken. Tussen de weeën door voelde Suus zich heel goed.

De baker begon er eigenlijk al over te denken nog maar een poosje naar huis te gaan, toen de weeën toch sneller op elkaar begonnen te komen, dus besloot ze tenslotte toch te blijven.

Het middagmaal in de keuken werd fluisterend gebruikt en de mannen stonden meteen na het eten weer op. Alleen Dirk trotseerde de baker zowel als zijn moeder om even bij Suus om de hoek te kijken. 'Gaat het?' vroeg hij met de voor mannen gebruikelijke onhandigheid in dergelijke situaties.

'Alles gaat zoals het moet gaan, geloof ik. Het is best te verdragen. Maak je maar geen zorgen.'

'Vort,' bromde de baker. 'Geen mannen in de kraamkamer.'

Dirk drukte snel een kus op haar voorhoofd en Suus was blij dat hij weer weg was. Hij hoefde niet te zien dat ze zoveel pijn had. Het was al erg genoeg dat moeder Leeuwestein erbij moest zijn. Ze had Pieternel gezegd een boodschap naar Ammekerk te sturen. Ze verlangde in deze uren naar haar eigen moeder. Die zou haar helpen. Die zou niet aldoor met gespitste oren rondlopen om een kreun op te vangen. Later zou ze dan beslist te horen krijgen dat ze zich had aangesteld. Kinderen baren was immers de normaalste zaak van de wereld? Nee, Suus was vastbesloten om geen smartelijk geluid over haar lippen te laten komen.

De uren van de middag gleden langzaam voorbij en de pijn werd erger en erger. Ook kwamen de weeën nu kort op elkaar. Ze had geen tijd meer om uit te rusten tussen de perioden van pijn door. Gelukkig, daar was moeder, die haar gezicht afwiste met een koele waslap. Wat friste dat lekker op.

'Je houdt je kranig, meid. Ik vind het zo fijn dat ik eindelijk oma ga worden.'

Suus glimlachte waterig. 'Duurt het nog lang, moeder? Ik word zo moe.'

'Je moet het nog even volhouden, kind. Hier, pak mijn hand en knijp er maar in, als er weer een wee komt. Dat helpt.'

De pijnen kwamen nu zeer kort op elkaar, maar de klok in de opkamer van Mastland tikte de uren weg zonder dat er veel schot in de bevalling kwam. De baker kletste niet meer en ze nam ook geen borrel meer. Dit beloofde een van die bevallingen te worden, waarin gevochten moest worden om moeder en kind in leven te houden. Het arme kind in dat nieuwerwetse ledikant zag intussen wit van vermoeidheid, het meisjesachtige lichaam kromde zich onder de hevige, alsmaar voortdurende weeën, maar er kwam geen kik over de samengeperste lippen. Zoals zij waren er maar weinig, wist de baker uit jarenlange ervaring. Dat waren de vrouwtjes voor wie je moest oppassen. Als je dat niet deed, glipten ze zonder één kik onder je handen uit het leven weg. Ze had dat al meer meegemaakt en ze achtte het waarschijnlijk dat het nieuwerwetse hulpmiddel van de tang eraan te pas zou moeten komen om het kind uiteindelijk te halen. De avond was allang overgegaan in de nacht en in de keuken ijsbeerde Dirk ongerust heen en weer. Niemand wist hoe de jonge boer zich voelde. Tot dan toe was in zijn leven alles van een leien dakje gegaan. Hij was geboren als enige zoon op een grote boerderij en door zijn ouders en het personeel op handen gedragen. Vooral zijn moeder had haar enige zoon altijd naar de ogen gezien. Dat hij geen verwende egoïst was geworden, was meer te danken aan zijn eigen inborst dan aan de in alles toegevende opvoeding die hij had gehad. Later was hij verliefd geworden op een meisje dat achter de rug van haar moeder haar tong naar hem uitstak, een knap en kordaat ding. Hij had toen al besloten dat hij haar wilde hebben en niemand anders en dat hij rustig zou wachten tot ze oud genoeg was. Toen het eenmaal zover was, wilde ze hem niet en dat was de eerste tegenslag in zijn leven geweest. Maar hij was trots en vasthoudend geweest en had haar tenslotte toch voor zich gewonnen. Moest hij nu boeten voor het feit dat hij daarna het geluk weer even vanzelfsprekend had gevonden als hij dat vroeger altijd vond? Vanavond stortte zijn wereld immers aan alle kanten in. Ginds achter die deur streed Suus voor haar leven en voor dat van het kind. Maar was dat wel het ergste? Dirk Leeuwestein had een uurtje geleden iets gehoord dat zijn leven op de grondvesten had doen trillen.

Vader was naar bed gegaan en zijn moeder was nog even in de slaapkamer geweest om het een of ander te halen. Hij had er zo geen erg in gehad. Zelf had hij nog een borrel willen hebben, maar de kleine kruik was in de kraamkamer en daar kwam hij niet meer in. Dus wilde hij de kruik uit de mooie kamer halen tegenover de slaapkamer van zijn ouders. Hij was nog twee stappen van de open deur af toen hij het had gehoord.

Vaders stem, die slaperig vroeg: 'Schiet het nog niet op, vrouw?'

'Nee, misschien gaat onze schoondochter wel dood. Nu is dat het ergste niet, want er sterven wel meer vrouwen in de kraam, maar dat onze Dirk dan het beste erfdeel uit de buurt zal mislopen is veel erger.'

Hij had zich ineens erg beroerd gevoeld en was op zijn kousevoeten naar de keuken teruggeslopen. In de verste verte had hij nooit vermoed welke gedachten zijn moeder had over Suus en zijn huwelijk,maar deze opmerking had hem tot in het diepste van zijn ziel gegriefd.

Suus lag misschien wel op sterven, daarginds achter de deur van de opkamer. De angst kreeg Dirk in zijn greep, een wurgende angst die hem verlamde en die hem tegelijkertijd vervulde met zelfverwijt. Hoe vaak had Suus niet geprobeerd hem duidelijk te maken dat het niet boterde tussen zijn moeder en haarzelf? Hij had er nooit al te diep over nagedacht, want vrouwen zeurden wel vaker over allerlei kleinigheden. Maar dit was geen kleinigheid geweest. Dat besefte hij nu pas. Suus moest er meer onder geleden hebben dan hij had vermoed. Hij had het voor haar opgenomen, toen hij besefte dat ze zo hard moest werken dat ze er het kind van had kunnen verliezen, maar daarna... Ach, moeilijkheden oplossen was nu eenmaal niet zijn sterkste kant. Hij wilde geen gezeur in huis. Lag ze misschien daarom op sterven? Kon het zijn dat ze zo ongelukkig was geweest, dat ze eenvoudig niet langer wilde leven? Had ze niet eens gezegd dat ze Mastland haatte en dat ze wilde, dat ze nooit met hem getrouwd was? Hij had gedacht dat ze alleen maar over haar toeren was geweest, maar nu... De twijfel kreeg Dirk in zijn greep en dat was geen aangename gewaarwording.

Maar dat mocht niet gebeuren. Hij moest haar zeggen hoe bang hij was, hoe schuldig hij zich voelde, dat hij haar nodig had! Daaraan mocht ze niet langer twijfelen.

Zonder mankeren stond hij op, wierp zijn volle gewicht tegen de deur van de kraamkamer die krakend openschoot. Dirk stoorde zich niet aan de verontwaardigde kreten van de baker.

'Suus?' Hij stond al voor het bed en schrok van haar. Zo teer en bleek zag ze eruit! Die enorm dikke buik deed haar nog smaller lijken. Haar ogen waren ingevallen en gesloten en haar gezicht had een gemartelde uitdrukking.

'Suus, je moet het halen, hoor je?' Zijn stem was gebroken door de plotseling opgekomen, maar nog altijd ingehouden tranen. De oogleden trilden even en Suus sloeg haar ogen op. 'Duurt het nog lang?' fluisterden de gebarsten lippen krachteloos.

'Nee, lieverd, het duurt niet lang meer,' fluisterde hij even zacht terug.

Even ontspande het gezichtje in de kussens zich. 'Dan is het goed. Ik ben zo moe... zo ontzettend moe...'

De laatste woorden kon hij nog maar nauwelijks verstaan. Toen werd er een hand op zijn schouder gelegd.

'Kom, Dirk, nu moet je gaan. De tang komt eraan te pas, en dat is geen prettig gezicht. Je moet nog een poosje geduld oefenen.' Dat was vrouw Van Bressij, haar ogen stonden donker van bezorgdheid. Ook zij voelde de verlammende angst die hem in zijn greep had gekregen.

Hij stond op en drukte de oudere vrouw even tegen zich aan.

'Laat haar niet doodgaan, moeder.'

'Het is nu allemaal in Gods hand. Als het ons lukt om het kind met de tang te halen, zal Suus het wel overleven, maar het kind...'

'Suus gaat voor, moeder.'

'Ja, jongen, dat spreekt immers vanzelf. Kun je koffie zetten? Ook ik heb het gevoel alsof ik elk moment in elkaar kan zakken.'

'Ik geloof dat Pieternel wakker is, moeder. Ze is gebleven, vannacht.'

'Goed, zorg voor alles, Dirk. En maak nu maar dat je wegkomt.'

Hij haalde Pieternel, die op zolder was gaan liggen om bij de hand te zijn als dat nodig was. Ze had deze nacht niet naar huis du~ en gaan. Met gespitste oren volgden ze in de keuken de geluiden uit de opkamer. Gedempte stemmen en allerlei gedoe dat hij niet thuis kon brengen. De ergste, wurgende angst was nu weggeëbd, maar de onrust was gebleven. Zou Suus in leven blijven?

Eindelijk klonk er ook een ander geluid. Een klagelijke, hartverscheurende gil. Dirk stond alweer bij de deur. Hij had de kruk al in zijn hand, maar, nee, hij zou daar alleen maar in de weg staan. Het zweet brak hem uit. Dit was dus angstzweet. Hij had nooit gedacht dat hij zich nog eens zo zou voelen.

De kreet die Suus ondanks alles toch over de lippen was gekomen, ging gepaard met iets anders. De baker had met de tang iets mee naar buiten getrokken. Een kindje. Ze leefde nog. Suus voelde iets van hoop in haar uitgeputte lijf terugglijden. Nu was er ineens drukte om haar heen. Moeder Leeuwestein was in de weer en haar eigen moeder kreeg tranen in de ogen. 'Een jongen, Suus. Nu is het echt voorbij, hoor. Nog even, dan mag je eindelijk uitrusten.'

Ze probeerde te glimlachen, maar het lukte niet. Een nieuwe, ontzettende wee joeg alle dofheid uit haar lichaam weg. Ze kreunde, ze gilde, ze was vergeten dat ze dat niet had willen doen, niet had dúrven doen voor die blik uit de boze, bruine ogen, maar ze kon niet anders, o, ze kón echt niet anders.

'Er komt er nog een, ik heb het wel gedacht,' zei de baker met een ernstig gezicht. Opnieuw ging ze met de tang aan de slag.

'Moeder?' fluisterde Suus ontdaan.

'Je krijgt twee baby's, lieve schat. Nog even, echt nog maar héél even flink zijn.'

132

Als Dirk niet was gekomen, daarnet, met die bange ogen, had ze nu de moed opgegeven, dacht Suus, terwijl ze een soort schemering leek binnen te glijden waarin ze niets meer voelde. Geen vermoeidheid, geen pijn, geen boze blikken. Niets meer, helemaal niets. Alleen maar rust. Ze wilde alleen maar met rust gelaten worden...

Nee, hoor, dat klagelijke gehuil... er was een kindje, een zoon die haar nodig had... ze kreeg nóg een kind... ze moest leven. Leven... Dirk... Ah, die pijn, die vreselijke folterende pijn...

Opnieuw kreunde Suus hartverscheurend.

'Daar is het.' De baker had eindelijk tijd zich het zweet af te wissen. Suus hoorde het niet meer, weer gleed ze weg in die rustige schemerwereld, maar nu was het moeder die een koele hand op haar voorhoofd legde. 'Suus, nu is het voorbij. Je hebt een tweeling gekregen, kindje, jongens allebei. Mastland heeft nog nooit zo'n grote dag gehad.'

Met haar allerlaatste krachtsinspanning lukte het toch weer om de ogen te openen. Moeder pakte iets af van moeder Leeuwestein. Het was een doek met iets erin. Het voelde zo zwaar, in haar arm, maar nu zag ze het. Het was rood, bol en had zwart haar. 'Je oudste zoon, kind. Nu is echt alle pijn voorbij.'

'Mag ik een slokje drinken, moeder? Ik heb zo'n verschrikkelijke dorst.'

'Ja, nu wel. Nu heb je geen weeën meer.'

'Geef haar bouillon,' zei de vroedvrouw ferm. 'Ze heeft iets nodig om op krachten te komen. Of een slok cognac. Het geeft niet wat. Ze moet nog even bijblijven. Het is een Godswonder dat ze nog leeft, maar de nageboorte moet nog komen.'

'Het is uw kundigheid en die enge tang,' fluisterde moeder Sanne, die alweer aangedaan was. Ze trok de deur open en riep de keuken in: 'Een slok cognac voor de kraamvrouw, Dirk, snel.' Hij holde naar het bed, zette de kruik aan die in- en inbleke lippen, goot er de helft naast maar daar lette niemand op. Suus voelde het goedje in haar keel branden. Ze probeerde haar hoofd weg te draaien, maar Dirk hield haar vast en goot er nog een slok in. Wat gloeide dat! Ze voelde hoe de schemering ineens verdween. Nu leek alles te branden, maar ze was niet langer zo krachteloos. Ze sloég de ogen op en zag hoe de tranen over zijn gezicht liepen. 'Je leeft,' hakkelden de trillende lippen.

133

'Nu is alles voorbij,' zuchtte ze.

'Twee jongens, Dirk,' klonk de stem van vrouw Leeuwestein trots.

'Ja, moeder.' Dirk richtte zich op. 'U mag mijn Susanne wel dankbaar zijn. De oudste zal Wouter heten, naar vader, en de jongste Andries naar zijn andere grootvader.'

'Pieternel, warm de bouillon op voor je bazin,' commandeerde moeder Sanne, die de cognacfles uit Dirks handen had getrokken en er zelf ook een ferme slok van nam. 'Heremijntijd, ik sta te trillen op mijn benen.'

'Er is verse koffie,' fluisterde Pieternel, die al druk in de weer was beschuiten te smeren. Beschuit met muisjes. 'Morgenochtend zal ik twee blauwe linten aan de voordeur om de klopper strikken. Dat zal me een opschudding geven in het dorp, baas. Een tweeling en nog wel jongens, allebei.'

Dirk had zijn ogen weer drooggedept en zat naast Suus op de rand van het bed, haar hand had hij in de zijne genomen. 'Gaat het nu weer, Suus?'

'Zo'n dorst,' fluisterde ze opnieuw. 'En pijn...'

'Als de bouillon warm is, mag u terugkomen.' De baker zette hem opnieuw de kraamkamer uit. 'De nageboorte komt eindelijk. Dat is echt het allerlaatste, dan mag het vrouwtje rusten.'

Een paar minuten later was alles echt achter de rug. De kersverse opa was uit bed gehaald en wonder boven wonder krijsten de twee baby's dat het een aard had.

Heel Mastland was in rep en roer. Het was drie uur in de nacht en nog even, dan zou de nieuwe dag weer beginnen. Maar de angst verdween van de hoeve en blijdschap kwam er voor in de plaats. De jongens én de kraamvrouw hadden het gehaald, zelfs de baker had dat in de ergste uren voor onmogelijk gehouden.

'U mag onze lieve Heer wel danken, Leeuwestein,' zei de oudere vrouw tegen de baas van Mastland, toen de kinderen en de kraamvrouw eindelijk sliepen en ze in de keuken zat met koffie en dikbelegde sneden brood.

'Denkt u niet dat ik dat niet al lang heb gedaan?' was het ernstige antwoord.

'Dan is het goed, mijn jongen. Ik heb gezien dat je echt met je vrouw was begaan. Ik zie het vaak genoeg anders, heus. Ze verdient haar rust, het schaap. Er zijn er niet veel zo moedig als zij.'

'Heeft u dat gehoord, moeder?' vroeg hij en keek zijn moeder strak aan. De ander knikte kort maar zei niets. Ze verliet zwijgend de keuken om nog een uurtje naar bed te gaan.

12

ZIEKTE

Suus bleef lang zwak, na die zware bevalling. Het leek of de geboorte van de tweeling alle kracht uit haar lijf had weggezogen. Ze knapte maar heel langzaam op en had verdriet over de bruine ogen die haar opnieuw verwijtend begonnen aan te zien. Een gezonde, jonge vrouw stond na tien dagen uit het kraambed op om weer gewoon haar werk te doen, zeiden die ogen.

Suus bleef alsmaar moe. Als ze even een uurtje aan het werk was, was ze net zo moe als vroeger na een hele dag. Het voeden van de jongens vergde veel van haar tijd en ook moest ze elke nacht wakker worden, omdat die hongerige jongetjes hun rechten opeisten.

Pieternel woonde die winter op Mastland en Dirk huurde ondanks het protest van zijn moeder een tweede meid, een jong, maar sterk meisje van twaalf jaar. 'Suus kan niet alles, moeder. Een tweeling geeft veel werk. Denk alleen maar eens aan de was.'

'Ik ben er ook nog,' mopperde de vrouw. 'Ik doe het meeste werk.'

'Natuurlijk, moeder. Maar Suus moet weer sterk worden, net als vroeger en wij kunnen een extra hulpje best bekostigen.'

'Zonde van het geld. Als jouw vrouw wat flinker was, dan...'

Hij liet haar niet uitpraten. 'Moeder, ik wil zoiets nooit meer horen.'

Ze zweeg, de oudere vrouw, maar al heel lang kende ze alle trucjes om Suus ook zonder woorden te laten voelen hoe ze over haar schoondochter dacht. De jonge vrouw probeerde net als vroeger om dat naast zich neer te leggen.

Tijdens die zware bevalling had ze gevoeld wat ze voor haar man betekende en op de een of andere manier had haar dat goed

135

gedaan. Later had hij gezorgd dat ze hulp kreeg en ze was nu minder bang van moeder Leeuwestein dan vroeger het geval was geweest. Dirk had wel begrepen dat ze aldoor gelijk had gehad, vroeger, al die keren dat hij niet wilde geloven dat zijn moeder haar moedwillig dwars zat. Ze geloofde dat het niet meer zou gebeuren. Dat Dirk voortaan achter haar zou staan. Zou het leven op Mastland dan eindelijk dragelijk worden? vroeg ze zich af. Nooit had ze geweten hoeveel een moeder van haar kinderen kon houden, maar nu ontdekte ze dat wonder van moederschap. O, niet direct in het begin, toen ze ál te moe was, maar na een paar dagen, toen ze langzamerhand iets sterker begon te worden. Toen ontdekte ze die zachte tederheid, die zo'n klein lichaampje in een vrouwenhart wekken kon. Suus genoot van haar kinderen en dat maakte alles goed. Zelfs haar voortdurende zwakte.

Moeder Van Bressij kwam vaak naar Mastland, als het weer het toeliet. Ze was een trotse grootmoeder, maar bracht ook allerlei lekkers en versterkends voor Suus mee. Ze moest bietensap drinken, dat was goed voor bloedarme mensen en ze moest vooral goed eten nu ze voeding moest hebben voor twee kleine baby's, dat vergde veel van een vrouwenlijf.

De nieuwe meid, Teuntje, een klein en verlegen ding, was gek op de zuigelingen. Het was het eerste dienstje van het meisje, dat nu samen met Pieternel in een kamertje op zolder sliep. Thuis, in het overvolle arbeidershuisje, was geen plaats meer voor het kind. Suus kon er dankbaar voor zijn, dat háár kinderen een dergelijk lot bespaard zou blijven.

Maar toen het nieuwe voorjaar kwam, was Suus nog steeds niet helemaal de oude en juist omdat ze daardoor vatbaar was, kreeg ze griep. Koorts hield haar in bed, de voeding werd minder en de kinderen moesten dunne pap erbij hebben om te overleven. De vrouw van de bakker, die zelf een baby aan de borst had en voeding te veel, werd dagelijks door Driekus gehaald en gebracht en bij haar bezoekjes gaf ze de jongetjes van Mastland een extra voeding. Anders zouden de kinderen zwak worden, nu hun moeder ziek was. Dirk betaalde haar met spek en eieren. De tweeling was nu vijf maanden. Om aan die eeuwig verwijtende blikken te ontsnappen, kwam Suus na de griep veel te vroeg uit bed, vatte opnieuw kou en ditmaal werd ze volledig geveld door een longontsteking. Opnieuw zweefde de jonge vrouw op het randje van de dood. De dokter kwam elke dag naar Mastland, maar kon niet veel uitrichten. Of de jonge vrouw het uiteindelijk zou halen, bleef een week lang de vraag.

Het waren bange dagen op Mastland. Zelfs Sanne van Bressij trok er in om haar kind te verplegen nu ze wist – Suus had het haar kort na de bevalling toevertrouwd – hoe slecht ze met haar schoonmoeder overweg kon.

Zo nu en dan ijlde Suus, maar haar woorden waren onverstaanbaar voor de mensen die aan haar bed waakten. Toen de crisis kwam steeg de koorts tot gevaarlijke hoogte. Dominee kwam, maar kon ook niet veel meer doen dan hier en daar een bemoedigend woord laten vallen. Het personeel van Mastland sloop om het voorhuis heen. Men at nu bij Driekus thuis, opdat de zieke toch vooral geen last van de drukte zou hebben.

De crisis kwam nog onverwacht tot een einde. Suus was plotseling in een normale, gezondmakende slaap gevallen en Dirk huilde van opluchting, net als hij bij de geboorte van de tweeling had gedaan. Voor de tweede maal in een paar maanden tijd was zijn vrouw op het randje van de eeuwigheid geweest. Beide keren had hij haar toch mogen behouden. Nu wenste hij niets anders meer dan dat ze gezond en levenslustig zou worden, net als vroeger. Van het meisje met wie hij anderhalf jaar geleden was getrouwd, was nog slechts een magere schim overgebleven. Hij was er wel van doordrongen geraakt dat ze in die tijd niet veel geluk had gekend. Dat moest veranderen, beloofde hij zichzelf.

Toen Suus voor het eerst uit bed mocht, viel het op hoe zwak en broodmager ze was geworden. Het gevaar was nu weliswaar geweken, maar ze was bij lange na nog niet de oude. Goedmoedige Pieternel begon haar de hele dag lekkere en vooral voedzame hapjes op te dringen. Al had Suus in het begin eigenlijk nog geen trek in al die dingen, meestal at ze er toch iets van om Pieternel een plezier te doen. Als ze naar haar twee jongens keek nam haar wil om te leven sterk toe. Dan verliet de twijfel haar. Twijfel, die haar vaak had gekweld toen ze in het ziekbed lag. Vele malen had ze zich afgevraagd waarom ze nog zou willen leven. Als ze naar de jongens keek, wist ze dat. Ze lachten en kraaiden, hun armpjes strekten zich naar haar uit als ze haar zagen. Ze gedijden goed op de dunne pap en de melk van de bakkersvrouw. God zij gedankt.

Ja, zo voelde ze het duidelijk. Moest een mens eerst veel doorgemaakt hebben om het geloof naar waarde te kunnen schatten? Suus piekerde hier veel over, hoewel ze er met niemand over praatte. In de uren dat ze in de opkamer zat, met rustig naaiwerk om zich niet onnodig te vermoeien, las ze vaak in haar kleine, zwarte bijbeltje met het gouden slot. Ze vond er troost in. De twijfels van haar jonge jaren leken steeds onbelangrijker te worden. Wat gaf het, als mensen onderling twistten om de leer? Niet de leer was belangrijk, maar het geloof zélf. Sinds ze dat had ontdekt begon ze tevens de macht van het geloof te ervaren. Suus werd er rustiger door. Ze voelde zich nu beter opgewassen tegen de teleurstellingen van het leven.

Als ze daarover nadacht, wist ze dat ze toch veel had om dankbaar voor te zijn, maar ook dat de diepe eenzaamheid van binnen was gebleven. Dirks liefde had haar diep beroerd, bij de bevalling en ook nu weer bij haar ziekbed, maar ze wist dat ze die liefde nog altijd niet beantwoorden kon. Natuurlijk dacht ze nog wel eens aan Barend Hagoort, aan hetgeen ze voor hem had gevoeld, maar ook dat begon iets te worden uit een reeds lang vervlogen verleden. Dat was niet te vergelijken met de oprechte liefde tussen een man en een vrouw. De grote eenzaamheid die ze voelde werd veroorzaakt door dit gemis, maar ook door de wetenschap dat moeder Leeuwestein nog steeds volhardde in haar afkeuring.

In tientallen kleine dingen liet ze Suus voelen dat ze deze nog steeds niet goed genoeg vond voor haar enig kind, haar oogappel. Zelfs al had de jonge vrouw haar nu twee kleinzoons gegeven, die het voortbestaan van het geslacht waarborgden.

Eind april werd het zulk warm weer, dat Suus vaak met een stoel op het plaatsje achter de keuken ging zitten, in de zon en uit de wind. De dokter had gezegd dat dat goed voor haar was. Suus was intussen weer aardig wat dikker geworden. Ze zag er bijna weer uit als vroeger. Zelfs Dirk had dat met genoegen vastgesteld.

Op een dag – hij was vroeg thuisgekomen van een marktbezoek – kwam hij op de rand van de regenput zitten en terwijl hij zijn pijp stopte, keek hij Suus glimlachend aan. 'Eindelijk begin ik te geloven dat deze vreselijke winter voorbij is, vrouw.'

'Hoe bedoel je dat?'

'Wel tot tweemaal toe heb ik gedacht dat je me alleen zou achterlaten. En nu zie je er weer gezond uit. Hoor je bovendien die twee boeven krijsen omdat ze alweer honger hebben? We hebben het goed, Suus.'

Ze keek hem peinzend aan. Was dat zo? Ja, natuurlijk had hij gelijk. Ze glimlachte, hoewel toch een beetje droevig. 'Je moeder mag me nog steeds niet, Dirk. Ik heb er verdriet van.'

'Moeder doet haar best en dat moet jij nu ook proberen te doen. Je weet dat ik tegenwoordig een beetje let op wat moeder zegt. Ze zal je niet meer zo behandelen als eerst. De tweede stap is aan jou, Suus. Je moest het moeder maar vergeven.'

'Ja daar staat de Bijbel vol over, maar in het dagelijks leven is dat bijzonder moeilijk, Dirk. Die stekelige blikken volgen me de hele dag. Toegegeven, ze zegt niets meer, maar er zijn veel manieren om iemand iets duidelijk te maken.'

'Je bent wat overgevoelig. Het gaat wel over, ik weet het zeker.'

Ze wist dat hij deze situatie verafschuwde. Dirk was een eenvoudig te doorgronden man. Hij was boer in hart en nieren en in huis wenste hij rust. Als het niet anders kon, deed hij iets aan de vervelende verstandhouding tussen zijn moeder en zijn vrouw, maar zodra de rust enigszins teruggekeerd was, leek het probleem opgelost. Hij deed maar het liefst alsof er geen vuiltje aan de lucht was. Hij hield van beide vrouwen en het was voor hem onbegrijpelijk dat het tussen die twee niet boterde. Ze leefden met elkaar op Mastland en ze werkten voor het welzijn van dezelfde hoeve. Hoe kon het dan anders dan goed zijn?

Wat begreep hij van een verbitterd moederhart, dat zich met al haar levenskrachten aan hém vastklampte, een moederhart voor wie hij volmaakt was en geen enkel foutje had. Wat begreep hij van de verbittering van een oude vrouw, die zag hoe haar oogappel zijn vrouw aanbad en... geen liefde terugkreeg. Zelfs Suus begreep niet, welke reden er zat achter de afkeuring van haar schoonmoeder. Suus besefte wel dat de ander een verbitterd en teleurgesteld mensenkind was, maar ze dacht dat dat kwam omdat niemand in het dorp iets met haar schoonmoeder te maken wilde hebben, omdat men haar verdacht van vreemde kunsten. Het was nog maar de vraag of beide vrouwen ooit zouden begrijpen wat er precies tussen hen stond. Dirk besefte al helemaal niet dat hij het zélf was. Hij had zich nooit afgevraagd wat zijn jonge vrouw voor hem voelde. Ze was met hem getrouwd en hij hield van haar. Het was voor hem daarom vanzelfsprekend dat zij nu ook van hem hield, al zei ze dat dan nooit. Maar al die dingen werden nooit uitgesproken, erger nog, ze bleven grotendeels onbewust. Alleen Suus wist dat Dirk zich ongelukkig voelde omdat er geen gevoel van liefde in haar was in hun tedere momenten. Soms voelde ze zich daar schuldig over, maar ze kon er niets aan veranderen.

Dirk stond op om weer aan het werk te gaan. 'Je blijft je best doen met moeder, hè, Suus?' vroeg hij nog.

Ze zuchtte in stilte. 'Ik heb vanaf onze trouwdag mijn stinkende best gedaan. Ik begrijp het niet, Dirk. Maar ik zal doen wat ik kan, daar kun je gerust op zijn.'

'Mooi,' bromde hij tevreden. 'Dan ga ik nu maar weer eens verder. Er ligt altijd werk te wachten.'

Ze bleef alleen achter en staarde een hele tijd werkeloos voor zich uit.

De Pinkstermaandag deed Dirk altijd mee aan de ringrijderij en natuurlijk zou de familie van Mastland zijn verrichtingen gaan bekijken. Voor één dag vergat vader Leeuwestein de benauwdheden die hem tegenwoordig regelmatig plaagden en hij spande na de ochtendkoffie een van de overgebleven paarden voor de tilbury. Dirk zelf was al voor dag en dauw in de weer geweest om Bles, het paard waarop hij zou rijden, te roskammen en om versieringen aan te brengen op het hoofdstel. Alles moest piekfijn in orde zijn voor het jaarlijks terugkerende feest. Hij wist dat hij dit jaar een goede kans maakte om de ringrijderij te winnen en hij dacht al dagenlang aan niets anders. De dag tevoren had hij zijn moeder zelfs afgesnauwd, omdat ze niet wilde dat hij op zondag zijn tuig poetste. De oudere vrouw liep nog mokkend rond, feest of niet. Wat gaf het dat je op zondag poetste als er de dag daarop zo'n belangrijk evenement plaatsvond? Deed hij niet altijd zijn best de dag des Heren als een rustdag te beschouwen? Wat gaf dan die ene keer? Dingen die belangrijk waren moesten nu eenmaal gebeuren, zondag of niet. Als er een ernstige zieke was, kwam de dokter immers ook? En de beesten werden op zondag gemolken als altijd. Zo kon hij nog wel meer opnoemen. Moeder zette immers ook koffie. Was dat dan geen werken?

Zo'n zeldzaam meningsverschil tussen moeder en zoon maakte

dat de sfeer in huis om te snijden was en natuurlijk waren Suus en Pieternel er de dupe van geworden. Het arme Teuntje was al in tranen naar de zolder gevlucht en wachtte daar tot de bazin vertrokken was.

Nu moeder nauwelijks nog op Suus durfde te mopperen was de meid vaak het slachtoffer van haar slechte buien. Ook Pieternel liep nu met roodbehuilde ogen rond, onverwacht had moeder haar gezegd dat ze die dag op de hoeve moest blijven om op de tweeling te passen. Eerst had Suus gezegd, dat ze het nog te vermoeiend vond om de hele dag tussen zoveel mensen te zijn, met dat warme weer. Ze was ook verreweg het liefste thuis gebleven. Ze hield niet meer zo van de drukte en van feestelijkheden als vroeger.

Maar moeder was driftig tegen haar uitgevallen. 'Jouw man doet er alles aan om zijn beste beentje voor te zetten. Hij ontheiligt er zelfs de zondag voor. En wat doe jij? Je bent er niet eens om hem aan te moedigen. Je moest je schamen, Susanne. Je bent mijn Dirk niet waard.'

Het was Suus gelukt om voor de honderdste keer te zwijgen, want ergens had moeder gelijk. Maar het zat haar helemaal niet lekker. Stil en bleek had ze een mand ingepakt met belegde boterhammen, met sneden dik krentenbrood en koffiekommen. De ketel was in een blauwgeblokte doek geknoopt, zodat de koffie zo lang mogelijk warm zou blijven, en tussen wat hooi gezet. Vader had de tilbury nu ingespannen en Suus droeg de mooie zondagse jurk die ze kort na haar trouwen in de stad had laten maken. Ze had zelfs haar krullenmuts opgezet, wat ze tegenwoordig alleen nog maar naar de kerk deed. Zeer tot ongenoegen van haar schoonmoeder en ook van Dirk, die haar het liefste zag met de mooie boerinnemuts op en de rijke sier die haar eigendom was. Een man hield zijn vrouw nu eenmaal het liefst in de krulle, zoals dat heette. Ze had wel vijftien windingen in de dikke gouden spiralen die haar voorhoofd sierden. Tegenwoordig werden de krullen hoog gedragen, in tegenstelling tot vroeger. Eerst rustten de krullen ter hoogte van de wangen, enkele tientallen jaren geleden waren ze geklommen tot ooghoogte en nu de dracht steeds schaarser werd, droeg men de krullen op het voorhoofd. Hoe meer windingen de krullen hadden, en hoe dikker het goud, des te groter was de welstand van de draagster. Wie geen geld had voor gouden krullen behielp zich met zilveren, in een dun goudlaagje gedoopt. De allerarmsten moesten zich zelfs tevredenstellen met koperen krullen. Zo zag men aan de muts tot welke stand een vrouw hoorde, al begon daar nu enigszins verandering in te komen, omdat de rijken de dracht aflegden en deze vaak wegschonken aan minder bedeelden, die trots boven hun stand gekleed gingen. (Noot: onder de arme stand bleef de klederdracht dan ook het langste gehandhaafd, maar zo rond 1910 gingen de jonge meisjes al helemaal niet meer in de dracht.)

Suus wierp een tevreden blik in de spiegel van de opkamer, haalde toen een paar maal diep adem en hoopte dat ze de kracht had om deze dag goed door te komen.

'Pieternel, ik kom zo gauw mogelijk terug,' troostte ze de enige die op Mastland achter moest blijven. 'Maak je maar niet te druk en laat Teuntje de kleintjes verzorgen. Dat vindt ze prachtig.' Ze dempte haar stem, zodat moeder haar in de keuken niet kon horen. 'Ik kom zo gauw mogelijk terug. De hele dag buiten in die hitte, ik word al moe als ik er aan denk.'

'Past u maar goed op uzelf, juffrouw.'

Toen Suus zich omkeerde, keek ze echter pal in de donkere ogen van moeder Leeuwestein, die ongemerkt haar kamer was ingekomen.

'Zo,' sneerde de vrouw met duidelijke minachting in de ogen. Ze zette de handen in de zij en was duidelijk heel opgewonden. 'Nu Dirk er niet is, kan ik je eindelijk de waarheid zeggen. Voor je eigen bestwil heb ik je daarnet al gezegd, dat je zondermeer naar het feest behoort te gaan. Je bent een ontaarde vrouw, die niets om mijn jongen geeft. Je bent getrouwd met Mastland en mijn jongen, die je de hele dag naar de ogen ziet en mij vergeet, heeft niets in de gaten. Maar geloof me, jongedame, zijn ogen zullen eens opengaan.Ik zal hem wel eens vertellen hoe de vork in de steel zit. Ziezo. En nu ga je naar buiten en zet je de mand in de tilbury. Je zult toekijken en Dirk toejuichen, al zak je erbij in elkaar. Ik geloof niet in je ziekten en kwalen. Je doet alleen maar alsof, zodat je het werk aan mij kunt overlaten.'

Zij keerde zich om en keurde Suus geen blik meer waardig.

13

DE RINGRIJDERIJ

Het was het mooiste vroege zomerweer dat de mensen zich konden wensen, die Pinksteren van het jaar 1911. Maar Susanne van Bressij merkte er niets meer van. Ze was heel ontdaan door de boze woorden van haar schoonmoeder, niet in de laatste plaats omdat moeder gelijk had als ze zei dat ze niets om Dirk gaf. Schuldig had ze het hoofd gebogen en ze zat zwijgend in de tilbury, toen deze het erf afreed en koers zette naar het dorp. Moeder zei niets meer en Suus vocht tegen haar tranen. Nu was het dus toch zover gekomen. De uitbarsting die al zo lang had gedreigd, was eindelijk gekomen. De sfeer op Mastland zou nooit meer worden zoals het moest.

De vogels zongen om het hardst, maar Suus hoorde het niet. Ze was zo van streek. Nu wist ze dus waarom moeder haar haatte. Ze gaf niets om Dirk. Misschien was dat niet helemaal waar, want ze had zeker geen weerzin tegen hem, maar ze had aldoor geweten dat ze niet van hem hield zoals een vrouw van haar man behoorde te houden. Daarom voelde ze zich ontdaan. Ze had het gevoel alsof haar grootste vijand diep in haar ziel had gekeken en daar het geheim had gezien dat ze angstvallig had verborgen.

Kon moeder dan toch toveren? Als ze het Dirk maar niet vertelde! Daar was Suus ineens bang voor. Ze zou wel móeten blijven, vandaag. Ze mocht niet riskeren zijn argwaan op te wekken. En ze was zo moe, zo mateloos vermoeid.

Naarmate ze het dorp naderden, werd het drukker op de weg. Iedereen uit het dorp en de wijde omgeving maakte zich op voor de feestelijke dag, want als deze achter de rug zou zijn, kwam het zware zomerwerk en moesten ze allemaal werken tot de ruggen pijn deden en de blaren op de handen zaten. Dan hadden de uitgeputte lichamen geen zin meer in feestelijkheden. Dan moest men wachten tot koninginnedag aan het einde van de zomer. En die dag was nog ver, heel ver weg. Nu vergat men zijn zorgen en het werk. Vandaag wilde men alleen maar genieten.

Vader Leeuwestein zocht een plaatsje voor de tilbury en spande Bonte uit, zodat het dier in een weitje kon waar meer paarden liepen te grazen. Omdat vader benauwd was in de opkomende morgenwarmte en moeder haar geen blik waardig keurde, moest Suus de zware mand met proviand zeulen. Moeder vond immers dat haar aanhoudende vermoeidheid pure aanstellerij was. Met tranen in de ogen, maar zich koppig op de lippen bijtend, liep Suus achter haar schoonouders aan. Haar handen deden al gauw zeer en er stond zweet op haar hele lijf. De mand werd zwaarder en zwaarder en ze kon niet anders dan hem zo nu en dan even neerzetten om een beetje uit te rusten, elke tien meter weer. Ze verloor de oudere mensen uit het oog. Nu ja, die zou ze straks op het feestterrein wel terugvinden. Ze vond het wel prettig van moeder verlost te zijn.

Omdat ze merkte dat mensen naar haar keken, rechtte ze haar rug en nam ze de zware mand weer op. Als moeder praatjes zou horen, werd alles nog erger. Ze had al lang gemerkt dat de mensen ook haar meden, waarschijnlijk waren ze bang vanwege moeder. Moeder, altijd weer moeder. Maar ze zou zich niet laten kennen. Zij, Susanne van Bressij, hoefde zich voor niets in de wereld te schamen. Ze was eerbaar getrouwd en van goede familie. Ze mocht dan niet van haar man houden, maar een huwelijk uit liefde was nu eenmaal een zeldzaamheid onder boerenmensen. Dat andere belangen zwaarder telden, werd algemeen erkend. Moeder had haar absoluut niets te verwijten! Ze verafgoodde haar enig kind, maar in die liefde was ze beslist onredelijk.

Suus beet nogmaals op haar lip en probeerde een trotse houding aan te nemen. Dirk had ook een trots die van hem afstraalde. Vroeger had ze dat al bewonderd, maar nu begreep ze hoe dat kwam. Die trots moest je beschermen, dan zagen de mensen je zwakte niet. Nu, wat dat betreft zouden de bewoners van Mastland zich niet voor haar hoeven te schamen.

Nu waren haar hoofd, haar rug, haar oksels, àlles nat. En ze moest nog een stukje gaan eer ze de mand in het gras kon zetten. Ze hoopte maar dat ze nog een beschaduwd plekje kon vinden, maar ze achtte het niet waarschijnlijk. In het weiland waar de feestelijkheden werden gehouden, stonden niet veel bomen, een enkele wilg misschien. Het feestterrein lag pal langs de Binnenmaas. Misschien kon ze bij de oever zitten en zou de wind van over het water een beetje verkoeling brengen. Wat begon het oorijzer onder de muts te knellen in die warmte!

'Kan ik je helpen, Suus?'

Ze was zo in gedachten verdiept geweest, dat ze ervan schrok om plotseling te worden aangesproken.

'Barend.' Opperste verbazing tekende zich op haar gezicht af. 'Wat doe jij hier?'

'Feestvieren,' antwoordde de blonde man droog. 'Net als de anderen.'

Suus was zo verbaasd dat ze de mand weer neerzette en ook Barend leek geen haast te hebben om op het drukke feestterrein te komen. Suus nam hem eens wat beter op. Hij was nog even knap en blond als ze zich dat herinnerde. Juist omdat ze zich zo miserabel voelde, leek het haar toe of ze deze man oneindig had gemist. 'Dat is lang geleden, Barend. Ik had wel verwacht dat je naar de ringrijderij zou gaan, maar dan vanzelfsprekend in Ammekerk.' Daar zou ze zelf ook liever willen zijn.

'Ik had je al veel eerder eens willen zien, Suus. Ik denk nog steeds aan je. Daarom kwam ik naar Westmaas.'

'Sst, Barend, zoiets mag je niet zeggen. Dat mag je zelfs niet denken.'

'Waarom? Het is de waarheid. Je weet best dat ik al lang geleden verliefd op je werd. Ik had graag zelf met je willen trouwen, Suus.'

'Dat kon niet en daaraan is niets veranderd.'

'Nee,' zei hij plotseling bitter gestemd. 'Jij moest zo nodig met Leeuwestein trouwen en kon niet wachten.'

'Wachten?' vroeg ze verbouwereerd. 'Waarop?'

'Op de tijd dat ik weer vrij zou zijn.'

'Maar, Barend...' Even voelde ze een diepe afkeer voor hem. 'Bep was ziek.'

'Niet meer toen Dirk mij vroeg.'

'Bep werd kort na jouw huwelijk zwanger. Ze was niet sterk. Ze heeft het niet gehaald.'

'Wat bedoel je?' Het leek of het laatste restje kracht uit haar wegstroomde.

'Bep is gestorven, samen met het kind. Ik ben nu helemaal alleen.'

'Wanneer is dat gebeurd? Ik heb er niets over gehoord.'

'Vorige herfst. Heeft niemand je dat verteld? Nu ja, misschien vermoedden ze... Laat maar. Het is nu toch te laat.'

'Ik heb een tweeling gekregen, ongeveer in dezelfde tijd.'

'Ja, je moeder praat nauwelijks nog over iets anders. Ze is ontzettend trots op je. Ik mis je, Suus. Woonde je maar in Ammekerk, dan zagen we elkaar zo nu en dan.'

Ze dacht niet dat ze dat wilde, maar daar zweeg ze over. Ze kon niet langer blijven staan. Er zouden praatjes van komen als ze het wel deed. 'Barend, ik moet verder.'

'Wat is dat voor een vent, met wie jij getrouwd bent? Het is een schandaal dat hij je zo laat zeulen.'

'Hij weet het niet.'

'Waarom doe je het dan?'

'Moeder...' Ineens kon ze niet verder meer spreken. Haar keel schroefde zich dicht van ingehouden emoties.

'Jouw moeder?' vroeg hij ongelovig. 'Kom nou.'

'Nee, moeder Leeuwestein. Ze haat me.'

'Ah. Zie je er daarom zo ongelukkig uit? Ik dacht al dat het door je man kwam. Kom, waar moet je met die mand heen?'

'Naar het feestterrein.'

'Ja, dat begrijp ik. Kom maar mee, ik help je wel. Ik moet er zelf ook heen. Ik doe mee aan de ringrijderij, weet je.'

'Dirk ook, met de ongezadelde paarden, zoals hij dat al jaren doet. Volgend jaar wil hij het weer met de sjees proberen.'

'Ik zal proberen hem te verslaan, vandaag. Om jou, begrijp je.'

'Nee.'

'Je wilt het niet begrijpen.'

'Ik begrijp één ding uitstekend, namelijk dat je nog steeds niet snapt hoe onmogelijk alles is.'

'Eerst was ik getrouwd, nu jij.'

'Ja, precies.'

'Maar er bestaat iets tussen ons, Suus. Ik voel het.'

'Dat is verbeelding.'

'O, nee, ik zie het in je houding, in je ogen, aan alles.'

'Laten we nu doorlopen. De mensen beginnen op ons te letten.'

'Kom maar mee. Je moet niet doen alsof je het niet begrijpt.'

'Goed dan, goed dan,' barstte ze los. Als ze niet zo ongelukkig was geweest, was het nooit zover gekomen, besefte ze later. Maar nu zat ze al zo vol emoties dat een uitbarsting vanzelf kwam. 'Je bent een knappe vent om te zien en er is een tijd geweest dat ik het jammer vond dat je getrouwd was.'

'Dat weet ik, ik merkte het. Bovendien was het wederkerig, Suus.'

'Luister naar me. Ik wist hoe de zaken stonden en heb het dus weer snel van me af gezet. Daarna deed Dirk me een nieuw aanzoek. Hij is een sterke, aardige man en die eigenschappen waardeer ik.'

'Dus je vergat me meteen?' Zijn gezicht drukte zoveel teleurstelling uit dat ze bijna lachen moest, maar ze knikte heftig.

'Ja, Barend, zodra Dirk er was, vergat ik jou,' loog ze dapper. Wat moest, kón ze anders doen? Als hij wist hoe ze zich voelde in haar huwelijk zou hij zich aan haar vastklampen en dat wilde ze voorkomen. Daar kon alleen maar narigheid van komen. Als ze nu zag hoe de meisjes van het dorp naar hem oogden, wist ze dat ze niet de enige was die Barend Hagoort een knappe vent vond. De zon scheen op zijn blonde, golvende haar en zijn helderblauwe ogen en goedgevormde mond die altijd vrolijkheid leek uit te drukken, deden de rest. Ja, Barend mocht gezien worden, maar dat wist hij zelf ook wel. Gelukkig waren ze intussen eindelijk bij het feestterrein gekomen. Ze keek uit naar haar schoonouders. Ze zag hen aan de andere kant van het veld staan praten met de dominese. Zou ze erheen gaan of hen juist mijden? Ze wilde niet dat moeder haar met Barend zag. Juist vandaag niet.

Barend zocht een plekje langs de rietkragen, een beetje opzij van een wilgebosje waar het zowaar een beetje beschaduwd was.

'Hier, Suus, ga zitten en rust een beetje uit. Je ziet er moe uit.' Dat hij dat opmerkte, vertederde haar toch weer. Met een zucht ging ze zitten en ze was zo moe dat ze niet eens protesteerde toen hij ook ging zitten.

'Toch is het jammer, dat het allemaal zo gelopen is, hè, Suus? Jij en ik, we zouden een goed span zijn geweest, geloof je ook niet?'

'Misschien,' gaf ze toe, terwijl ze rondtuurde naar Dirk.

'Ik weet het zeker. Nu heb ik een eigen hoeve en als jij mijn vrouw zou zijn... je erfdeel zou akkers met zich meebrengen... je hoefde je dan niet te laten uitkopen en wij zouden het goed hebben, wij samen. Het doet me pijn te weten dat het mogelijk was geweest.'

Hij leek zo ontroerd, zo teleurgesteld omdat het leven anders was gelopen, dat de oude ontroering van vroeger haar weer helemaal in bezit nam. Barend, vrolijk en knap, tegen hem kon Dirk niet op, met heel Mastland niet en ook al zijn rijkdom, het was niets. Met Barend zou ze beslist gelukkiger zijn geworden, dacht ze nu. 'Ach, Barend, we moeten niet denken aan wat had kunnen zijn.'

'Zie je, jij voelt het net zo.'

Ze gaf er geen antwoord op, wetende dat ze al te veel had gezegd. Maar ze voelde zich zo alleen en ongelukkig en zo was hij er ook aan toe. Het lot had een wreed spelletje met hem gespeeld. Of niet? Goed en kwaad was toch niet zo gemakkelijk te onderscheiden als ze vroeger altijd had gedacht.

Ze zuchtte opnieuw. 'Barend, nu moet je weggaan. Als je nog langer bij me blijft, praten de mensen zo en dat wil ik niet.'

'Maar als het niet zo was, zou je wel willen dat ik bleef?' drong hij aan. Ze was zwak, ze wist het, maar ze kon niet anders dan zeggen: 'Ja, dan wel.'

'Nu ik dat weet, ben ik tevreden, Suus. Ik zie je straks nog wel. Bedenk: ik strijd om jou, meisje.'

'Ja, ja, ik zal naar je komen kijken.' Ineens wilde ze dat hij weg zou gaan. Het was net als vroeger. Hij had een vreemde macht over haar, maar ze wist dat het niet goed was. De schaamte won het toch van het verlangen naar een beetje aandacht. Hij knipoogde en verdween tussen de mensen.

Gelaten wachtte Suus op de dingen die komen gingen. Ze leunde achterover en keek naar de mensen, blij dat ze kon zitten en uitrusten. Het was nu een uur of elf. Het zou die middag slopend heet worden. Ze wilde maar dat de dag voorbij was. Als ze nu op Mastland eens op de bank onder de bruine beuk had kunnen zitten, heerlijk rustig en koel, zonder muts en dat knellende oorijzer... Wat zou dat fijn zijn geweest. Nu was ze alleen maar moe, zo moe.

'Zo, ben je daar eindelijk?' Als een engel der wrake torende moeder Leeuwestein boven haar uit. 'Vader heeft een plaatsje gevonden aan de andere kant van het veld. Kom mee en breng de mand mee.'

Het had geen zin om te zeggen dat het hier in de schaduw een stuk koeler was, dacht Suus wrevelig. Gelaten pakte ze de zware mand weer op om moeder door de mensenmassa te volgen.

De spanning was toegenomen nu de ringrijderij haar hoogtepunt naderde. De kleinste ring was opgehangen. De ring die het moeilijkste om de houten stokken gekregen werd, als de ruiters kwamen aangalopperen op hun ongezadelde werkpaarden. Dirk was nog in de strijd en Barend Hagoort eveneens. Suus was erg zenuwachtig.

Het liefst was ze weggelopen van die strijd tussen de mannen. Vooral die mannen. Dirk wist het niet eens, vermoedde zelfs niet dat er nog een geheel andere strijd aan de gang was dan de eigenlijke ringrijderij. Wilde ze misschien toch dat Barend zou winnen? Weer keek Suus naar hem en ze wist dat ze bij lange na niet de enige was. Ze zuchtte en dwong haar ogen naar Dirk te kijken. Het was niet moeilijk hem te vinden, want er was geen man op het hele feestterrein te vinden die zo lang was als hij. Dirk torende hoog boven iedereen uit, zelfs nu hij niet te paard zat. Zijn donkere haardos vlamde bruinzwart op in het felle zonlicht. Ook hij zag er goed uit. Op een andere manier dan Barend, weliswaar, maar toch mocht hij er zijn. De twee mannen in haar leven. De mensen moesten eens weten. Eén ding had Suus vrijwel onbewust van Dirk overgenomen. Als je je onzeker voelde, was het nog maar het beste een trotse houding aan te meten. Beter trots dan bang. Zo ook Suus. Niemand zou ook maar in de verste verte vermoeden dat de jonge vrouw daar aan de zijkant, met die rechte rug en het fier opgeheven hoofd, gekleed in een mooie stadse japon en een prachtige keuvel, van binnen bang en onzeker was. Voor de mensen van het dorp was ze de jonge boerin van Mastland, die je maar liever mijden moest, want er huisde daar een trots geslacht en het was er niet helemaal pluis.

Suus draaide zich om. Het zou nog wel een kwartiertje duren eer de strijd zou worden hervat. Ze wilde even zitten, even rust hebben. Ze was nog steeds moe, maar tot haar verbazing had ze ontdekt dat ze al veel sterker was dan ze had gedacht. Zou het mogelijk zijn dat ze zich zo slap bleef voelen omdat ze ongelukkig was? Suus deelde de overgebleven boterhammen uit Mastlands mand uit aan een paar armoedig geklede kinderen die in haar buurt stonden. Kinderen kenden de dorpsklets nog niet zo. Die kwamen grif toen ze hun vroeg of ze misschien wat lekkers lusten. Zelf nam ze het laatste restje koud geworden koffie. De schoffies waren om haar heen komen zitten en kauwden met glimmende ogen. Suus merkte niet dat een paar mensen uit het dorp elkaar aanstootten en naar haar wezen, fluisterend dat de jonge boerin toch geschikter moest zijn dan die oude toverkol. Suus had nergens erg in, behalve in de tevreden toetjes van het jonge grut. Die maakten haar voor een paar minuten gelukkig.

Hoe had ze kunnen denken dat ze ongelukkig was? Had ze niet zelf twee zoons, die haar leven zin en doel gaven? Dat mocht ze nooit meer vergeten. Vanaf vandaag zou ze vechten om weer helemaal gezond te worden. Maling moest ze hebben aan moeder Leeuwestein! Ze zou niet langer als een angstige schaduw op Mastland rondgaan. Ze had Woutertje en Driesje. Suus lachte en voelde zich plotseling bijna uitgelaten. Ze tastte onder haar rok naar de zak met haar beursje en gaf al die armeluiskinderen een halve cent om wat lekkers te kopen bij de snoepkraam. Ze had er helemaal geen erg in dat de mensen op haar letten. Dat ze fluisterden over de jonge boerin van Mastland. Kom, de ringrijderij ging verder. Ze moest naar Dirk. Naar Barend ook... Ze wist echt niet meer wie ze nu het liefste zag winnen.

Ten slotte was ze toch blij dat Dirk uiteindelijk de ringrijderij won. Ze kon trots zijn op de man die haar echtgenoot was. Als Barend had gewonnen, zou ze haar gevoelens weg hebben moeten duwen. Niemand mocht raden dat ze een beetje verliefd was op een andere man.

Ze schrok. Was dat zo? Was ze werkelijk verliefd op Barend, net als vroeger? Haar hart klopte als een razende. Ze had er opnieuw behoefte aan om de mensen te ontlopen, die overal pratende groepjes vormden of iets dronken, terwijl ze zich opmaakten voor het slot van de sjezenwedstrijd.

Ze vond een rustig plekje achter wat wilgebosjes, waar ze op een stukje gras kon zitten. Het water van de rustig kabbelende Binnenmaas stroomde er vlak langs. De strook gras was nog geen meter breed. Moeders hielden hun kinderen angstvallig weg van zulke gevaarlijke plekjes en om er met de familie te zitten, daarvoor was de strook gras te smal. Rechts van haar begon het riet, maar hier had ze een verrukkelijk uitzicht. Suus bukte zich en schepte wat water in haar handen, waarmee ze haar verhitte gezicht afkoelde. Het was nu op het heetst van de dag, maar nu hoefde ze misschien niet meer zo lang te blijven. De strijd was bijna gestreden en over een uurtje zouden de mensen zo zachtjes aan weer op huis aan gaan, waar de koeien wachtten om te worden gemolken.

Hier voelde ze zich een stuk beter en de verwarring, die haar zo onverwacht naar de keel was gevlogen, nam weer af. Ze had altijd geweten dat ze niet van Dirk hield en dat Barend iets in haar losmaakte dat niemand anders naar boven kon halen. Noch haar huwelijk, noch de geboorte van de tweeling had daar iets aan kunnen veranderen. Ze was dom geweest om dat te verwachten. Het gevoel zou vanzelf wel weer slijten. Als ze Barend langere tijd niet zag, ebde dat weg. Eigenlijk was het beter geweest als ze Barend vandaag niet had gezien. Dan had ze geen seconde meer aan hem gedacht. Nee, dan had ze aldoor lopen piekeren over moeder Leeuwestein. Eén ding moest ze Barend nageven. Hij had haar uit de put gehaald. Door de verwarrende ontmoeting was ze zich bewust geworden van het feit, dat ze voor haar kinderen leven wilde, vechten wilde. Barend had haar in verwarring gebracht, maar de verwarring was beter te verdragen dan het verbitterde gevoel van eenzaamheid en verdriet dat haar de laatste maanden aldoor plaagde.

Het was nog net als vroeger. Ze was een tikje verliefd op Barend. Nu kon ze dat rustig aan zichzelf toegeven. Maar ze hield niet van hem. Hij was niet haar grote liefde, zoals ze dat las in de keukenmeidenromans, die Pieternel haar wel eens had geleend in de tijd dat ze te ziek was om enig werk te doen. Dat was Dirk evenmin. Ze was misschien niet in staat om echt van iemand te houden.

'Suus?'

Ze schrok wakker. Ze was zo in gedachten verdiept geweest, dat ze helemaal niet gemerkt had, dat ze niet langer alleen was.

'Het scheelde niets of ik had gewonnen.' Barend kwam naast haar zitten, dicht naast haar.

'Je miste de laatste ring.'

'Omdat ik te veel aan jou dacht. Zeg eens, je wilde toch dat ik zou winnen?'

'Natuurlijk.' Suus glimlachte, blij dat ze geen tijd had om nog verder te piekeren. Ze vergat dat ze op zoek moest naar Dirk om hem met zijn overwinning te feliciteren. Waar Dirk was, waren ook die stekelige ogen boordevol afkeuring, die ze maar liever wilde ontlopen.

'Het was een heerlijke dag, niet, Suus? Ik ben zo blij dat ik je weer gezien heb. Ik moet je nog eens zien... Kun je niet eens langskomen als je op Maesvreugt bent?'

'Nee, dat kan ik zeker niet. De mensen zouden het zien en er zou geklets van komen.'

'In zo'n rotdorp kun je niets verborgen houden,' mokte Barend.

'Daarom juist. Kom, ik stond op het punt om naar Dirk te gaan.'

'Even nog, Suus, een paar minuutjes. Misschien duurt het weer een jaar, of zelfs twee, eer we elkaar zien. Alleen zien. Ik begrijp dat je geen schandaal wilt riskeren, maar nu zijn we eindelijk samen, Suus.'

Ze leunde achterover en genoot heimelijk van zijn openlijke bewondering. Straks wachtte de harde werkelijkheid weer. Misschien was het niet al te zondig om even weg te dromen in een zoete wereld, waarvan ze het bestaan wel vermoedde, maar niet echt kende.

'Denk je nog vaak aan Bep, Barend?'

Hij keek even vreemd op, kleurde toen en schudde zijn hoofd. 'Ze was een best wijffie, daar niet van, maar we hadden geen andere band dan de hoeve.'

Zo was het ook tussen Dirk en haar gesteld, dacht ze, maar ze zei het niet. In plaats daarvan glimlachte ze verlegen. 'Wat zou het leven gemakkelijk zijn, als mensen in de toekomst konden kijken, hè?'

'Dan zou je zeker op mij gewacht hebben?' vroeg hij gretig. Hij leunde nu vlak naast haar op een elleboog en kauwde op een grassprietje.

'Misschien.'

'Natuurlijk had je dat gedaan. Jij en ik, Suus, dat zou wat moois geworden zijn.'

Ze was er toch niet geheel zeker van, maar dit nieuwe was prettig. Om zich een beetje te laten vleien door een man die haar bewonderde, dat deed je toch goed. Je vergat er je zorgen door. Ze glimlachte opnieuw, omdat ze het leven ineens plezierig vond. Barend vatte dat op als een aanmoediging. Voor ze het goed en wel besefte, waren zijn armen om haar heen. Zijn blauwe ogen

152

keken vol verlangen op haar neer. 'O, Suus, ik denk zo vaak aan je. Er moet toch een manier te vinden zijn om... om elkaar zo nu en dan te zien.'

'Nee, Barend, niet doen.' Ze wist dat hij haar wilde kussen. Zulke blikken kende ze. Soms keek Dirk zo, voor ze in het ledikant stapten. Ze was nu volwassen genoeg om te begrijpen hoe dat wilde verlangen mannen in bezit kon nemen. Maar met Dirk was ze getrouwd. Als Barend zulke dingen dacht, was dat zondig. En toch...

Ze kon er niets aan doen, maar ze vond het prettig om gekust te worden door de intussen hevig geëmotioneerde Barend. Zijn warme, vochtige mond legde zich met een voor haar ongekende gretigheid over de hare. O, het was heerlijk, heerlijk en zondig. Ze genoot er slechts kort van, toen kreeg haar geweten de overhand en duwde ze Barend weg. 'Het kan niet.'

'Maar, Suus, jij en ik...' Zijn hoofd zag rood en zijn haar was vochtig geworden en plakte krullerig op zijn voorhoofd. Hij was knapper dan ooit. Dirk... wat leek alle ellende van Mastland ineens ver weg. Ze was bijna vergeten dat ze met Dirk getrouwd was, daarnet. Dat mocht nooit weer gebeuren. Haastig kwam Suus overeind, waarschijnlijk zag ze net zo rood als Barend. 'Je weet dat het onmogelijk is,' fluisterde ze gejaagd. 'Nu net zo goed als vroeger.'

'Weten, weten, er bestaat ook nog zoiets als gevoel.'

'Jawel, maar dat mag ons niet op het verkeerde pad leiden. Dat zou ik niet kunnen, Barend. Zelfverwijt zou mijn leven nog moeilijker maken. Heus.'

Ze streek haar rok glad, sloeg het gras eraf en voelde aan haar krullenmuts. Ja, alles leek weer goed te zitten. Om kalm te worden, haalde ze een paar maal diep adem.

'Barend, ik blijf bij wat ik eerder heb gezegd. We moeten elkaar maar liever niet meer zien. Dat is echt het beste, voor ons allebei. Als we het anders willen, geeft dat alleen maar moeilijkheden.'

'Maar, Suus,' pleitte hij met smekende ogen. Toch besefte hij al dat alles verloren was.

'Wij bepalen niet wat kan en niet kan. Er zijn veel mensen om ons heen met wie we rekening moeten houden. Een mens kan lang niet altijd doen wat hij het liefste zou willen, Barend.'

153

'Dus je zou wel willen?' vroeg hij gretig. Zijn ogen leken blauwer dan ooit. Ze kon niet anders dan opnieuw met een overmoedige glimlach om haar lippen in die ogen kijken. 'Jawel. Als ik nergens rekening mee hoefde te houden.'

'Dat is me voorlopig genoeg.'

Dat was niet zo en ze wisten het beiden. Barend voelde duidelijk iets anders dan zij voor hem. Suus wist het heel zeker. Barend was vervuld van een vreemd verlangen, van hartstocht. Zij was gevleid door zijn verliefdheid. Ze was eenzaam en snakte naar een beetje tederheid. Was dit de verleiding, waarover in de bijbel zo vaak werd gesproken? O, hoe moeilijk te weerstaan, inderdaad. Maar hoe noodzakelijk tegelijkertijd.

Ze vermande zichzelf. Het leven stelde zijn onherroepelijke eisen. 'Ik moet naar Dirk.'

Voor hij kon antwoorden, glipte ze langs hem heen en haastte zich om tussen de mensen te komen. Daar voelde ze zich veilig, dacht ze.

Maar dat was maar betrekkelijk. Barends intense blikken volgden haar en ze werd bang dat iedereen zou kunnen zien hoe ze zich tot elkaar aangetrokken voelden. Ze was bijna blij toen ze eindelijk bij Dirk was. Zijn aanwezigheid moest haar beschermen tegen dat vreemde, dat nieuwe, waarnaar ze verlangde en dat haar tegelijkertijd met schuld vervulde. Toch had ze geen spijt van het gebeurde. Ze zou iets hebben om met warmte aan terug te denken. Een mooie herinnering. Meer zou het nooit worden.

Dirk was erg blij met zijn overwinning. Het paard was intussen van zijn papieren bloemen ontdaan, droog gewreven en had te drinken gehad. De mand was licht nu de proviand op was. Vader en moeder maakten aanstalten om terug te keren. Er waren meer mensen die afscheid begonnen te nemen. Het zou niet lang meer duren eer ze zouden opstappen en dat was goed. Ze wilde niets liever dan terug naar huis gaan, nu ook de sjezenwedstrijd voorbij was. Ze wist niet eens wie er gewonnen had, want intussen had ze met Barend...

'Heb je ook zo van de dag genoten, Suus?' vroeg Dirk opgetogen.

'Ja,' zei ze en dat was waar. Hoe waar, dat zou hij nooit mogen weten.

'Zie je nu wel? Moeder had gelijk.'

Ze zuchtte. 'Ik ben wel ontzettend moe.'

'We gaan zo naar huis. Ik zal de mand voor je naar het rijtuig dragen. We nemen Bles mee en binden hem achter de tilbury. Dan kan ik met jullie mee terugrijden.'

'Graag. Je moeder liet mij vanmorgen de zware mand helemaal alleen slepen. De mensen keken me na, omdat ik hem haast niet dragen kon. Gelukkig was er iemand uit Ammekerk, die medelijden kreeg en de mand van me overnam,' vertelde ze. Ziezo, als de mensen nu over Barend begonnen, was Dirk op de hoogte. Ze voelde zich heel opgelucht.

'Suus, begin nu niet opnieuw,' smeekte hij afwerend. De blijde glans, die de overwinning in zijn ogen had gebracht, verdween. Dirk wilde geen herrie in huis. Ze wist het. Moeder had zeker gedacht dat hij nooit zou weten hoe ze haar schoondochter die morgen behandeld had, maar Suus was vastbesloten. De geschiedenis mocht zich niet herhalen. Ze wilde niet langer behandeld worden als de eerste de beste meid.

'Je moet je ogen er niet voor sluiten, Dirk. Moeder wil nog steeds niet opzijgaan. Ze gunt het me niet, om de boerin te zijn. Ze staat me in de weg en vergalt mijn leven. Heus, ik begrijp dat jij alleen maar vrede onder je dak wilt, Dirk. Maar daartoe zal dan ook je moeder moeten bijdragen. Zoals ze me vandaag heeft behandeld, dat kan niet. Kom, laten we nu maar gaan. Ik zie ze nergens meer. We zijn ver achtergebleven.'

Ze zwegen een tijdje. Voor beiden leek het plezier van deze dag iets dat al ver achter hen lag. De zorgen van alledag drukten zwaar op hen. Vader liep maar langzaam. Hij hijgde zwaar in de namiddaghitte en zweetdruppeltjes liepen over zijn hele gezicht. Suus schrok ervan. Dirks vader moest ziek zijn. O, aldoor had ze alleen aan zichzelf gedacht, aan haar eigen ongeluk. Ze had helemaal niet gezien dat deze man ziek was, zieker dan ze allemaal vermoedden.

'Gaat het, vader?' vroeg ze zorgelijk.

'Ik heb het zo benauwd, maar het is nu niet ver meer.'

'U moest thuis maar meteen naar bed gaan,' zei ze hartelijk. 'Geef me maar een arm, dan kunt u op mij leunen.'

Moeder kneep opnieuw de lippen samen. Suus deed maar net of ze het niet zag. Nu waren ze er, gelukkig. Dirk haalde Bonte en spande haar voor het rijtuig. Bles werd er achter vastgebonden.

Vader zat achterin, onder de luifel, zodat hij uit de zon was. Hij had het zelfs zo benauwd dat hij het boord van zijn overhemd had losgeknoopt en zijn gezicht had een ongezonde, donkerrode kleur. Zag moeder dat niet?

Suus werd ineens een beetje bang. De ene narigheid was nog niet voorbij of ze zag de volgende alweer aankomen. Kon het zijn, dat ze overdreven angstig was? Het leven kon toch niet enkel uit tegenslagen bestaan? Ergens, ergens mocht ze toch wel een klein beetje geluk verwachten?

Op hetzelfde moment passeerden ze Barend. Hij glimlachte en stak zijn hand op. Met een knikje, of ze een willekeurige kennis groette, liet Suus blijken hem te kennen.

'Wie was dat?' vroeg moeder vinnig.

Suus glimlachte bedaard. Ineens was ze kalm en niet langer bang. Barend was een mooie herinnering, waaraan ze zich warmen kon. 'Een buurman van mijn vader. Dirk heeft hem op Maesvreugt wel ontmoet. Hij hielp me vanmorgen met de mand, toen hij zag dat ik die niet langer kon tillen.'

Dirk reageerde niet. Moeder Leeuwestein keek haar neerbuigend aan, maar ze maakte geen hatelijke opmerking nu Dirk het zou kunnen horen. Vader leunde uitgeput achterover en had de ogen gesloten. Het was bepaald geen gezelschap in overwinningsroes, dat op Mastland terugkeerde.

14

ROUW

Twee maanden lang duurde het, vader Leeuwesteins steeds verergerende benauwdheden. Toen vond Dirk hem, op een rustige zondagmiddag. Vader was doodmoe uit de kerk gekomen, en na het middageten naar bed gegaan voor de gebruikelijke zondagmiddagrust. Toen vader wel erg lang in bed bleef liggen en de koffie al lang en breed klaar was, ging Dirk zijn vader halen. Een onderdrukte kreet deed moeder Leeuwestein en Suus ongerust de gang doorsnellen. Dirk knielde bij het bed neer. 'Vader.'

Vader was buiten bewustzijn, maar leefde nog wel. Suus was de eerste die bij haar positieven was. Ze rende naar Driekus' huisje, waar de knecht en zijn gezin ook juist van de middagkoffie genoten. 'Driekus, snel, je moet onmiddellijk om de dokter. Het is weer vader. Hij is buiten kennis.' De knecht stond al in de deur. Nog voor Suus Mastland weer was binnengegaan, stapte de knecht de stal in om Bles een hoofdstel om te gooien. Even later galoppeerde hij in volle vaart de weg op. Op het ongezadelde paard, net zoals zijn baas dat had gedaan met de ringrijderij.

Dirk had zijn vader recht in bed gelegd en de deken over hem heen getrokken. De blinden voor de ramen waren nog gesloten, en lieten het felle zonlicht slechts gedempt de kamer inkomen. Ze hoorde de tweeling huilen, ze moesten nu hun pap hebben. Suus werd er zenuwachtig van en Pieternel was er niet. Die bleef tegenwoordig weer net als vroeger bij haar ouders in het dorp. Ze zou pas 's morgens terugkomen.

Moeder zat bewegingloos in vaders stoel naast de kachel. Met strakke ogen keek ze naar de stille gestalte in het bed. Suus had er geen idee van wat er door haar hoofd ging. Ze had trouwens de handen vol aan zichzelf. Ze droeg Teuntje op voor de jongens te zorgen en snelde weer naar Dirk terug.

Ze was bang. Aarzelend ging ze naast haar man staan, die met een ernstig gezicht op zijn vader neerkeek. 'Driekus is om de dokter, Dirk. Hij haast zich tot het uiterste.'

Dirk knikte afwezig. 'Ik betwijfel, of hij nog iets kan doen.'

'Ik ook, eerlijk gezegd. Niettemin moeten we doen wat we kunnen. Kijk, vader beweegt een beetje.'

'Het is een hartaanval, denk ik,' mompelde Dirk. De dokter had vader de afgelopen weken meermalen onderzocht en al gezegd dat het hart niet in orde was en verantwoordelijk voor vaders benauwdheden.

Suus probeerde hem te troosten . 'Kom, je moet sterk zijn. Ik zal de koffie gaan inschenken. Dat zal je goeddoen.'

Hij volgde haar naar de keuken als een geslagen hond. Suus schonk voor hen beiden koffie in en knikte bemoedigend naar Teuntje die met de kleintjes bezig was. Dirk leek niets te merken. Hij zweeg een hele tijd eer hij opkeek. 'Suus, stel dat vader sterft... Dan sta ik er helemaal alleen voor.'

'Voor Mastland?'
Hij knikte en keek of die last hem al te zwaar zou vallen. In feite
was de situatie al lang zo. Vader had de laatste tijd praktisch alles
aan Dirk overgelaten. Dat zei ze ook.
'Ja, dat wel. Vader had graag rustig in het dorp gewoond, al met
ons trouwen, dat weet ik. Hij was toen al niet helemaal in orde.
Hij had veel meer rust moeten hebben.'
Wat ze dachten, spraken ze niet uit. Het was moeder die niet
had willen wijken, dacht Suus verbitterd. Moeder, die zich aan
Mastland had vastgeklampt met alle kracht die in haar tengere lijf
zat. Wat zou dat worden, als Dirks vader inderdaad stierf? Ze kon
haar schoonmoeder niet zomaar buiten de deur zetten, al dacht ze
dat ze er toe in staat zou zijn. Suus zuchtte. Woutertje was klaar
met eten en kraaide tevreden uit zijn kinderstoel. Ze lachte.
Driesje hapte nu zijn pap op en Teuntje had zo'n lieve blik op
haar toet. De jongens waren grage eters, allebei. Toen ook de
jongste klaar was, brachten ze de kleintjes naar bed. Ze dekte hen
juist toe toen de koets van de dokter het erf opreed.
Dirk had de voordeur al geopend. Het leek haar een slecht
voorteken toe, want die ging eigenlijk alleen open met dopen,
trouwen en begraven. Hoogtijdagen en tijden van verdriet. Voor
al het andere liep men achterom. Zelfs dominee kwam achterom,
de enkele maal dat hij naar Mastland kwam om een sigaartje te
roken met vader Leeuwestein en te praten over zijn illustere voor-
ganger van enkele tientallen jaren geleden, Van Koetsveld.
Suus volgde de twee mannen naar de voorkamer. Moeder zat
nog steeds doodstil.
De dokter zei niet veel. Het was duidelijk dat hij niet veel kon
doen. Mogelijk zou vader zo in de eeuwigheid wegglijden, zei hij.
Het kon echter ook gebeuren dat hij weer bij zou komen al moesten ze er dan voor oppassen dat vader toch weer een nieuwe aan-
val kon krijgen. Ze konden echt van alles verwachten. De arts
verdween met de belofte de volgende morgen nog voor het
spreekuur terug te komen. Daarna begon het waken. Omdat
moeder Leeuwestein zo roerloos in de stoel zat, durfden de beide
jonge mensen haar niet voor langere tijd met de zieke alleen te
laten. Ze zaten vooralsnog samen zwijgend bij het bed en keken
naar de gestalte tussen de lakens. Roerloos lag vader daar. Zo nu
en dan werd de stilte in de kamer verbroken door het slaan van de

klok. Ze durfden niets te zeggen uit angst de zieke te storen.

Tegen etenstijd ging Suus naar de keuken. Ze schepte voor Dirk en zijn moeder een bord met rijstebrij op en bracht dat naar de ziekenkamer. Moeder pakte het bord niet eens aan, zodat Suus het maar naast haar op het tafeltje zette. Dirk schoof zijn bord weg.

'Toe, je moet eten. We weten niet hoe lang dit gaat duren en daarom moet je zuinig zijn met je krachten.'

'Ja,' zuchtte hij, 'je zult wel gelijk hebben.' Met lange tanden begon hij te eten. Suus trok zich een poosje in de keuken terug. Samen met Teuntje at ook zij een bord rijstebrij met krenten en daarna liet ze het meisje een pot sterke koffie zetten. Ze had behoefte aan een kop van die verkwikkende, sterke drank. Ze voelde zich toch een beetje vreemd. Zo slap, dat kwam zeker van de schrik.

Suus was net met een dampende kop aan de keukentafel gaan zitten, toen Pieternel naar binnen stormde. 'In het dorp zeggen ze dat de baas er slecht aan toe is. Ik ben meteen gekomen.'

Er schoot een brok naar Suus' keel. 'Je komt als geroepen. Vader heeft last van zijn hart en is er slecht aan toe. Hij is buiten kennis. Dirk waakt bij hem en moeder is helemaal buiten zichzelf. Ze zit maar in een stoel en zegt niets, drinkt of eet niet, het is net alsof ze zelf doodgaat.'

'Gaat... gaat de baas dood?' Pieternels ogen werden groot.

'Misschien. Ik denk van wel, als je ziet hoe hij er aan toe is.'

'Ik zal met Teuntje voor alles hier zorgen. Slapen de jongens?'

'Jawel. Ze zijn meteen na de pap naar bed gegaan.'

'Maakt u zich maar niet ongerust over hen, juffrouw. Wij zorgen voor alles, zodat u rustig kunt waken.'

'Ik zal eens gaan kijken hoe het ermee is, daarbinnen.'

Er was nog niets veranderd. Moeder zat nog even roerloos in de stoel, haar eten was koud geworden en stond onaangeroerd op tafel. Dirk huiverde, ondanks de zomerwarmte. Het was vreemd kil in de voorkamer. Suus haalde de cognac te voorschijn en schonk twee glaasjes vol. Dirk sloeg het zijne in één teug achterover en verliet zijn post niet. Daarna gaf Suus haar schoonmoeder het andere glaasje. 'Moeder, u moest dit maar opdrinken.'

Er kwam geen enkele reactie. Met een zucht zette Suus het glaasje ook op tafel. Ze merkte dat haar knieën knikten en daarom bedacht ze zich en dronk het tweede glaasje zelf maar leeg. Nadat ze Dirks glas nogmaals had gevuld, borg ze de fles weer weg. 'Is er helemaal geen verandering, Dirk?' 'Nee.' Hij keek somber op het bed neer. 'Ga in de keuken een kop koffie halen. Pieternel is teruggekomen en Driekus zorgt met zijn vrouw voor het vee. Je hoeft je nergens zorgen om te maken. Rust een beetje uit, Dirk. De nacht zou nog wel eens lang kunnen duren.' 'Nee, ik blijf hier. Als er iets verandert, wil ik er zijn. Ik ben zijn zoon. Zijn enig kind.' 'Goed dan. Zal ik dan koffie voor je halen?' Hij schudde van niet. Suus haalde daarom haar breikous en het eindeloze wachten begon.

De lange zomeravond was ongemerkt overgegaan in de nacht, eer er iets veranderde. De beweging was maar vaag, maar werd door zowel Suus als Dirk opgemerkt. De jonge vrouw slaakte een zucht van verlichting, Vader was bij kennis gekomen. Misschien hadden ze zich voor niets zo ongerust gemaakt? Zou vader toch blijven leven? Vader lag nu in een hoop opgestapelde kussens om meer lucht te krijgen. Zijn ogen waren geopend en zijn lippen fluisterden heel zacht, zodat het erg moeilijk was om hem te verstaan. Zijn handen bewogen ook en gleden rusteloos over de deken, maar de rest van zijn lijf lag net zo stil als tevoren. Zou vader zo ziek zijn, dat elke beweging hem te veel was?

'Dirk.'

De naam was een moeilijk verstaanbare zucht. Dirk boog zich naar zijn vader toe, zodat hij hem zou begrijpen. 'Hier ben ik, vader. We zijn er allemaal. Moeder, Suus en ik.'

'Ba... bang.' Begrepen ze dat goed? Die rusteloze handen, de oogleden die bewogen voor de ogen waarin toch leven blonk, maar vooral ook angst. Suus merkte hoe haar hart sneller ging slaan. Ze keek vragend naar Dirk, zijn grote werkhanden lagen nu troostend over die van zijn vader. 'U hoeft niet bang te zijn. Ik ben er, vader. U moet rusten en weer sterk worden.'

Een vage beweging moest duidelijk maken dat hij zelf wist dat dat niet mogelijk was. 'Bid.'

De twee jonge mensen keken elkaar verbijsterd aan. Toen begon Dirk met onzekere stem maar toch goed verstaanbaar, het 'Onze Vader' te bidden. Er kwam rust in de ogen. Vader keek nu over de grens van de eeuwigheid, besefte Suus eerbiedig. Toen het gebed uit was, begon Dirk als vanzelf opnieuw. Vader scheen er troost uit te putten. Misschien herkende hij de woorden nog, die hij in zijn leven ontelbare malen had uitgesproken. 'Die in de Hemelen zijt... Uw wil geschiede...' Moeder zat er nog steeds even roerloos bij. Vaders ogen waren nu weer gesloten. Zou hij slapen? Nadat Dirk tot driemaal toe het aloude gebed had opgezegd, zweeg hij. Ze luisterden gespannen naar zijn adem, maar hoorden niets meer.

Wanhopig boog Dirk zich nog verder voorover, legde zijn oor op vaders borst. Zijn wanhopige blik deed Suus helemaal koud worden. In angstige afwachting luisterden ze of de gestopte ademhaling niet toch opnieuw zou beginnen. Enkele minuten later had Dirk zichzelf hervonden. Hij stond op en sloot de nog half geloken oogleden van zijn vader. Toen raakte hij zijn moeder aan. 'Moeder, kom, vader is heengegaan. U moet nu meekomen.' Als een willoos kind liet de vrouw zich meevoeren. Doodstil en nog steeds zwijgend keek ze op het verstilde lichaam neer.

In de keuken zette Suus een kop dampende koffie voor haar neer. Toen ze nog steeds niet reageerde, zette Dirk de kom dwingend aan haar lippen. 'Drink,' beval hij kort. Ze gehoorzaamde en na urenlange verstilling leek het leven in de vrouw terug te keren. Iedereen haalde opgelucht adem, want moeders houding had hen allemaal ongerust gemaakt.

'Nu moet je alles alleen doen, Dirk,' zei moeder onverwacht, met een stem die net zo klonk als altijd.

'Ja, moeder, dat weet ik. Vader zal gemist worden, maar we redden ons wel. Vader wist dat, daarvan ben ik overtuigd.'

'Ik zal je helpen.'

'Ja, natuurlijk, moeder. Kom, nu moet u eindelijk iets eten.'

Haastig zette Pieternel de opgewarmde rijstebrij op tafel. Moeder at, langzaam en zwijgend. Suus en Dirk namen koffie en in de kille keuken besefte de jonge vrouw dat haar leven vandaag ingrijpend was veranderd. Nu was Dirk eigenaar van Mastland. Ze haalde diep, heel diep adem. Natuurlijk zou ze vader missen, maar toch... nu ging het om Dirk en haar. Samen zouden ze Mastland besturen en ze kon er niets aan doen dat ze dat een heerlijk vooruitzicht vond.

Moeder at haar bord helemaal leeg. Toen stond ze op, recht en fier. Ze leek even, heel even de oude. De zwarte ogen dwaalden door de keuken en bleven ten slotte op Suus rusten.

De jonge vrouw werd koud, maar zonder haar blik af te wenden keek ze terug. 'Nu is Dirk de baas en ik zal hem helpen. Je hebt het gehoord, jij. Denk maar niet, dat je me aan de kant kunt schuiven. Nu niet en nooit niet.'

Ze zwegen allemaal, maar vooral Suus was totaal verbijsterd. Moeder was al lang de keuken uit eer Dirk zijn spraak terugvond. 'Moeder is zichzelf niet, maar dat kunnen we ook niet verwachten nu vader zo onverwacht is heengegaan.'

En Suus zweeg, zoals ze zo vaak gezwegen had. Moeder zat de hele nacht bij het lijk in de voorkamer zonder naar bed te gaan.

Suus sliep slecht die nacht. Al om vier uur stond ze op, omdat ze het in bed niet langer uithield. Ook Dirk was al wakker. 'Ik moet aldoor aan vader denken,' bekende hij.

'Het is voor het eerst dat ik iemand heb zien sterven, Dirk. Ik ben er de hele nacht mee bezig geweest.'

'Zo ziek als vader was... waar hij nu is voelt hij geen pijn en benauwdheden meer. Zou hij in de hemel zijn, Suus? Of zou de hel...' Er klonk een zekere angst in zijn stem.

Suus ging op het randje van het bed zitten en keek hem peinzend aan. 'Dirk, ik heb in mijn leven vaak met het geloof overhoop gelegen. In stilte weliswaar, maar niettemin. Twijfels over het geloof hebben me vaak verscheurd. Dominee hier spreekt nog vaker van Gods straf, als we niet goed leven, dan de dominee van Ammekerk. Vaak heb ik in stilte de bijbelteksten opgezocht die spreken van liefde en troost, Dirk. Want er staat toch geschreven dat God liefde is? Daaraan probeer ik te denken als ik twijfel. En ook vannacht. Je moet op God vertrouwen, Dirk. Je vader heeft altijd een goed leven geleid, waarom zou hij dan tot in eeuwigheid verdoemd zijn? Ik vind die kant van het geloof zo akelig. Dominee moest zich meer bekommeren om troost te brengen, in plaats van er de wind onder zien te houden door de mensen in angst en vrees te dompelen.'

Suus zweeg een poosje, daarna stond ze op en opende de deur van de bedstee met de stang erin, waar hun kleren hingen. Ze had één zwarte japon, die ze naar de kerk droeg. Ze zou er van de winter een paar nieuwe bij moeten laten maken. Minstens twee.

162

Ze had ook slechts één rouwmuts liggen: een batisten keuvel zonder één enkele kanten versiering. Die was nog van haar grootmoeder geweest, vroeger. Nu zou hij goed van pas komen. Een jaar en zes weken duurde de rouwtijd hier. Zelfs haar granaten en andere sier zou ze in die tijd niet mogen dragen. De eerste zes weken waren de zwaarste rouw, daarna werd die iets lichter en zou ze wel gitten kunnen dragen, rouwspelden en andere speciale sier. Goud was in de rouw niet toegestaan, alleen de gouden krullen bleven, ook bij de rouwmuts, maar verder zou alles zilver moeten zijn. Suus zuchtte. Ze hield niet zo van zwarte kleren, hoewel het nu in de mode kwam om vaak zwart te dragen, zelfs al was men niet in de rouw. Zelf droeg ze het liefste donkerblauw, maar voorlopig was daar geen denken aan.

Later op de morgen moest er veel geregeld worden. Er waren natuurlijk de gebruikelijke tekenen van rouw in huis. De blinden moesten gesloten blijven, de klok moest worden stilgezet en de schoorsteenmantel werd leeggeruimd. Alle spiegels in huis werden omgekeerd. Dirk regelde de rouwkaarten. In vroeger tijden was er bij overlijden een aanzegger rondgegaan, die huis aan huis ging vertellen wie er gestorven was. Moderner en deftiger was het tegenwoordig om kaarten te laten drukken, die dan in het dorp werden verspreid, eveneens huis aan huis.

Er moest die dag ook alles geregeld worden voor de begrafenis. Het was duur om vader Leeuwestein met de lijkkoets naar het kerkhof te laten brengen, maar Dirk besloot dat zijn vader een deftige begrafenis zou hebben. (Noot: later werd het gebruik van een lijkkoets algemeen. Een aardige anekdote in de streek is, dat men in de tweede wereldoorlog aardappelen vervoerde in lijkkisten, om de Duitsers om de tuin te leiden. En deze maar salueren, als de koets weer eens voorbijkwam met zijn vreemde vrachtje.)

Moeder bleef zich vreemd gedragen. De avond voor de begrafenis kwam het opnieuw tot een uitbarsting. Zomaar, zonder enige voorbereiding, was er een nieuwe beschuldiging voor Suus. 'Jij wilt me hier weghebben,' zei moeder, alsof ze een gesprek vervolgde. Zou ze daarover in die stille uren hebben gepiekerd?

'Moeder, vader staat nog boven de grond,' zei Suus met rode wangen van schaamte, want Dirk zat in de keuken, evenals Driekus en Pieternel. Het rouwbezoek was net weg. Toen was moeder wel stil geweest en leek ze heel gewoon.

'Ik weet het zeker. Je gunt het me niet. Maar Mastland is míjn thuis, hoor je? Jij kunt niets, je hebt me nodig. Je krijgt me hier niet weg.'

'Moeder, u moet kalm blijven,' zei Dirk geschokt.

'Niks kalmte. Zij daar, die indringster, háár schuld is het allemaal. Er komt alleen nog maar ongeluk over Mastland. Dat brengt ze mee. Nu gaat ze me uit de grote voorkamer verjagen...'

Dirk zuchtte. 'Als vader begraven is, wordt de kamer schoongemaakt en trekken Suus en ik erin. Dat is niet meer dan vanzelfsprekend. Het hoort nu eenmaal zo, moeder.'

'Zie je wel. Zij is daar de schuld van. Ze wil me weghebben.'

'U moet aardig zijn voor Suus. Ze is het ook voor u.'

'Maar waar moet ik dan heen?' vroeg de oudere vrouw. De donkere ogen gloeiden in het bleke gezicht, waarvan de wangen nu een beetje ingevallen waren. Moeder zou toch niet krankzinnig worden, vroeg Suus zich een ogenblik bevreesd af. Doch het lukte haar om uiterlijk kalm te antwoorden: 'Nu u weduwe bent krijgt u de opkamer. U kunt bij ons blijven, moeder, als u dat zo graag wilt.'

Dirk glimlachte haar dankbaar toe. 'Ik wist dat je dat zou zeggen, Suus. Je hebt een groot hart, want ik weet hoe moeilijk het allemaal voor je geweest is sinds je hier kwam.'

Ze was hem diep dankbaar voor die woorden. Ze maakten veel goed van het verdriet dat ze door zijn moeder leed.

'De opkamer,' zei de vrouw verachtelijk. Ze spuugde op de keukenvloer en betrok haar plaatsje in vaders stoel bij de kist. Sinds het stervan was ze niet meer naar bed geweest. Zo nu en dan dommelde ze in de stoel. Het was geen wonder dat moeder zo wit zag en zo in de war leek. Dirk maakte zich zorgen om haar. Morgen, na de begrafenis, zou hij de dokter laten komen. Moeder kon dan nog één nacht in de voorkamer blijven.

Al sinds de dag dat hij getrouwd was, had zijn moeder zijn jonge vrouw gehaat, besefte Dirk nu. Hij had machteloos toegezien hoe Suus eronder leed, vaak denkend dat zijn vrouw overdreef. De geboorte van de tweeling en haar ziekte hadden hem van gedachten doen veranderen, maar zijn verlangen naar vrede in huis had gemaakt, dat er desondanks niets wezenlijks veranderd was. Alsof de schellen van zijn ogen vielen, zag hij nu in dat Suus nodeloos veel verdriet had geleden door zijn besluiteloosheid. Juist zijn verlangen naar een goede sfeer in huis had hem van zijn vrouw verwijderd.

De begrafenis bracht veel mensen op de been. Moeder leek de oude, toen ze tussen Dirk en Suus de kist volgde toen die over het kerkhof naar de kerk werd gedragen voor de rouwdienst. Dominee hield een prachtige rouwdienst, maar Suus was blij dat deze verschrikkelijke dag nu snel voorbij zou zijn. Eindelijk volgden de mannen de kist naar buiten om die in het graf te laten zakken. Het regende pijpestelen, toen Wouter Leeuwestein aan zijn graf werd toevertrouwd om daar tot de Opstanding te rusten. Na de begrafenis begaf men zich in groten getale naar Mastland om daar het begrafenismaal te gebruiken. Zoals dat meestal het geval was, bleven de gasten lang hangen en werd er aan het einde van de maaltijd over allerlei zaken gesproken, maar nauwelijks nog over de dode.

Eindelijk, eindelijk gingen ook de laatste mensen weg. Er viel een loden stilte over Mastland. Dirk zat geslagen in de pronkkamer, met de oude familiebijbel in de handen. Het duurde een hele tijd eer hij het Boek op de eerste bladzijde opensloeg en zijn vaders naam bijschreef, met sterf- en begraafdatum, in de annalen van de familie. Het leek een ritueel dat hem zwaarder viel dan alles van de begrafenis. Suus keek stil naar hem en later keken ze samen in de voorkamer, waar tot enkele uren geleden de kist had gestaan.

'Suus,' fluisterde hij om zijn moeder niet wakker te maken, die iets van de dokter had gekregen waardoor ze eindelijk in slaap was gevallen. 'Ik weet niet hoe ik het zeggen moet, maar...' Dirk aarzelde heel lang en ze liepen op hun tenen terug naar de pronkkamer.

'Je moeder?'

'Ja, moeder. Ze heeft je veel onrecht aangedaan.'

'Ik probeer het haar te vergeven, Dirk.'

'Meen je dat?' Er blonk verrassing in zijn ogen.

Ze keek hem open aan. 'Ja, dat doe ik. Maar vanaf vandaag ben ik de boerin van Mastland en het zal nog moeilijk genoeg zijn om haar zover te brengen dat ze dat accepteert.'

'Ik zal je helpen. Je kunt voortaan op me rekenen.'

'Is dat zo?' vroeg ze en tegen haar wil verried ze daarmee de twijfels die ze had.

'Ik weet dat ik je vaak in de steek heb gelaten als het erop aan kwam.'

'Je wilde geen ruzie in huis, zei je dan. Maar je zag nooit dat ik er meer onder leed dan ik onder ruzie had gedaan.'

'Het spijt me zo, Suus. Ik hou van je, dat heb ik altijd gedaan. Voortaan kun je op me rekenen.'

'Je zult het moeten bewijzen. Sinds ik met jou getrouwd ben, heb ik mijn vertrouwen in jou verloren.'

Ze deed hem oneindig veel pijn, ze zag het. Maar juist omdat ze niet van hem hield kon ze dat, móest ze dat zelfs als ze eerlijk wilde zijn. 'Dirk, ons huwelijk was van mijn kant altijd zonder liefde, maar wel met respect. Je hebt me echter, ondanks beloften bij mijn ziekbed, zo vaak in de steek gelaten, dat ik niet meer in je geloof en ook van dat respect ben ik niet zeker meer.'

'Suus, als je eens wist hoe je me hiermee treft. En het ergste is nog wel, dat ik ergens besef dat je gelijk hebt. Maar geloof me, liefje, het zal veranderen. Het zal nu écht veranderen.'

Ze zuchtte slechts. Ze zou maar afwachten. Hoewel ze nog heel jong was, voelde ze zich vanavond net een oude vrouw. Ze zou hem pas kunnen geloven als ze zag dat zijn belofte ditmaal gehouden werd, maar tot die tijd... Ach, ze kon moeder alleen ook wel aan. Nu was zíj de boerin van Mastland. Daar kon moeder niets aan veranderen.

Suus rechtte haar rug en keek Dirk aan. 'Kom, we gaan slapen. Morgen maak ik met Pieternel de voorkamer schoon en verhuizen we de meubelen. Het is maar het beste als moeder meteen weet dat de bakens zijn verzet.

15

EEN ONGELUK MET DE STOOMTRAM

De zomer liep ten einde en de herfst was al overal merkbaar. De wuivende graanvelden hadden plaatsgemaakt voor eindeloze stoppelrijen. Hier en daar begon een boer al met het uitrijden van de mest en het ploegen van de akkers. De vroege aardappelen werden gerooid en in koude nachten moesten de beesten reeds op stal.

Moeder Leeuwestein had zich verongelijkt in de opkamer gevestigd en zat Suus dwars waar ze maar kon, met hernieuwde hevigheid. Maar Suus wist nu dat Dirk haar zou steunen en ze voelde zich sterker dan vroeger. Dirk had zich snel hersteld van de schok die het verlies van zijn vader hem gegeven had. Het vele werk hielp hem en hij had al zo lang de verantwoordelijkheid voor de grote hoeve gedragen, dat hij zijn vaders adviezen niet eens miste. Toch liet de oudere man wel een leegte na. Hij was de enige geweest die een goede invloed op moeder had gehad. De oudere vrouw verhardde zich en verzuurde de sfeer op Mastland.

Expres? Dat vroeg Suus zich vaak af, maar op die vraag ontving ze nooit een antwoord. September brak aan en bracht nog enkele mooie nazomerdagen, waar de mensen zoveel mogelijk van genoten nu de graanoogst binnen was en de allergrootste drukte achter de rug. Men vierde als vanouds koninginnedag op de laatste augustusdag, maar door de zware rouw konden de bewoners van Mastland niet naar de feestelijkheden toe. Ze waren klaar met dorsen toen Suus haar verjaardag vierde. Ze begon in die dagen te merken dat Dirk daadwerkelijk veranderd was. Kwam dat omdat zijn vader niet meer leefde, of was het omdat hij een nieuw verdriet had? Ze tobde daar wel eens over. Zou hij, op de een of andere manier, er toch verdriet van hebben dat hij weliswaar met haar getrouwd was, maar dat zijn vrouw toch niet om hem gaf zoals dat eigenlijk hoorde tussen een man en een vrouw? Ze merkte ook, in de avonduren als het tijd was om in het mahoniehouten ledikant te stappen, dat hij anders was. Dirk zocht lang niet meer zo vaak toenadering als vroeger en éénmaal had hij haar diep geschokt door vol spijt op te merken dat de toenadering nooit van haar kant kwam. Ze had zich niet eens verwaardigd antwoord te geven op zoiets onfatsoenlijks. Dirk moest toch wel weten dat deze kant van het huwelijk alleen maar diende om kinderen te krijgen, en dat het plezier dat er voor mannen kennelijk bijhoorde, niet voor een nette vrouw was toegestaan? Hij had haar na die woorden erg verdrietig aangekeken en was er nooit meer op teruggekomen.

Kort na haar verjaardag begon Suus te vermoeden dat ze opnieuw zwanger was en dat vervulde haar met gemengde gevoelens. Niet alleen werd ze deze keer geplaagd door een hardnekkige ochtendmisselijkheid, maar ook door iets nieuws: angst. De geboorte van de jongens had haar bijna het leven gekost en ze hield zoveel van hen. Ze wilde blijven leven en hen zien opgroeien. Ze was bang dat een volgende geboorte fataal zou kunnen zijn. Zo tobde ze voort en al gauw begon ze er slecht uit te zien, mede omdat ze 's morgens regelmatig haar eten weer moest uitbraken.

Al na de eerste keer zei moeder laatdunkend: 'Zo, ben je weer onderweg? Nu ja, zo hoort het ook. Nog één of twee, hooguit. Dan moet het afgelopen zijn, anders moet Mastland later te veel opgedeeld worden door de erfenis.'

Alsof zíj bepaalde hoeveel kinderen er kwamen! Ze moest zo'n opmerking maar liever tegen Dirk maken, maar ja, dat zou zelfs moeder niet durven.

Pieternel maakte zich ongerust over Suus. Van de jonge meid kreeg Suus de hartelijkheid die ze elders zo verschrikkelijk miste. 'U moest eens naar de buurman van mijn moeder gaan. Die maakt mensen beter. Hij strijkt en aait je alsof je een kat bent en zwaait dan met zijn handen alsof hij iets weggooit. Dat is dan je kwaal. Daarna ben je beter. Hij kan er misschien voor zorgen dat u niet weer zo mager wordt als dit voorjaar.'

'Pieternel toch,' grinnikte Suus. Het was de eerste keer in vele weken dat ze lachen moest.

'Het is echt waar. Maar als u me niet gelooft, moet u maar liever eens naar de dokter gaan. Vorige keer was het kantje boord. U moet oppassen, juffrouw Leeuwestein. U moet de dokter erbij hebben als het weer zover is.'

Ze hadden Dirk niet horen binnenkomen. 'Waar moet de dokter bijkomen. Suus, je bent toch niet weer ziek?' Zijn ongerustheid was oprecht.

'Nee, eh, het is niets bijzonders,' mompelde Suus verlegen, want ze wilde het Dirk pas vertellen als ze er absoluut zeker van was. Ze wist niet of hij er wel blij om zou zijn, zo kort na de geboorte van de tweeling, elf maanden geleden, en haar ziekte daarna. De goedhartige Pieternel was de keuken uitgeslopen en ze waren samen achtergebleven.

'Suus, je verbergt toch niets voor me? Je bent zo ziek geweest, de hele winter. Ik dacht dat alles nu eindelijk achter de rug was. Sinds we getrouwd zijn hebben we al zoveel narigheid gehad, ik zou niet meer kunnen verdragen, geloof ik. Suus, je moet beter worden. Ik kan je niet missen.' Hij had een arm om haar heengeslagen, hoewel hij overdag nooit zo aanhalig was. Zijn trouwe hondeogen hadden een gespannen uitdrukking gekregen. 'Je verbergt toch niets voor me?'

Ze moest opnieuw lachen. Zijn bezorgdheid was toch wel ontroerend. 'Welnee, malle. Maar ik kan 's morgens geen eten binnenhouden en... en... ik denk alleen maar dat ik weer zwanger ben.'

Even lichtte zijn gezicht op, om direct daarop nog angstiger te worden. 'Suus, is er iets niet goed? Ik bedoel, anders hoef je er toch geen dokter bij?'

'Juist omdat het goed moet gaan, deze keer, vindt Pieternel dat ik naar de dokter moet. Ik merk nu al, dat ik weer magerder word. Ze vindt dat ik mijn krachten niet mag verliezen nu ik ze net terugheb.'

'Die Pieternel heb ik altijd al een verstandige meid gevonden. Ze heeft gelijk. Dat had ik zelf moeten bedenken. Morgen rijd ik je zelf naar het spreekuur van de dokter. We mogen geen enkel risico nemen, liefste. Maar als alles goed gaat, Suus... ik zou het zo heerljk vinden nu ook een dochter te krijgen.'

'Dat gaat anders niet op bestelling, hoor.'

'Nee, nee, natuurlijk niet.' Hij had beslist gemerkt dat ze zich niet op haar gemak voelde, met zijn armen om haar heen midden op de dag, in de keuken waar elk moment iemand kon binnenlopen. Dirk liet haar met een zucht los en weer voelde Suus dat hij om de een of andere reden teleurgesteld was.

'Je moeder vindt dat het daarna afgelopen moet zijn, vanwege de erfenis later,' kon ze niet nalaten op te merken.

'Weet moeder het dan al?'

'Bij de eerste ochtendmisselijkheid was ze al overtuigd dat ik weer onderweg was. Als je zo dicht op elkaar woont, kun je die dingen niet verborgen houden.'

'Nee, dat zal wel niet. Ik moet toch nog eens met moeder gaan praten, want ik dacht echt dat het nu beter ging.'

'Dat is ook zo,' haastte ze zich hem gerust te stellen. Hij zag er zo zorgelijk uit. Hij was misschien niet zo gelukkig als ze aldoor had gedacht. Vreemd, ze kreeg ineens het idee dat dat háár schuld was, maar dat kon toch niet? Ze was een goede huisvrouw en boerin en ze kwam haar huwelijksplichten altijd zonder morren na, dus Dirk had echt niets te klagen.

'Suus, als het waar is kun je volgende week maar beter niet meegaan naar de stad. We mogen geen enkel risico lopen.'

'Nee, daar zul je wel gelijk in hebben.' Maar ze was wel teleurgesteld. Ze had zich verheugd op het reisje, want straks zou de winter weer komen en dan kwam een mens nauwelijks meer buiten zijn eigen erf, behalve dan om naar de kerk te gaan en dat was natuurlijk geen uitstapje.

Toch had Dirk wel gelijk. De reis met de stoomtram was vermoeiend. Je moest wachten op aansluitingen en in de stad was het altijd zo ontzettend druk. Ze herinnerde zich nog goed hoe zenuwachtig ze de vorige keren was geworden van al dat verkeer dat langs je raasde en ook van het lawaai, dat je in de stad overal had. Suus glimlachte echter. Dirk had gelijk, ze zou haar eigen verlangen naar een pleziertje moeten opschorten. Dat was toch niet het ergste? 'Ik ben blij dat je zo bezorgd voor me bent. Weet je dat ik een beetje bang ben voor deze nieuwe zwangerschap?'

'Maar, Suus toch, waarom dan?'

'Het was de vorige keer zo zwaar, de bevalling. Ik wil nog niet sterven, Dirk. Daar ben ik echt bang voor. Er blijven meer vrouwen in de kraam en we hebben al zoveel narigheid gehad op Mastland. Een mens gaat dan denken dat er steeds het ergste te vrezen valt.'

'Zeggen ze niet, dat het een tweede keer altijd gemakkelijker gaat? Denk daar maar aan. Morgenochtend rijd ik je naar de dokter. We zullen er voor zorgen dat je in de beste handen bent. Stelt dat je gerust? Ik kwam trouwens hier voor de uierzalf. Is die hier?'

'Pieternel heeft kloven op haar handen en heeft ze ermee ingesmeerd.'

Even later verdween Dirk weer. Suus ging even aan de keukentafel zitten om alles wat hij gezegd had te overdenken. Wat was hij blij en bezorgd geweest. O, als ze toch eens van hem kon houden, wat zou het leven dan een stuk gemakkelijker zijn. Dirk was een goede echtgenoot, ontegenzeglijk. Een dochter... ze glimlachte stilletjes voor zich heen. Ja, dat zou ze ook wel willen. Een dochtertje voor zichzelf. Een zusje voor de jongens, maar ze zou het vertikken het meisje de naam van moeder Leeuwestein te geven. Hoe moest het kind dan heten? Niet nog eens Susanne, daar waren er al zoveel van geweest. Het kind zou naar de familie van Dirk moeten heten, want het vernoemen hoorde om beurten te geschieden. Ze had Wouter en Andries, maar verder... Mineke heette naar de Koningin. Als het niet anders kon, zou het meisje Juliana kunnen heten, net als het kleine prinsesje, maar die waren er ook al zoveel. O, warempel, haar fantasie ging nu wel danig op de loop, hoor. Er waren nog wel meer namen in de familie, behalve die van moeder. Nee, naar moeder zou het kind nooit heten, dacht ze plotseling wraakgierig.

'Zo, neem je het er weer eens van?' Het onderwerp van haar gedachten stond in de keuken. Suus was zo in haar gedachten verdiept geweest, dat ze de deur niet gehoord had. Een beetje verward keek ze op. Wat had ze nu weer verkeerd gedaan? Moeder was toch bezig geweest haar kamer een beurt te geven?

'Ik zat even op een stoel. Dat is toch wel toegestaan, moeder?'

'Het is weer net als de vorige keer. Als jou ook maar éven iets dwars zit, onttrek je je aan al het werk.'

'Moeder,' zei ze zacht maar doordringend.

'Lui ben je, het is maar goed dat ik er nog ben, anders zou Dirk allang hebben gemerkt hoe je overal de kantjes vanaf loopt en alles, alles overlaat aan een versleten, oude vrouw als ik ben.'

'Zo is het wel genoeg, moeder. U weet even goed als ik wat er aan de hand is en ik laat me niet langer commanderen alsof ik de dienstbode ben.'

'Kijk eens aan, ze begint nog praatjes te krijgen ook.' Met haar neus in de wind trok moeder zich weer in de opkamer terug.

Barst, dacht Suus nijdig. Arendina. Nee, haar dochter zou geen Arendina heten!

Was er misschien nog een restje koffie overgebleven? Ja, ze had geluk. Ze zou een beetje melk koken en een kwartier lang dat doen waarvan moeder haar betichtte. Lui zijn en een ander laten werken. Ze lachte in zichzelf en was vastbesloten zich nooit meer iets van het gemopper aan te trekken. Ze had immers aldoor geprobeerd het moeder naar de zin te maken? Nu wist ze dat dat toch nooit zou lukken. De oudere vrouw zag in haar een zondebok en dacht ongeremd alle grieven op die smalle schouders te kunnen afwentelen. Maar, dacht Suus een beetje boosaardig, ik ben niet meer de onnozele gans die als bruid naar Mastland kwam. Moeder had het recht niet haar zo laatdunkend te behandelen. Ze was boerin en maakte best wel eens fouten, maar wie deed dat niet?

De volgende morgen bevestigde de dokter haar vermoedens na een kort onderzoek en raadde haar aan zich zo rustig mogelijk te houden tijdens de zwangerschap en vooral goed te eten. 'Als het 's morgens niet lukt, neem dan 's middags iets extra's.' Hij riep Dirk binnen en vertelde hem dat hij mevrouw graag regelmatig wilde zien en als het nodig bleek zou hij zelf de bevalling doen. Zijn vrouw moest voortaan elke middag een uurtje naar bed. Dat kon toch wel, met een schoonmoeder en twee meiden in huis?

Moeder zou weer heel wat te zeggen hebben, dacht Suus, toen ze weer naar huis reden. 'Dirk.' Ze legde haar hand aarzelend op de zijne.

'Ben je gerustgesteld?' vroeg hij vriendelijk.

'Jawel, de dokter zegt dat alles in orde is. Maar dat rusten...'

'Dokter zegt het en dus doe je het. Elke middag.'

'Maar moeder... Zeg jij het, alsjeblieft.'

'Als je dat liever hebt... maar moeder begrijpt het nu wel.'

Moeder wist niet half hoe ze het getroffen had met haar enige zoon, dacht Suus met plotselinge warmte. Zelfs nu nog dacht Dirk veel te goed over haar.

Moeder zweeg toen Suus voortaan elke middag een poosje ging rusten. Suus dacht al dat moeder de situatie had geaccepteerd, maar op de dag dat Dirk noodgedwongen alleen naar de stad was gegaan, kreeg ze opnieuw de wind van voren over haar luiheid en het misbruiken van haar toestand. Het kostte haar de grootste moeite om te zwijgen en zo de vrede in huis te bewaren, maar van binnen nam Suus een besluit. Nu was het echt afgelopen. Moeder moest naar een huisje in het dorp. Ze zou het er meteen met Dirk over hebben als hij thuiskwam. Dit kon ze echt niet langer verdragen.

Ze had hem al ruim voor de avondboterham terugverwacht, maar al wie er kwam, geen Dirk. Toen het tegen zevenen begon te lopen, werd Suus werkelijk ongerust. De duisternis begon in te vallen en de jonge vrouw kreeg angst. Wat was er gebeurd? Waar was Dirk en wat kon er met hem gebeurd zijn? Er moest iets bijzonders aan de hand zijn, want hij zou niet zonder reden zo lang wegblijven. O Here, Suus merkte dat ze als vanzelf aan het bidden was geslagen.

Nog een uur later was ze ervan overtuigd dat hij dood was en die gedachte maakte haar meer van streek dan ze ooit voor mogelijk had gehouden. Nu zou het niet lang meer duren, dacht ze. Straks zou de veldwachter langskomen om de onheilstijding te brengen. En Dirk... ze zou hem nooit meer terugzien... ze zou nooit kunnen zeggen dat ze hem toch miste... dat ze ten slotte toch van hem hield. Ze was zó bang, dat dat laatste maar half tot haar doordrong.

De reis naar de stad was lang en vermoeiend geweest, maar vol goede moed was Dirk aan het einde van de middag op de tram gestapt. In zijn zak had hij een verrassing voor zijn jonge vrouw: een mooie doekspeld van zilver, versierd met gitten. Ze was zo teleurgesteld dat ze dit uitstapje had moeten missen, maar dit geschenk zou haar verdriet wel verdrijven. Hij verheugde zich bijzonder op haar gezicht als ze het zou zien. Zilver met gitten mocht ze dragen, nu ze in de rouw was. Een vrouw in rouwdracht hoefde er niet noodzakelijk minder welvarend uit te zien. Dat wilde hij zelf ook niet. Mastland was een rijke boerderij en zelfs in tijden van rouw moest dat voor iedereen duidelijk zijn.

De reis naar huis kon hem niet snel genoeg gaan. De lucht begon donker te worden. Er was beslist onweer op komst, maar misschien zouden ze net voor de bui uitrijden. Kijk, hij kon de Barendrechtse brug al zien.

Er was niemand om mee te praten, want de wagon zat vol Zeeuwen, die het hoogste woord voerden. Hij kon hun dialect slecht verstaan, hoewel het toch een ietsje leek op dat van de Hoeksewaard, maar Zeeuwen waren stug waar het vreemden betrof. Ze sloten zich onderling aan. Ach, hij zou straks uitstappen en bijna thuis zijn, maar de Zeeuwen moesten doorrijden tot de tramhaven in Numansdorp, dan anderhalf uur varen met de veerboot naar Zijpe en daarna opnieuw de tram nemen om verder te reizen. Voor de Zeeuwen was een dagje naar de stad nog een halve wereldreis.

Dirk stak de brand in zijn pijp en keek nog eens naar de lucht. Eindelijk reden ze de brug over; het water zag grauwgroen in de diepte. Dirk zou blij zijn als ze thuiskwamen. Wat hem betreft mocht het gaan regenen, want ze beleefden de grootste droogte sinds mensenheugenis, die nazomer van 1911. Ja, het zou prettig zijn als de bui zou losbarsten, maar de lucht begon er echt vies uit te zien. Onweer kon altijd vervelende gevolgen hebben.

Bij de volgende halte stapte Dirk uit om de benen eens even te strekken en nog eens goed naar de lucht te kijken. Hij was de enige niet. Er waren meer mannen die met elkaar spraken over de droogte en de hoop op een bui. Zelfs de machinist keek schattend naar de lucht.

'Och, zo'n lucht betekent niets,' pochte hij overmoedig. 'Als ik een beetje doorrij, blijven we de bui net voor.' De machinist was een van die overmoedige jonge snuiters die er in overvloed bij de tram werkten. De passagiers zochten hun plaatsen weer op en de tram zette zich opnieuw in beweging. Inderdaad kregen ze nu een flink vaartje, zodat het rijtuig een beetje begon te slingeren. Dirk voelde zich niet geheel op zijn gemak bij zo'n ongehoorde snelheid. Ook de Zeeuwen praatten niet langer. Er waren al meermalen ongelukken gebeurd omdat de machinisten te hard reden. Een onbestemd gevoel maakte zich van Dirk meester. Iedereen in de wagon zweeg nu. De tram raasde over de dijk en na vijf beklemmende minuten gebeurde het. Een nieuwe slinger, heviger dan de vorige. Het geluid van knappend metaal en rinkelend glas, onmiddellijk gevolgd door heftige bewegingen. Enkele seconden later hervond Dirk zichzelf in de gekantelde wagon. Instinctief haastte hij zich om overeind te komen. Zijn ene arm deed verschrikkelijk zeer, maar hij verbeet de pijn en keek om zich heen, waar ook de Zeeuwse boeren overeind begonnen te komen. Twee waren er in het gezicht gewond, maar gelukkig scheen niemand er erg aan toe te zijn.

Buiten was de ravage groot. De locomotief was gekanteld en de eerste wagon, waarin Dirk gezeten had, eveneens. In de sloot beneden aan de dijk lag de machinist te gillen van de pijn, zijn arm was verbrand, dacht Dirk te zien. Hij wilde zich al naar beneden haasten, maar zijn eigen arm... er zat bloed aan... hij was zelf gewond. Dirk voelde hoe hij ineens de bibbers in de knieën kreeg, zodat hij even moest gaan zitten. Overal om hem heen waren ineens mensen. Ook de andere passagiers waren uitgestapt en uit de omtrek waren de dijkbewoners naar buiten gesneld, toen ze het lawaai hoorden.

'Wij hebben pas een telefoontoestel. De dokter is al gewaarschuwd!' hoorde hij iemand roepen. Dat was toch iets, zo'n telefoon, flitste het door Dirk heen. Hoefde je nooit meer om de dokter te gaan. Je belde op en hij kwam zonder tijd te verliezen. Voor Suus het kind kreeg moesten ze op Mastland ook zo'n toestel hebben. Dirk schoot half in de lach. Daaraan dacht hij, terwijl hij ternauwernood aan een ramp ontkomen was!

Sommige passagiers mopperden iets in de trant van eigen schuld, toen ze naar het gedrang bij het water keken. Ginds kwam de zwarte koets al aan... de dokter... goddank... wat kon die kerel daar beneden schreeuwen... Nu ja, zo lang je hem hoorde zat er nog leven in de kerel. Dirk haalde een paar maal diep adem. Een handige dijkbewoonster was naar buiten gekomen met de jeneverkruik en een paar glaasjes. Ze verkocht borrels aan de geschrokken reizigers voor een paar cent. Sommige mensen zagen overal handel in, maar het vond gretig aftrek. Ja, zelf was hij ook wel aan een borrel toe. Dirk wist ook een glaasje te bemachtigen. Hij goot de inhoud ervan in één teug naar binnen en liet het nog eens bijvullen. Hè, de warmte van de drank deed hem goed. Nu was hij niet langer bibberig.

Met gefronste wenkbrauwen keek hij naar de ravage. Hij zou voorlopig nog niet thuis zijn, vreesde hij.

'Het peilglas boven de vuurkist is door de schokken gesprongen, daarom heeft de machinist zijn arm verbrand. De stokers konden nog juist naar buiten springen. Daar zitten ze. Je mag ze ook wel een borrel verkopen, vrouw Schaap. De arme donders zijn op een haar na aan de dood ontkomen,' hoorde Dirk iemand zeggen. Alleen de stokers? Het was warempel een wonder dat er niet meer gewonden of zelfs doden waren!

'Vorig jaar aan de Zinkweg was het net zo'n ongeluk,' bromde een van de oudere mannen, die altijd dáár waren waar iets te beleven viel.

'Met drie doden,' wist een ander te vertellen.

'Altijd maar van dat harde rijden. Ze moesten die jonge snotneuzen niet op de tram zetten. Een vent boven de veertig zou beter zijn.'

'Kantelt de tram zelf niet, dan slaan de beesten ervan op hol,' merkte de oudste baas op, maar een Nieuw-Beijerlander, die eveneens met de tram naar de stad was geweest om een paar beesten te kopen, bekeek het weer anders. 'Het ergste is dat door al dat gereis, ook op zondag, de ontheiliging van de dag des Heren hand over hand toeneemt. Het was beter geweest als er in het geheel geen tram gekomen was.'

'Ook de beambten die dienst hebben, blijven verstoken van hun zondagsrust, broeder,' beaamde een geloofsgenoot. 'Ze zijn dan niet in staat hun godsdienstplichten naar behoren te vervullen.'

Dirk haalde zijn schouders op. Zijn arm deed nu verschrikkelijk zeer, er was ook bloed te zien. Nu hij langzamerhand weer zichzelf was geworden, moest hij er maar eens naar laten kijken. Hij deed zijn jas uit en stroopte de mouw van zijn overhemd op, waarop zich een forse bloedvlek had afgetekend. Een glaswond, dacht hij. Zijn hemd was gescheurd en zijn jas eveneens. Als de dokter klaar was met hen die er erger aan toe waren, zou hij vragen of hij ernaar wilde kijken. Hij begaf zich naar de groep mensen onder aan de dijk, waar de dokter nog steeds bezig was met de machinist. De man kermde nu zacht. Hij had zeker iets verdovends gehad. Dirk hoorde de dokter zeggen dat de man met de volgende tram mee moest naar het ziekenhuis in de stad. Voor alle zekerheid, want met brandwonden kon je niet voorzichtig genoeg zijn en de man was behoorlijk toegetakeld.

Er was ondertussen een andere tram uit de remise gekomen en er werden pogingen ondernomen de trambaan weer vrij te maken. De dokter begon nu met het behandelen van de andere wonden. Net als Dirk hadden de meesten een snijwond opgelopen door het rondvliegende glas. Dokter haalde met een pincet drie stukjes glas uit zijn arm, maakte de wond schoon en deed er een lap om. 'Een paar dagen rustig aan, dan komt het wel weer in orde,' was het kalmerende commentaar.

Men wachtte gelaten tot de rijbaan weer vrij was en men de reis eindelijk kon hervatten. De Zeeuwse boeren waren hun schrik ook te boven en mopperden nu, dat ze de laatste veerboot misten en noodgedwongen in Numansdorp moesten overnachten. Dat zou een hoop centen extra kosten. Wel, dacht Dirk, ze moesten maar liever blij zijn dat het allemaal nog zo goed was afgelopen.

Eindelijk rommelde het in de verte. Dirk had aan geen onweer of regen meer gedacht, maar nu keek hij opnieuw naar de lucht. Die was niet langer grauw-koperkleurig, maar veel lichter. De bui zoù toch niet overdrijven nu ze de regen zo hard nodig hadden? Alles was gort- en gortdroog.

Eindelijk kon Dirk met de andere passagiers weer instappen. Het was intussen bijna zeven uur geworden. Terwijl Dirk op zijn horloge keek en het daarna weer wegborg in zijn vestzak, maakte de tram eindelijk vaart. Dirk stak een sigaar op. De reis ging verder, de reis die bijna op een ramp was uitgelopen. Voor de machinist zou de wilde rit waarschijnlijk wel gevolgen hebben. Dirk blies de rook weg. Ze zouden op Mastland zo langzamerhand ook wel ongerust geworden zijn. Eindelijk stapte hij uit bij de halte aan de Greupmolen. Mensen kwamen al toesnellen om te vragen wat er precies was gebeurd. Het duurde nog even eer het Dirk lukte zich los te maken en zijn gerij weer in te spannen, zodat hij eindelijk op Westmaas kon aanrijden.

Nog voor hij goed en wel op het erf was, kwamen de mensen van Mastland al naar buiten gesneld. 'Wat is er gebeurd?' vroeg Suus bleekjes. 'Kijk je jas eens, men je het paard alleen met je linkerhand, Dirk?'

'Eerst naar binnen. Ik ben doodop. De tram is ontspoord.'

'Nee, toch?' klonk het in koor.

'Er zijn toch geen levens te betreuren, baas?' vroeg Driekus.

'Nee, deze keer niet. Maar het is een wonder dat het niet erger was. Is er koffie, Suus? En brood graag. Ik heb honger nu de schrik voorbij is.'

Iedereen zat in de keuken om de tafel en hing aan Dirks lippen toen die tussen de happen brood en slokken koffie door vertelde van de ontsporing en de snijwond in zijn arm.

'Dat is niet zo mooi, baas, de rechterarm.'

'Een paar dagen rustig aan, zei de dokter.'

'U moest de arm maar in een draagdoek doen, da's het beste,' meende Pieternel. De stille Teuntje zweeg als altijd. Suus zei echter ook niets. Ze liet het gepraat maar over zich heen komen. Dirk was thuis, veilig en wel, gewond weliswaar, maar niet ernstig. Ze had hem weer terug en ze voelde zich zo raar. Ze had vanmiddag zelfs even gedacht dat ze hem niet missen kon, dat ze van hem hield, maar nu wist ze het niet meer. Nu zat hij weer op zijn plaats, vertrouwd als altijd. Liefde was maar een vreemd iets. Zo dacht je dat die in het spel was in je ongerustheid, maar later... ze wist het niet meer. Ze wist alleen dat ze erg, erg blij was dat hij weer veilig op Mastland was.

Pas heel laat lagen ze naast elkaar in het ledikant, maar desondanks konden ze geen van beiden de slaap vatten.

'Was je erg geschrokken, Dirk?' vroeg Suus toen de petroleumlamp gedoofd was en de duisternis hen omringde. In het donker was het altijd gemakkelijker om zulke vragen te stellen.

'Eigenlijk wel,' bekende hij. 'Ik kreeg de bibbers in mijn benen, zodat ik moest gaan zitten als een angstige juffer. Dat is me nog nooit overkomen. De machinist lag in de sloot en krijste als een varken dat geslacht moet worden.'

'Ik ben blij dat ik er niet bij was.'

'Anders ik wel. Mogelijk had je het kind verloren. Ik moet er niet aan denken!'

'Daar heb ik nog niet eens aan gedacht. Ik was zo ongerust, toen je zolang wegbleef. In mijn gedachten was er van alles gebeurd, maar aan een tramongeluk had ik niet gedacht.'

Hij leunde op zijn goede arm en boog zich naar Suus toe. 'Was je echt zo bezorgd om mij, Suus?'

'Ja,' fluisterde ze, terwijl de tranen ineens te voorschijn kwamen. 'Kijk mij nu, je ligt veilig naast me en ik begin te janken.'

'Daar ben ik blij om.'

'Hoezo?' vroeg ze verwonderd.

'Dat je bezorgd om me bent, doet me goed. Soms heb ik het idee, dat ik alleen maar een stuk meubilair ben.'

'Maar Dirk, toch...'

'Zo voel ik het. Je houdt niet van me, dat heb je me zelf verteld.'

'Jawel, toch wel,' fluisterde ze als vanzelf, blij dat het donker was in de kamer.

'Dat zeg je nu wel, maar je meent het niet. Ik mis het en dat is ook wat moeder ziet. Daarom doet ze aldoor zo akelig tegen je. Zelfs al wil ik het niet hebben. Je hoeft je daarvoor niet te schamen, hoor. Het is in de meeste huwelijken zo. Je bent toch een goede vrouw voor me. Maar toch... ik had het wel graag anders gezien. Vanaf het moment dat je als een brutaal nest je tong tegen me uitstak, veel jaren geleden, heb ik van je gehouden. Herinner je je het nog?'

'O, ja,' zei ze schor. 'Dirk, ik ben zoveel liefde niet waard.'

'Meer dan iemand anders, schat. Eens komt er een dag dat je zult ontdekken hoe het is om zoveel van iemand te houden dat je alles voor de ander over hebt. Ik hoop alleen maar dat ik dan in de buurt ben.'

'Dirk...' Maar ze huilde hartverscheurend en voor één keer vond ze het prettig toen hij haar aanraakte en haar stevig tegen zich aantrok. Deze ene keer wachtte ze niet gelaten tot de bekende storm was uitgewoed, maar voelde ze zich getroost en gesterkt door de man die ze zó dicht bij zich voelde.

16

STORM

De droogte in de zomer van 1911 had langzamerhand verschrikkelijke vormen aangenomen. Gewassen waren verdord op het veld en nu september vorderde, begonnen de mensen wanhopig te worden. Als men een enkele maal de blikken wanhopig naar de hemel richtte, dreven de wolken altijd weer voorbij zonder het kostbare water los te laten op het dorstende land.

Het was een rampzalig jaar geworden met schrale oogsten en de komende winter zou vooral in de talrijke arme gezinnen honger en ellende gaan brengen. Men probeerde weliswaar te redden wat er te redden viel, maar het menselijk kunnen was beperkt in vergelijking met de onverbiddelijke overmacht van de natuurkrachten. Boerderijen die aan het water lagen, zoals Maesvreugt aan de kreek van Ammekerk en Mastland tamelijk dicht aan de Binnenmaas, hadden het voordeel dat er water geput kon worden om ten minste de gewassen in de moestuin te begieten. Maar in deze septembermaand groeide het watergebrek in het hele land. In de grote steden moest het water veelal per schip worden aangevoerd en waren de vrouwen genoodzaakt dagelijks in de rij te staan voor een beetje van het onmisbare vocht. Soms urenlang. Water om je te wassen was er al helemaal niet. Als mens en dier dorstten, was het je reinste verspilling om het kostbare water over je lijf te gieten, zelfs al rook je dat lijf. Het was geen wonder dat er op sommige plaatsen tyfus uitbrak. Men was bang voor nog meer besmettelijke ziekten.

De dreigende hongerwinter deed dominee vanaf de kansel luidkeels aansporen de collecte van de diaconie toch vooral goed te gedenken. Suus wist, dat Dirk vrijgevig was, maar zijn moeder vitte op de verspilling zodra ze thuiskwamen. 'Als er een hongerwinter komt, is dat Gods wil en waarom moeten wij mensen het dan beter willen weten? Als God straft met honger moet die straf geduldig gedragen worden. Waar God ons heeft gezegend met geld en goed past ons slechts dankbaarheid. De rooien zullen de misoogst wel weer gebruiken om tekeer te gaan over de onrechtvaardige verdeling tussen arm en rijk,' begon ze verongelijkt nog voor Suus goed en wel de koffie had ingeschonken na de kerkdienst.

'Moeder,' waarschuwde Dirk en nu was er zelfs in zijn ogen een zekere weerzin te lezen. 'Er bestaat ook nog zoiets als naastenliefde en de plicht om te zorgen voor hen die het moeilijk hebben. Ik doe dat met liefde en wil niet dat u dergelijke dingen zegt onder mijn dak.'

'Jouw dak, het zal wel!'

'Ja, moeder, mijn dak. Wees blij dat u als weduwe in ons gezin wordt opgenomen. Dat hier een zinvolle taak voor u is weggelegd en dat u niet alleen in een huisje in het dorp zit, om uit te rusten van een lang en werkzaam leven. Of zou u dat toch liever willen?'

Je kon een speld horen vallen in de mooie kamer van Mastland, waar ze 's zondags altijd koffie dronken, dacht Suus met stille bewondering voor de man die haar echtgenoot was. Ze had nooit gedacht dat hij zoiets tegen zijn moeder zou durven zeggen. Zelf had ze vaak gewenst dat ze het durfde. Ze moest moeite doen om niet te glimlachen en tersluiks nam ze haar schoonmoeder goed op.

Die staarde met samengeknepen lippen naar de gevouwen handen in haar schoot. Toen sloeg ze haar ogen op en keek ze haar zoon aan. 'Geef je me te kennen dat ik genadebrood eet, jongen?'

Hij werd rood, maar toch week hij niet. 'Nee, moeder. Ik wil alleen dat er onder mijn dak een sfeer heerst van christelijke liefde en niet van haat en hebzucht. God is goed voor ons geweest, maar heeft ons ook geleerd om de geschonken talenten niet angstvallig voor onszelf te houden, maar ermee te werken in de wereld.

Dat werken is soms ook wegschenken.'

Suus dacht dat ze nog nooit zo trots op hem was geweest. 'Wat ons vandaag geschonken is, kan morgen genomen worden,' zei ze om hem te steunen en een dankbare blik was haar beloning.

'Zo is dat, vrouw. Heb je de domineesvrouw gezegd, dat wij aardappelen weg zullen leggen om deze winter aan de meest behoeftige gezinnen ter beschikking te stellen?'

Moeder deed haar mond al open, maar toen zweeg ze. Ze leek wel een vis die op het droge naar adem hapte en haar ontsteltenis over zoveel verspilling was groot, maar ze leek de woorden ter harte te nemen, die Dirk haar zojuist had toegevoegd.

'Ja, dat is in orde, Dirk. Wil je nu je 's zondagse borrel hebben?'

'Graag. Krijg ik vanmiddag pudding met bramensap?'

Ze glimlachte. 'Jawel.' Sinds kort was ze begonnen om op zondag gewoon een warme maaltijd te koken. Ze aten niet langer de aloude rijstebrij uit de hooikist. Steeds meer was men van mening, dat koken op zondag toch niet zondig was, maar toegestaan, net als melken of het werk van de dokter. Alleen in de meest behoudende gezinnen bleef men vasthouden aan de allerstriktste vorm van de zondagsheiliging. Er waren verschuivingen merkbaar in de kerk, maar tegelijkertijd werd het dragen van gekleurde kleding, wat altijd toegestaan was geweest, ook op zondag, minder aanvaard. Het kerkvolk begon zwart te dragen.

'We hebben ook sperzieboontjes en een sudderlapje. Dat heeft Pieternel gisteren al gebraden.'

'Heerlijk, Suus.'

Ze wist dat het zijn lievelingskostje was. Nu vader Leeuwestein niet meer leefde, was het gemakkelijker om die dingen te doen. Dirk en zij waren nu rechtens de baas op Mastland. Zij was de boerin, eindelijk, en ze zou doen wat ze wilde doen. Moeder mocht daarover mokken, maar eigenlijk was het alleen maar beklagenswaardig dat ze niet in staat was de touwtjes uit handen te geven. Ze had haar leven lang gewerkt, want al was je een deftige boerin met meiden onder je, werk was er op een grote boerderij altijd meer dan genoeg.

'Als er in vroeger tijd zo geleefd was, had jij Mastland nu niet. Althans niet zo'n rijke hoeve als het nu is,' probeerde moeder zich te rechtvaardigen. 'In vroeger dagen was het allemaal wel andere koek. Er was geen boterfabriek, zodat we zelf moesten karnen. Het dorsen met de vlegels duurde de hele winter. Nu is het met zo'n stoommachine eind september al gebeurd, maar het vee heeft geen vers stro om op te liggen en kaf door het voer. Nu wil Dirk ook nog een telefoonaansluiting hebben. Waarom moet je kunnen praten met iemand die je niet kunt zien? Dat is je reinste onzin.'

'Nee, moeder. Als er iets is, kun je bellen. Ik heb het gezien met het tramongeluk. Iemand belde de dokter op en hup, daar kwam hij al aangereden met zijn koets.'

'Al die veranderingen deugen nergens voor.'

'Het is de nieuwe tijd, moeder. Die hou je niet tegen.'

'Nee, het is de mens die God zelve gelijk wil zijn en nooit meer tevreden is. Als je de kranten mag geloven, zijn er zelfs al zotten die proberen te vliegen alsof ze vogels waren. Ze bouwen daar een machien voor.'

'We gaan ook over water, dus waarom niet door de lucht?' grinnikte Dirk. 'Ik zou zelf ook wel eens in een heteluchtballon willen varen.'

''t Is allemaal hoogmoed en let op mijn woorden: eens komt die voor de val.' Moeder stond op en ging met rechte rug de opkamer in.

Suus slaakte een zucht van verlichting en Dirk schudde het hoofd. 'Als het niet zo duur was, zou ik zelf ook wel een automobiel willen hebben.'

'Een gerij zonder paarden,' snoof Pieternel afkeurend. Teuntje grinnikte stilletjes voor zich heen, maar zei zoals gewoonlijk niets.

Suus stond op om de boontjes op te zetten. 'Je moeder heeft gelijk dat een automobiel verspilling is, want je komt evengoed wel waar je wezen wilt met de tilbury of anders met de stoom-tram.'

'Ja, dat is natuurlijk wel zo. Ik ben al blij met mijn gloednieuwe dorsmachine.'

'Ja, die bespaart een hoop werk en van de winter ook stof in huis. Maar dominee heeft wel gelijk als hij zegt dat de arbeiders nu zonder inkomen zitten, terwijl ze anders de hele winter met dorsen hun brood konden verdienen.'

'Ze kunnen ook werk vinden in het vlas. Een flinke kerel kan altijd in de zwingelketen terecht. En waar het echt nodig is, zullen we enige ondersteuning geven, Suus. Dat weet je toch?'

'Jawel, maar een arbeider is ook een mens met gevoelens. Die heeft liever een eerlijk verdiend loon dan een aalmoes van de kerk.'

'Lieve help, je begint te praten als zo'n rooie socialist,' zei Dirk verbluft.

'Welnee. Je weet dat ik dat niet ben, want die hebben een veel te grote mond, maar het is nu eenmaal zo dat ik moet denken aan die schamele kotjes waar de mensen met vele kinderen leven. Kinderen met holle ogen van de honger en dat zal er deze winter niet beter op worden.'

'Lieve, we doen wat we kunnen.' Toen pakte Dirk zijn krant en daarmee gaf hij te kennen dat hij verder niets over dat onderwerp wilde horen.

De zaterdag daarop was het de laatste septemberdag en al vroeg waaide het hard. In de loop van de dag nam de wind echter toe tot orkaankracht en de langverbeide regen striemde eindelijk over het land, de mensen in hun huizen gevangen houdend.

De dieren in de stal waren bijzonder onrustig en toen de wind in de loop van de dag alsmaar toenam, werd Dirk bezorgd. Ze schrokken desondanks toch nog van het onverwachte luiden van de stormklokken. Het was Driekus die even later de keuken inkwam. 'Ik moet naar het dorp, baas. Als de stormklokken luiden gaat het erom spannen. Er zal wel gewaakt worden op de dijken, aan het Haringvliet en langs de rivieren. Ze zeggen dat het water ongekend hoog staat. Ik ga kijken of ik kan helpen.'

'Zal ik meegaan?' Dirk aarzelde toch.

'Er moet toch iemand op Mastland blijven? Het water in de Binnenmaas spookt zoals ik nog nooit van mijn leven heb gezien. Zelfs daar is het bar.'

'Daar is het water niet aan eb en vloed gebonden. Het mag er dan spoken, maar daar dreigt geen ramp,' kalmeerde Dirk zijn knecht, maar Suus merkte wel dat hij er zelf ook niet gerust op was.

Driekus vertrok en de duisternis begon over het geteisterde land te vallen, dat een lange en bange nacht tegemoetging. Het kostte een keer zoveel tijd als anders om de onrustige koeien te melken. Angstig hokten de vrouwen later na de avondboterham in de keuken bijeen. Dirk kende ook geen rust. Die liep aldoor rond in de stallen en over het erf, omdat hij het niet vertrouwde. Het eerste geraas deed hen allemaal opschrikken. Suus holde naar buiten om te zien wat er was. Na een tijdje zag ze dat de schoorsteen van het bakhuis was gewaaid. Dirk waarschuwde haar naar binnen te gaan. 'Het wordt nu echt gevaarlijk buiten. Er zijn ook al pannen van het dak gewaaid en er kwam iemand uit het dorp langs die vertelde dat het er vannacht om gaat spannen op de dijken. Het water is niet te vertrouwen, Suus. Als het water komt is Mastland verloren.' Voor het eerst was de angst ook in zijn stem te horen.

Ze zocht naar woorden van troost, maar vond ze niet. Bitter herinnerde ze zich het gesprek van de afgelopen zondag. Als Mastland verdronk... was dat dan ook Gods straf? Mastland, nee, Heer, laat dat niet gebeuren. Wij horen hier, Dirk en ik. Ik hou van beide, van hem en van de hoeve. Ik hou van beide... Ze was heel ontdaan, meer dan ze door de hevige storm kon verwachten te zijn. Ze zat in de keuken en staarde maar voor zich heen.

Ze hield van Dirk, eindelijk. En hij... hij hield toch zeker ook nog wel van haar? O, het leven zou vanaf vandaag anders worden. Nu kon ze haar man eindelijk liefhebben... Het was zo onverwacht gekomen... maar hoe kon ze nu ineens zo blij zijn? De hoeve werd in zijn bestaan bedreigd. Het water dreigde zich over alles te storten en een ramp te veroorzaken. Zouden de dijken wel bestand zijn tegen het ontketende water, dat aan alle kanten om het eiland loerde, opgezweept en ongekend sterk? Een vernielzuchtige oerkracht die nu dreigde te nemen wat mensenhanden eens, lang geleden, aan de zee hadden ontfutseld? Suus probeerde haar kalmte te herwinnen door zich in te prenten dat Mastland, en het hele eiland, al veel stormen doorstaan hadden. Enkele jaren geleden, in 1906, had er eveneens een ramp gedreigd. De onrust, die Dirk naar buiten had gedreven, kreeg nu ook Suus in zijn greep. Waar bleef Dirk toch? Hij was al zo'n tijd weg.

Suus griste haar omslagdoek van de spijker en liep de stal in, waar de koeien rusteloos loeiden en de paarden stampten met hun hoeven. Als je nog niet bang was, zou je het hier worden, dacht ze huiverend. Normaal was het fijn om in de stal te zijn en te luisteren naar het strogeritsel en het gelijkmatige herkauwen van de koeien. Maar nu... Ze huiverde opnieuw. Dirk was nergens te zien. Waar was hij toch? Nog steeds buiten?

Gedreven door een nieuwe angst deed Suus de kleine mandeur in de grote staldeur open en stapte trillend in de voortrazende storm. De wind had zoveel kracht dat ze nog maar nauwelijks adem kon halen. De rokken klapperden om haar benen en leken elk moment te zullen afscheuren door de reusachtige kracht waarmee de wind tekeerging. Ze moest steun zoeken bij de sterke muren van Mastland, om overeind te kunnen blijven. 'Dirk.'

Het geluid van haar stem ging in de stormnacht verloren. Suus liep dicht langs het huis, haar ogen waren nu aan de duisternis gewend. In de verte hoorde ze een schip een waarschuwingssignaal uitstoten. Was dat in nood? Hoeveel levens zou deze vreselijke nacht gaan eisen? Op het water... Ze rilde als ze er aan dacht hoeveel vissers er op het water waren... als ze dacht aan de lage, smalle dijken waar mensen nu overal vochten voor het behoud van hun poldergrond.

Waarom zag ze Dirk toch nergens? Waar kon hij gebleven zijn? Ze was de hoeve bijna rond, toen ze iets vreemds zag. Bij het oude varkenskot, dat al jaren leeg stond en waarin Dirk alleen nog steenkolen bewaarde in de winter, lag een hoop stenen die er nooit was geweest. Het was zeker ingestort, het kot was oud en bouwvallig geweest en deze razende storm... ze wist zelf niet waarom ze erheen liep.

Zo vond ze hem. Hij bewoog niet, maar hij lag vlak naast de stenen. Ze moest zich opnieuw vastgrijpen om niet omvergeblazen te worden. Hier was de wind nog sterker omdat ze uit de luwte van de grote schuur was. 'Dirk.'

Ze knielde bij hem neer en had niet in de gaten dat ze intussen doorweekt was van de neerstromende regen. Op Dirks slaap was een grote wond te zien. Er zat bloed over zijn hele gezicht, in zijn haar, overal. Hij moest getroffen zijn door de vallende stenen van het kot. Was hij bewusteloos of... of... Ze voelde. Nee, hij was niet koud als een dode, maar dat zei natuurlijk niets. Het was misschien net gebeurd. Weer vielen er een paar stenen en Suus schrok geweldig.

Dirk moest hier weg. Als hij nog leefde en het hele varkenskot stortte verder in... dan zou hij zeker door de vallende stenen worden bedolven en alsnog sterven. Ze moest Pieternel halen. Alleen kreeg ze Dirk nooit versleept. Ze stak haar arm onder zijn oksels om hem een meter opzij te trekken, zodat hij niet langer direct gevaar liep om door de vallende stenen getroffen te worden. Hij kreunde licht toen ze zo aan hem sjorde. Goddank, dan was hij toch niet dood.

Ze rende zo goed en kwaad als dat ging naar het woonhuis, moest tegen de wind in gaan hangen om vooruit te komen. Ze hijgde zwaar, maar ze werd voortgedreven door een kracht waarvan ze nooit vermoed had dat ze die bezat. Met de moed der wanhoop kreeg ze de deur van de bijkeuken open. 'Pieternel!'

De meid keek ongerust om de hoek van de keuken. 'De baas is gewond. We moeten hem naar binnen zien te krijgen. Moeder, stook het fornuis op en zet water op. Teuntje, maak een warme kruik en leg die bij de baas in bed.'

Weer tornde ze door het natuurgeweld naar het oude varkenskot, Pieternel dicht achter zich aan. Ze trokken Dirk voort, over de weekgeworden, drijfnatte grond. Hij kreunde een paar maal en het kostte de twee vrouwen hun laatste krachten om de zware roerloze gestalte naar het woonhuis te slepen. Toen ze hem eindelijk binnen hadden, waren beiden doornat, niet alleen van de regen maar ook van het zweet. Suus zag zwarte vlekken voor haar ogen en voelde zich heel vreemd worden, zodat ze moest gaan zitten. Ze bibberde over heel haar lijf.

'Ik zorg voor de juffrouw.' Pieternel pakte Suus vast en begon haar de natte kleren van het lijf te stropen, tot ze poedelnaakt in de keuken zat, waar het vuur nu hoog oplaaide en een heerlijke warmte verspreidde.

Moeder Leeuwestein deed hetzelfde met Dirk, nadat ze eerst een schone lap op zijn hoofd had gedrukt, waar het bloeden nu iets minder was geworden. Beide echtelieden werden stevig drooggewreven en in een deken gehuld tot ze er iets beter aan toe zouden zijn. Daarna goot Pieternel een slok cognac tussen de lippen van Dirk, die hoestte en bijkwam. Ze deed dat ook bij Suus, die onbedaarlijk begon te huilen zodra Dirk zich bewoog. Toen ging ze zelf droge kleren aantrekken op zolder.

Buiten huilde de orkaan nog onheilspellender dan tevoren. De storm was nu op zijn hevigst. Zou Mastland overleven? Zouden andere huizen, minder sterk gebouwd, instorten bij dit natuurgeweld? En de dijken? Het water was op rooftocht! Konden de dijken het wel tegenhouden? De vloed begon immers weer op te komen. Pas tegen de ochtend zou het hoog water zijn.

Al die bange vragen durfde niemand hardop uit te spreken.

Pieternel liet Suus nog een slok nemen, nu ze zelf droog was. 'Ziezo, u heeft weer wat kleur. U zou het kind er nog bij verliezen.'

Suus snikte het opnieuw uit. 'Ik heb helemaal niet meer aan het kind gedacht. Ik dacht dat Dirk dood was. Ik was bang dat alles in zou storten.'

Dirk was duizelig overeind gekomen en zijn moeder voelde aan armen en benen. 'Je hebt in ieder geval niets gebroken.'

'Ik voel me zo misselijk.'

'Zo'n klap op je hoofd, geen wonder, je zult een flinke hersenschudding hebben en dan ben je er nog goed vanaf gekomen. Als Suus je niet had gevonden, was het je dood geworden. Dan was je onder al die stenen terechtgekomen en gestikt.'

Het was voor het eerst, dat Suus een lovend woord van haar schoonmoeder kreeg en hoe miserabel ze zich ook voelde, ze raakte er opnieuw door van streek en snikte weer heviger.

Pieternel leek over oneindige krachten te beschikken, want ze draafde aldoor heen en weer en hield ook Teuntje aan de gang. Pieternel was al een paar weken niet thuis geweest omdat haar moeder tuberculose had en verzorgd werd door haar jongere zusjes. Wat moesten ze op Mastland zonder Pieternel? Ze haalde nu ondergoed en een nachtpon voor Suus te voorschijn, warmde het goed aan het fornuis wat op en trok dat de jonge vrouw aan. Daarna werd Suus opnieuw in de warme deken gehuld.

Moeder Leeuwestein had intussen Dirk een droog hemd over het hoofd getrokken en ook een warmgemaakte onderbroek gegeven, want het was immers niet fatsoenlijk dat hij ongekleed in de keuken was, waar de meiden in en uit liepen, ook al had hij dan een deken om. Hij moest echter warm worden om te voorkomen dat hij ook nog een longontsteking zou oplopen. Het was nu maar afwachten of hij desondanks geen kou had gevat, want niemand wist hoe lang hij bewusteloos in de regen had gelegen voor Suus hem vond.

Eindelijk probeerde Dirk met een van pijn vertrokken gezicht te gaan staan. Hij wankelde met onzekere passen de gang door om naar zijn bed te gaan, dat nu wel lekker warm zou zijn door de kruik. Toen hij lag kon moeder zich eindelijk bezighouden met het behoorlijk schoonmaken en verbinden van zijn wond.

In de keuken bleef Suus achter met Pieternel. Teuntje was naar de zolder gestuurd om te proberen wat te slapen, want het kind had spierwit gezien van angst en vermoeidheid. Pieternel keek de juffrouw peinzend aan. 'U heeft de baas het leven gered, vannacht.' De bewondering in haar ogen was oprecht.

'Ik hou van hem, Pieternel. Dat weet ik nu pas.'

'Het is al goed. Nu ga ik hete anijsmelk voor u maken, nee, voor ons allemaal. Daar worden we allemaal warm van.'

'Ik ben zo opgelucht dat Dirk nog leeft. Even, heel even dacht ik dat ik te laat was.'

'Kom, u moet niet aldoor zo huilen. Het is nu voorbij. De baas ligt veilig in zijn bed. Heeft u geen buikpijn?'

'Nee, hoezo?'

'Doet er niet toe. Nu is het allemaal voorbij. Nu moet u uitrusten.'

Buiten loeide de storm voort, maar de anijsmelk warmde Suus inderdaad en langzamerhand werd ze zichzelf weer. Dirk leefde en Mastland stond nog steeds overeind. De klokken luidden niet meer. Zouden de dijken het water toch houden?

Pas aan het eind van de nacht nam de wind iets af en durfden de bewoners van Mastland te gaan slapen.

Moeder Leeuwestein ging de volgende morgen alleen ter kerke, want Dirk en Suus sliepen nog en Pieternel paste op hen. Zelfs Teuntje mocht in bed blijven, omdat het arme kind op zolder niet had kunnen slapen van angst.

De dienst was de kortste in mensenheugenis, want de meeste mannen waren zo van de dijken gekomen en zaten er in hun vuilgeworden en natte werkkleren. Ze waren slechts naar de kerk gekomen om God te danken voor het behoud van het eiland. Als dominee lang preekte, zouden al die harde werkers ter plekke in slaap vallen. Maar de dienst was ontroerend zoals die zelden was geweest en een ongekende verbondenheid maakte zich van de kerkgangers meester.

Moeder Leeuwestein reed stilletjes naar huis. Ook bij haar had de afgelopen nacht veel overhoop gehaald. Ze was haar schoondochter dankbaar voor wat ze had gedaan, al vreesde zij voor het ongeboren leven. Maar Dirk leefde, haar oogappel, het enige wat in haar leven ooit had geteld. Dirk en Mastland. Waarom had ze aldoor gedacht beide aan het meisje met de rozige wangen en het blonde haar te verliezen?

Later hoorden ze van de rampen die de vreselijke nacht over het land had gebracht. In Bruinisse was bijna de hele vissersvloot vernield. Ook elders hadden velen het leven verloren op het water. Koningin Wilhelmina bezocht de zwaarst getroffen gebieden. In de Hoekse Waard was er weliswaar veel stormschade, maar ook waren de mensen zich er heel goed van bewust dat het allemaal veel, heel veel erger had kunnen zijn. Ook deze keer hadden de dijken de storm weerstaan.

17

WAT DE TOEKOMST BRENGEN MOGE

Barend Hagoort draaide in opgewekte stemming met paard en wagen het erf van Mastland op. Het was een moeizame reis geweest, want overal was de weg bezaaid met afgerukte boomtakken, na het noodweer van drie dagen geleden.

'Môge,' groette hij Driekus, die naar buiten was gelopen om te zien wat de vreemdeling op Mastland zocht.

'Ik kom met een boodschap voor de bazin. Hagoort is de naam en ik ben de buur van Maesvreugt.'

'O, natuurlijk, nu weet ik het weer. Kom toch verder. De bazin ligt nog een deel van de dag in bed, maar de baas zit weer op, ondanks de hoofdpijn.'

'Het is niet waar.' Barend stapte de warme keuken in, waar Dirk in een leunstoel zijn pijp zat te roken en Suus, in nachtpon met een rok erover, aan de tafel zat om een laat ontbijt te nuttigen. Ze had 's zondagsavonds een lichte vloeiing gehad, die echter weer gestopt was en ook had ze geen pijn gekregen, waardoor er een goede kans was dat ze het kind toch behouden kon. De dokter was gisteren langs geweest en had gezegd dat ze een week lang zoveel mogelijk moest rusten, maar Suus voelde zich tamelijk sterk en dan viel het niet mee om zoveel in bed te moeten liggen. Vooral niet als je graag hard werkte, omdat je het gevoel had nog iets goed te moeten maken omdat ze dit voorjaar zo weinig had kunnen doen.

'Goeiendag, samen,' groette Barend joviaal en Suus had de grootste moeite om haar schrik te verbergen. Barend op Mastland? Waar was dat in vredesnaam goed voor?

'Zo, Hagoort, wat voert jou hierheen?'

'Ik breng een boodschap van Maesvreugt. Buurvrouw schrok nogal van het bericht dat u haast dood was geweest in de stormnacht en dat haar dochter te bed lag met een dreigende miskraam.'

Dirk had Driekus de vorige ochtend met een boodschap naar Maesvreugt gestuurd, omdat hij niet wilde dat ze het nieuws van een vreemde zouden horen. 'Buurvrouw wil morgen komen, als het niet te druk is. En omdat ik toch naar Westmaas moest om naar een koekalf te kijken, heb ik aangeboden om de boodschap meteen maar over te brengen.'

Ja, ja, dacht Suus. Er zat beslist meer achter. Kon het zijn dat Barend ongeduldig was geworden bij het bericht dat Dirk bijna gestorven was in de stormnacht? Ze kreeg het er koud van. Zulke gedachten waren erg slecht en toch... ze kende Barend. Ze zou nooit vergeten hoe hij over een huwelijk had gepraat toen Bep nog leefde, maar ziek was van de tering en iedereen dacht dat ze de nieuwe aardappelen niet meer zou halen. Het was al lang geleden, maar ineens leek het of het gisteren was geweest.

'Zeg maar tegen moeder dat ik naar haar bezoek uitkijk. Pieternel, schenk Hagoort een kom koffie in en geef mij er ook nog een.'

Door de damp van het gloeiendhete vocht vingen Barends diepblauwe ogen de hare. Ze sloeg ze echter niet neer, maar blikte open terug. Ze vroeg zich af, hoe ze ooit verliefd had kunnen worden op deze man, die weliswaar aantrekkelijk was en vrolijk van karakter, maar nooit zo'n rots in de branding zou zijn als Dirk. Nee, Dirk was verreweg boven Barend te verkiezen, maar het had haar jaren gekost om dat te ontdekken.

'Ben je met paard en wagen, Hagoort?' Eindelijk liet ook Dirk zich horen.

'Jawel, ik haal meteen nog een dozijn kippen op bij dezelfde boer.'

'Zou je me dan een plezier willen doen?'

'Zeker, Leeuwestein. Altijd hoor.'

'Er is hier een jonge big die naar Maesvreugt moet. Ik heb Hendrik het dier beloofd. Hij mag het verder opfokken en zal er later een goede zeug aan hebben. Je weet dat m'n zeugen overal geroemd worden. Het is een geschenk en als je het af zou willen geven, bewijs je me een dienst. Het beest is nu groot genoeg en het bespaart mij een rit die me onder deze omstandigheden te veel is. Die verdraaide hoofdpijn, weet je. En de knechten hebben momenteel ook de handen vol, omdat ik niet tot veel in staat ben.'

'Vanzelfsprekend, Leeuwestein.'

'We kunnen het dier moeilijk morgen aan moeder Van Bressij meegeven, niet?'

Pieternel verdween naar boven om de zolder op te ruimen nu de koffietijd voorbij was. Dirk stond op om Driekus te waarschuwen, dat hij de big klaar moest maken om mee te geven. De krat met hooi erin zou wel weer op Mastland terugkomen.

Zo kon het gebeuren, dat Barend alleen met Suus in de keuken achterbleef, al was het dan maar voor een paar minuten.

'Ik hoorde dat je bijna weduwe was geweest,' begon Barend direct. 'Ik heb me gehaast om te komen, Suus.'

'Had je dan geen boodschap in Westmaas?'

'Jawel, maar dat had nog wel een weekje kunnen wachten. Nu kom ik voor jou, maar je kerel lijkt weer bijna de oude.'

'Wat had je dan verwacht?' vroeg ze met een opkomend gevoel van afkeer. Dat had ze al eens eerder gehad, herinnerde ze zich ineens. Eens, bij de kreek van Maesvreugt, toen hij over Bep had gesproken als nu over Dirk. Alsof ze dood waren. Suus huiverde.

'Je moet er toch aan gedacht hebben, Suus,' fluisterde hij met een intense stem, die plotseling hees was van hartstocht. 'Weet je nog, die dag van de ringrijderij? Het is maar een paar maanden geleden, Suus, maar voor mij lijkt het net gisteren. En dat zal zo blijven, tot ik je de mijne kan noemen. Toen het bericht kwam dat je man met de storm gewond was, dacht ik: eindelijk! Eindelijk komt ons geluk binnen handbereik.'

'Barend!' Haar stem klonk ijskoud. De verachting erin gold niet alleen hem, maar ook haarzelf. Was ze werkelijk zo blind geweest, dat ze vroeger niet had gezien hoe Barend werkelijk was? Hoe hij alleen maar om zichzelf gaf? Barend, die over liefde

191

sprak toen hij met een ander getrouwd was, en nu weer, alsof Dirk helemaal niet bestond.

Maar Dirk was er wel, ja, God gedankt dat Dirk er was. Lange tijd had ze dwaze gevoelens gekoesterd, maar nu waren haar de schellen van de ogen gevallen. Ze hield van Dirk en dat zou nooit meer veranderen. Daar was ze heel zeker van.

'Barend, ik hou van mijn man en je mag zulke dingen nooit meer zeggen. Zelfs niet denken,' wees ze hem terecht.

'Denk je dat ik dat geloof, Suus? Weet je dan niet meer? Die heerlijke kus met Pinksteren?'

'Ik was eenzaam en ongelukkig en misschien ook wel een beetje verliefd op je. Dat is echter allemaal veranderd. Mijn schoonvader is overleden en daardoor is hier een boel veranderd. Bovendien heb ik me gerealiseerd dat ik van mijn man hou en van niemand anders. Echt, Barend.'

'Ik geloof je niet.'

'Het is de waarheid. Ik weet dat het niet leuk voor je is. Misschien heb ik je aangemoedigd, omdat ik me zo ongelukkig voelde. Doch nu moet je het accepteren zoals het is. Alsjeblieft, Barend.' Haar stem klonk dringend want elk moment kon er iemand de keuken inkomen. In de toekomst wilde ze nooit, nooit meer met Barend alleen blijven. Dit was het moeilijkste gesprek dat ze ooit gevoerd had. Het was zelfs moeilijker te verdragen dan de hatelijkheden van moeder Leeuwestein vroeger.

Barend stond abrupt op. 'Suus, hoe kan ik dat nu geloven? Ik denk dat je het zegt voor je eigen bestwil. Je zit vast hier, dat weet ik, maar liefje, jij en ik, dat is iets geweldigs.'

'Het is voorbij.'

Barend was in twee stappen bij haar. 'Dat kan ik niet geloven.'

'Zoek een ander, van wie je houden kunt,' smeekte ze hem.

'Wie? Mineke, dat brutale nest? Ze loopt me achterna, weet je dat? Ze zoekt een vent nu Hendrik komend voorjaar trouwt.'

'En jij denkt nog altijd aan de erfenis van Maesvreugt, nietwaar? Toe, Barend, doe haar dat niet aan.'

'Als ik jou niet kan krijgen, is er genoeg in haar dat me aan jou herinnert.'

'Nee, dat zou me ongelukkig maken, en Mineke ook.'

'Mineke is een wildebras. Er zijn niet veel boerenzoons die haar willen hebben. Ze willen allemaal een degelijke huisvrouw en het plezier in de bedstee, dat je met zo iemand hebben kunt, daar denken ze niet aan.'

'Nee, Barend, nee.'

'Het zou veel goedmaken, in ieder geval. Ik ben getrouwd geweest. Ik weet hoe hard het een man valt als hij het dan missen moet. En dan zo iemand...'

'Nee.' Suus huilde, al wilde ze dat niet. Hoe had ze ooit kunnen denken verliefd te zijn op een man die zo gewetenloos was? Nee, niet gewetenloos, alleen maar grenzeloos egoïstisch. Wat had je te verwachten van de liefde van zo'n zelfzuchtig mens?

'Waarom niet?' vond Barend hard. Hij stond nu vlak voor haar en zijn ogen boorden zich in de hare. 'Jou kan ik niet hebben. Zelfs niet als je zou willen. Je wilt immers, Suus?'

'Nee.'

'Als ik je opnieuw kus, zul je het voelen. Net als met Pinksteren, Suus.'

'Niet waar.'

'Jawel.' Zijn lippen naderden de hare. Als hij haar niet zo stevig had vastgegrepen, zou ze in paniek de keuken zijn uitgevlucht, maar nu kon ze zich niet verroeren, hoezeer ze ook haar best deed. Nu zoog zijn mond zich vast op de hare, maar in stille verwondering ontdekte ze dat het haar inderdaad niets meer deed. Ze was er half en half bang voor geweest dat het tóch zo zou zijn.

Maar de omhelzing eindigde al even onverwacht als die begonnen was. Ineens stond Dirk bij hen.

'Wat is hier voor de duivel aan de hand?' vroeg hij met kille stem. 'Mijn huis uit en snel. Laat dat varken maar zitten. Je bent er verdorie zelf een. Van mijn erf en waag het niet er ooit nog één poot op te zetten!'

Suus zakte duizelig in de stoel terug. Dirk had hen gevonden. Hij was woest, en terecht, maar hij zou haar nooit geloven. O nee, kreet haar hart in diepe smart. Net nu ze dacht het geluk eindelijk binnen handbereik te hebben ontglipte het haar weer. Het was nu zelfs verder weg dan het ooit was geweest. Ze had Dirk nog nooit zo bleek gezien. Suus beefde over heel haar lijf, terwijl Dirk zijn hoofdpijn vergat en eigenhandig Barend het erf af bonjourde, tot stomme verbazing van de meiden en knechten. Moeder was in de opkamer. Wat had die gehoord?

Suus was als verdoofd naar de voorkamer gegaan en kroop in

bed. Ze huilde hartverscheurend en dacht dat haar leven nu totaal vernield was. Het was te veel om te dragen.

Zou Dirk het kunnen begrijpen? Met angst en beven wachtte ze, maar hij kwam niet. Ze werd bang, de hele dag bleef ze angstig in bed. Pas na het avondeten waagde ze zich weer in de keuken. De trouwe Pieternel had haar eten in de voorkamer gebracht. Moeder zat naast het fornuis in de leunstoel en breide, Pieternel deed de afwas, terwijl Teuntje droogde.

'Is Dirk buiten?' vroeg Suus zo gewoon mogelijk, hoewel ze wist dat ze lijkwit zag.

'Ja, hij heeft de hele dag gewerkt alsof hij weer helemaal beter is. Die Hagoort schijnt hem op een afschuwelijke manier beledigd te hebben. Heb jij gehoord wat hij zei, Suus?' vroeg moeder Leeuwestein en aan haar ogen zag Suus dat de oudere vrouw werkelijk nergens van wist.

'Ja, ik ben er zelf ook kapot van.'

'Wat was het dan?'

'Daar praat ik liever niet over. Dat blijft tussen Dirk en mij. Heb je nog koffie over, Pieternel?'

'Nee, maar ik zal direct na de afwas wat verse voor u zetten, juffrouw. Ik breng het u wel. Kruipt u maar weer lekker in bed. U ziet eruit als een geest. Het is maar goed dat uw moeder morgen komt. Laten we hopen dat ze juffrouw Mineke meebrengt. Dat is zo'n vrolijke flapuit, die beurt u wel weer op.'

Suus begon te beven en haastte zich weer naar het veilige bed terug. Pieternel bedoelde het goed, maar in haar onschuld draaide ze een mes om in haar hart.

Er was echter één troost. Niemand wist, dat Dirk haar had gevonden in Barends armen. Ze dachten allemaal dat Barend Dirk beledigd had. Het ergste zou hem daarom bespaard blijven. De schaamte om een ontrouwe echtgenote te hebben, en dat terwijl ze alleen maar veel van hem hield. O, het leven was bitter. Het bakte de mensen steeds opnieuw een poets. Net dacht je iets bereikt te hebben en even later ontglipte het je weer. Als kaf in de wind.

Het was Dirk, die tenslotte de koffie bracht. Suus schrok zich een ongeluk. 'Ik verwachtte Pieternel.'

'Ja, je schijnt mij nooit te verwachten.'

'Dirk, het is allemaal een misverstand. Laat het me uitleggen.'

'O? Naar mijn mening was de situatie overduidelijk. Die vent had gehoord dat jij niet in orde was, hij drong zich onder valse voorwendsels hier binnen en jij viel onmiddellijk in zijn armen, zodra ik maar even mijn hielen lichtte.'

'Je vergist je. Het is heel anders.'

'Denk je dat ik dat geloof?'

Ze dronk van haar koffie in een uiterste poging haar zelfbeheersing te vinden.

'Er is me vandaag een heleboel duidelijk geworden,' zei Dirk vlak. 'Ik heb gewerkt tot ik niet meer kon, maar dat is wel het beste als je wereld in elkaar stort.'

'Dirk, het is echt heel anders.'

'Maak me niet langer iets wijs, Susanne. Ik wéét toch hoe het was? Toen ik pas getrouwd was, dacht ik ook dat het allemaal kwam doordat nette vrouwen hun gevoel niet horen te tonen. Het leek wel of ik de strijkplank in bed had. Maar nu weet ik beter, hè? Je dacht aan hem en daarom moest je van mij niets hebben. Als je dat weet, is in één klap alles duidelijk.'

'Toen ik met je trouwde, hield ik inderdaad niet van je en voelde ik ook niets als je me nader kwam. Ik geef zelfs toe dat ik vroeger verliefd op Barend was, maar hij was getrouwd en dus zette ik hem uit mijn hoofd, al lang voor jij me vroeg.'

'En je nam mij, omdat je vader mij een goede partij vond, nietwaar?'

'Misschien. Ja, zo was het wel ongeveer. Ik vond je aardig en ik dacht dat dat wel genoeg was. Dat is het immers meestal. Je wist hoe ik dat voelde, Dirk.'

'Dat ontdekte ik snel genoeg, ja. Tot mijn grote teleurstelling. Nooit zei je dat je ook om mij gaf. Nu weet ik waarom je dat nooit deed.'

'Dan zeg ik het nu. Ik hou van je, Dirk. Ik weet het nog maar sinds zaterdagnacht, toen ik je vond en ik dacht dat je dood was.'

'Het is jammer, maar ik geloof je niet meer. Al die tijd heb je me bedrogen.'

'Nee, dat heb ik niet.' Ze keek hem fier aan, al voelde ze hoe haar wereld bij elk verwijt van zijn kant verder in elkaar stortte. 'Ik ben je vrouw geweest en heb nooit iets gedaan waarvoor ik me zou moeten schamen.'

'Je liet je kussen door een ander. Hoef je je daarvoor niet te schamen?'

'Als je twee minuten eerder was gekomen, zou je hebben gehoord en gezien dat ik hem zei van jou te houden. Van jou en niemand anders. Het is jammer dat je me niet gelooft, want het is de eenvoudige waarheid. Dirk, zeg nu geen dingen waar we later spijt van krijgen,' smeekte ze. Ze was totaal aan het eind van haar krachten. Sterke emoties waren nu eenmaal slopend.

'Hier wordt momenteel alleen de waarheid gezegd en de balans opgemaakt, Suus. Ik zal je niet meer lastig vallen met mezelf. Ik kan je niet verlaten, maar als het mogelijk was zou ik het doen.'

'Dirk!'

'Zelfs je tranen zijn niet waarachtig.'

'Als je me niet geloven kunt, is alles vergeefs,' bracht ze met haar laatste krachten uit. 'Maar vergeet nooit, Dirk Leeuwestein, wat ik hier en nu tegen je zeg. Ik hou van je en zal dat blijven doen en ik zal alle dagen bidden dat de goede God je zal doen inzien wat er vanmorgen werkelijk is gebeurd. Vraag het Barend.'

'Al zou het mijn leven redden, met die vent wissel ik mijn hele leven geen woord meer.'

De trots die ze al zo vaak bij Dirk had gezien, kwam weer over hem. Hij sloot zich voor haar af en ze werd bang, heel bang dat dit voor altijd zou zijn. Hij liet haar alleen en kwam die nacht niet naar het ledikant. Ze kon slechts raden dat hij in de stal in het hooi was gekropen.

Midden in de nacht ging ze hem zoeken. Ze vond hem inderdaad in het hooi en legde een deken over hem heen. Even streek ze met haar hand door zijn dikke, donkere haar, iets wat ze bij daglicht nooit zou durven. Het was alsof ze afscheid nam, dacht ze vol verdriet. In zekere zin was dat ook zo. Want al zou Dirk ongetwijfeld de schijn willen ophouden voor de buitenwereld, tussen hen was er iets voor altijd kapot.

18

EIND GOED, AL GOED

Opnieuw was er een winter over het land gegaan. Begin april lag er ook weer een vrouw in barensnood in Mastland. Deze keer was ze niet bang voor de dood. Ze hoopte er zelfs op.

Al maanden lang leefden Dirk en zij nu als vreemden naast elkaar. Leven? Het was geen leven. Zielsveel hield ze van hem, maar hij hield niet van haar. Die liefde was gestorven toen hij haar had aangetroffen in de armen van Barend Hagoort. Nu verdroeg hij haar slechts onder zijn dak, omdat een huwelijk dat voor God en de mensen gesloten was, nu eenmaal onverbrekelijk was en ze de moeder was van zijn beide zoontjes. Ook het kind dat ze nu ter wereld ging brengen was het zijne, maar hun verwijdering was totaal en tot haar verwondering leek zelfs moeder Leeuwestein daar verdriet van te hebben.

Er werd nooit over gesproken. En wie van het personeel al iets mocht merken, die hield daarover loyaal zijn mond, zodat de praatjes niet het hele dorp rondgingen.

Suus lag in bed en voelde hoe de weeën haar lichaam verscheurden. Het was goedbeschouwd een wonder, dat ze het kind niet alsnog verloren had, verscheurd als ze was geweest door het nieuwe verdriet.

Ze was niet zo dik als anderhalf jaar geleden van de tweeling, maar haar buik bolde toch flink op en het kindje was onrustig. Vaak werd Suus 's nachts wakker omdat het kindje zo druk bewoog. Soms ging ze dan dicht tegen de slapende Dirk aanliggen, haar druk bewegende buik tegen zijn rug, die zelfs in de slaap afwerend bleef. Maar nooit had dat enige zichtbare ontroering bij hem teweeg gebracht, al wist ze dat hij soms wakker was geworden van die drukte in haar buik.

Wat voor kindje zou dit worden? Deze laatste vrucht van zijn liefde. Daarvan was ze overtuigd, want Dirk toonde nooit meer enig verlangen naar haar. Zelfs een kus kreeg ze niet meer voor het slapen gaan. Ze had het verschrikkelijk gemist. Ze moest nu ook in alle eenzaamheid het kind ter wereld brengen.

Moeder Leeuwestein was druk doende met het klaarleggen van het babygoed. Dirk had de dokter opgebeld, want ze hadden sinds een maand telefoon. Dokter zou zelf de bevalling doen, omdat hij wist dat de jonge vrouw er niet zo goed aan toe was. Deze keer was het echter niet het lichaam, dat hem zorgde baarde. Het was de vrouw zelf, die haar levenslust verloren had, en dat was altijd gevaarlijk.

Suus lag stil en liet de pijnen komen en gaan. Deze keer was er geen ongeduldige Dirk die uit de kraamkamer moest worden geweerd, maar hij liep op het veld om toezicht te houden op het eggen, alsof het een dag als alle andere was. Suus verlangde wanhopig naar hem, maar had geleerd die gevoelens te verbergen.

Een enkele maal vroeg ze zich af of Dirk precies zo had geleden in de tijd dat ze zich nog niet bewust was van haar gevoelens voor hem. Had hij evenveel pijn gehad bij de wetenschap dat de liefde vroeger alleen van zijn kant was gekomen? Bij zulke gedachten kwamen de tranen in haar ogen, al dacht moeder dat het van de weeën kwam.

'Deze keer gaat het niet zo lang duren als de vorige keer, vrouw Leeuwestein,' mompelde de dokter goedkeurend. 'Alles gaat zoals het moet.'

Nee, dacht ze, en ineens voelde ze een wilde paniek die zelfs de pijnen van de weeën in de schaduw stelde. Nee, zo kón, zo wílde ze het kind niet ter wereld brengen, de vrucht van de liefde die Dirk eens voor haar gevoeld had, al had ze toen nog niet geweten hoeveel hij voor haar betekende. De negen maanden die sinds de ontvangenis verlopen waren, leken haar een mensenleven toe. Ze moest Dirk zien. Hij moest weten dat ze van hem hield. Hij zou het eindelijk moeten geloven. Een half jaar lang waren ze als vreemden naast elkaar hun eigen weg gegaan. Als Dirk vandaag niet geloofde dat haar gevoelens oprecht waren, zou hij dat nooit meer doen. Hij moest haar geloven!

'Dokter,' zei ze en keek hem met grote ogen aan. Die vriendelijke, grijsharige man, die zoveel begreep... veel meer dan je zei, hèm kon ze vertrouwen. 'Dokter,' hijgde ze voor een nieuwe wee haar lichaam in tweeën leek te scheuren. Ze wachtte tot de pijn weer voorbij was. Zo ging dat met weeën, hoeveel pijn je ook leed, het ging altijd weer over. Zelfs al was je zo moe dat je dacht dat je niets meer verdragen kon.

'Het schiet goed op, vrouwtje. De ontsluiting is bijna volledig.'

'Ik moet u alleen spreken.'

'Nu?'

'Ja, nu,' zei ze gejaagd en ze keek schichtig naar moeder Leeuwestein, die haar verwondering niet verborg, maar op een wenk van de dokter toch de voorkamer verliet.

'Zeg het maar, vrouw Leeuwestein. Is het onmogelijk je kind te krijgen met een bezwaard gemoed?'

'Zo is het niet helemaal.' Suus moest een beetje huilen omdat de emoties zo hoog zaten. 'Ziet u, er is iets gebeurd tussen mijn man en mij, hij denkt dat ik niet meer van hem hou, maar dat is wel zo, hij... wij...' Ze kermde licht bij een nieuwe pijnscheut, anders deze keer, de persweeën gingen komen, wist ze nu. Veel tijd was er niet meer. 'Laat hem halen, dokter. Ik wil het kind niet krijgen zonder hem.'

'Ja, ja, ik zie het al. Zelfs in barensnood nog om die kerel denken. Nu goed, ik zal iemand sturen om de baas te halen.'

Even later holde Pieternel dwars door de pas geëgde akker. 'Baas, baas, de dokter zegt dat u onmiddellijk moet komen.'

Dirk kwam geschrokken naar huis, aarzelde in de deur van de kraamkamer, maar werd door de dokter naar binnen getrokken. 'Dat vrouwtje van je kan het kind niet krijgen zonder jou. En als ik jou was, zou ik maar goed naar haar luisteren. Ik kende je al, Leeuwestein, toen je nog een snotneus van drie turven hoog was, en ik weet ook heel goed hoe een man kan lijden onder valse trots. Maar als je dat vrouwtje van je in leven wilt houden, zou ik die nu maar van me afzetten.'

Hij stapte de gang weer in met de mededeling dat hij vijf minuten weg was om in de keuken een kop koffie te drinken. Verward keek Dirk de kamer rond, waar hij plotseling alleen met Suus was achtergebleven. Suus, die zachtjes kermde onder een nieuwe perswee, maar die niet aan de geboorte kon meewerken voor ze had gezegd wat haar hart zo bezwaarde. Hij bleef aarzelend voor het ledikant staan... van streek omdat hij zag hoeveel pijn ze had. Hij had nooit vermoed dat het zo'n pijn deed om een kind te krijgen.

De wee ging voorbij en Suus opende de ogen. Ze hijgde licht. 'Ligt er nog een waslap, Dirk? Was mijn gezicht eens af. Ik heb het zo ontzettend warm.'

Hij deed het, met aarzelende en onhandige bewegingen. 'Wil je wat drinken?' vroeg hij links.

'Nee, dat mag niet. Eerst moet het kind er zijn.'

'Wat is er dan? Gaat het niet goed?'

'O, deze keer gaat alles goed. De dood ligt niet op de loer, zoals met de geboorte van de tweeling.'

'Gelukkig maar.'

Suus probeerde zich op te richten, maar ze was zo moe.

'Gelukkig, Dirk? Ik dacht juist dat je me nu wel kwijt wilde.'

'Nee, dat is niet waar.'

'Dirk, dit kind is het resultaat van jouw liefde voor mij. Daaraan lig ik aldoor te denken. Ik kan het niet krijgen als je niet gelooft dat ik daarna heb ontdekt dat ik ook van jou hou, Dirk. Na die ene, vreselijke dag hebben we er nooit meer over gepraat, maar nu moeten we dat doen, Dirk.'

De pijn begon opnieuw, ze greep zijn hand en kneep erin, zo hard ze kon. Ze moest de tanden in haar lip zetten, tot bloedens toe, om het niet uit te schreeuwen. Het duurde nu niet lang meer, wist ze. Dit kind drong zo aan om in de wereld te komen.

'Mijn God nog aan toe, Suus. Ik ga de dokter roepen.'

'Nee, nee, je moet bij me blijven, je mag niet weggaan nu, me niet alleen laten. Zo alleen als ik aldoor geweest ben,' hijgde ze midden onder de pijn. 'Ik kan het niet langer verdragen, Dirk.'

De pijn ebde niet meer helemaal weg, maar zette direct met hernieuwde kracht in, nog heftiger. Suus' lichaam kromde zich onder deze ene wee, die het kind voortstuwde dat zich niet langer van deze wereld liet houden. Omdat Suus zijn hand omklemde, zoals een drenkeling dat deed met de hem toegestoken boei, schreeuwde Dirk wanhopig: 'Dokter, dokter!' Al had hij vele malen zijn dieren verlost, zijn vrouw, dat was toch iets heel anders. Hij herinnerde zich dat de baker hem de vorige keer had gezegd dat mannen niet in de kraamkamer hoorden, nu, dat was waar, hij voelde zich een onhandige kleine schooljongen. Suus had de ogen dicht. Ze schreeuwde nu omdat ze het niet langer in kon houden. Haar lip bloedde en haar gezicht zag donkerrood van de inspanning. De dokter stond ineens naast hem, griste in de spanning het laken weg, waaronder hij tot nog toe zijn werk had verricht, want het was nu eenmaal niet fatsoenlijk als een vreemde man het onbedekte lichaam van een vrouw zag. Zelfs niet in barensnood. Maar even vreesde hij dat er werkelijk iets mis was en hij had maling aan de fatsoensbegrippen als er een leven mee gemoeid was.

Toen zag Dirk hoe het hoofdje al buiten het moederlichaam was gekomen, hoe de dokter niets anders hoefde te doen dan het tere babylichaampje verder naar buiten helpen. Een klein dochtertje gleed de wereld in, terwijl hij als een geslagen hond stond toe te kijken.

'Weg jij, weg jij,' bromde zijn moeder, die achter de dokter uit de keuken was komen rennen en haastig het laken teruglegde, maar Dirk bleef als aan de grond genageld staan. Suus bewoog niet meer en kermde ook niet langer. Was ze dan toch dood gegaan, in die ontzettende pijngolf?

Een felle onrust joeg het leven in zijn lijf terug. 'Suus!' Hij schudde haar zodat ze de ogen opende.

'Ga weg, Dirk, het is achter de rug.'

'Het is een meisje, net zoals ik had gehoopt,' fluisterde hij opgetogen en voor het eerst in vele maanden zag ze het leven in zijn ogen terugkeren. Ze probeerde te glimlachen, maar in plaats daarvan moest ze alleen maar huilen.

'Niet doen, Suus. Alles is nu in orde,' fluisterde Dirk aangedaan. Ze huilde nog harder. De pijn was weg en Dirk was weer even teder als vroeger. Ze voelde alleen nog een vage pijn toen de nageboorte kwam, maar dat was alles.

'Ga nu maar naar de keuken, Leeuwestein,' bromde de dokter met glimmende oogjes. 'Je hebt meer gezien dan menige andere kerel.'

'Ik had het voor geen goud willen missen,' zei Dirk ontroerd. 'Zoiets zouden alle mannen moeten meemaken, dokter. Als ze wisten hoe een vrouw moet lijden om een kind ter wereld te brengen, zouden ze misschien meer respect voor hen hebben.'

'Zo is het, Leeuwestein, maar met alle respect van mijn kant, nu moet je weg wezen.'

Een half uur later stond de dokter in de keuken en vroeg om een borrel vanwege de goede afloop. 'Wees er maar trots op, Leeuwestein, Zo'n vrouwtje hebben er niet veel. Ik zie er maar weinig die zo aan hun kerel hangen.'

Dirk boog zijn plotseling roodgeworden hoofd, maar gaf geen antwoord. Gezamenlijk sloegen de mannen hun borrel achterover, terwijl Pieternel mopperde dat ze de kandeel zou halen, die ze tijdens de baring vast had gekookt.

'Twee zoons en een dochter,' mompelde Dirk na de eerste lepeltjes kandeel. 'Het kan niet mooier, dokter.'

'Laat je vrouw er niet elk jaar een krijgen, dan heb je lang plezier van haar. Ik ga maar eens opstappen. Je moeder kan het nu verder zelf wel af. Ga nog maar even bij je vrouw kijken en laat haar dan slapen. Ze schijnt zich erg ongerust gemaakt te hebben, de laatste tijd.'

'Ja, dokter, maar dat was niet nodig.'

'Zeg haar dat dan,' bromde de oude man vaderlijk, waarna hij in de stal op zoek ging naar zijn knecht, die hem naar het dorp terug moest rijden.

'Suus.'

Ze opende haar ogen, die al zwaar werden van vermoeidheid. Toen ze zag dat het Dirk was, werd ze ineens klaarwakker.

'Ik heb hier een kopje kandeel voor je.'

'Pieternel heeft me al koffie gebracht.'

'Hoe voel je je nu?'

'Moe, maar dat hoort zo.'

'Alles is goed, hè?'

Suus keek hem aan. 'Is dat zo, Dirk?'

Hij boog zich en kwam op de rand van het bed zitten. 'Heb ik me dan echt vergist, die keer?' vroeg hij ootmoedig, zodat Suus het niet helpen kon of de waterlanders kwamen weer te voorschijn.

'Kijk mij nou. Ik huil vandaag meer dan in heel mijn leven bij elkaar. Dirk, ik heb je zo gemist. Ik kón zo niet verder leven. Als je niet gekomen was, geloof ik dat ik liever was doodgegaan.'

'Je gaat zomaar niet dood. Ik zou het niet goed gevonden hebben.'

Ze lachte door haar tranen heen. 'Malle.'

'Ik hou van je, Suus, nog steeds. Maar je hebt er geen idee van' hoe je me gekwetst hebt.'

'Toen niet, maar nu wel. Deze maanden waren onverdraaglijk.'

'Voor mij ook, maar dat is nu voorbij.'

'Gelukkig maar. Ik hou echt van je, hoor.'

'Ik geloof je nu wel.' Hij glimlachte. Haar ogen vielen eindelijk als vanzelf dicht. De bevalling en vooral de heftige emoties eisten hun tol. Suus moest slapen om weer nieuwe krachten op te doen. Dirk sloop op zijn tenen de kamer uit.

Toen Suus weer wakker werd, hoorde ze veel stemmen in de keuken. Die van Mineke klonk boven alles uit. Arme Mineke, ze moest haar waarschuwen voor Barend, maar of het helpen zou?

Ze tilde haar hoofd op. 'Moeder?'

Sanne van Bressij had stilletjes in een stoel naast de kachel gezeten om te wachten tot haar dochter weer wakker werd.

'Zo, lieverd, heb je lekker geslapen? Ik ben meteen gekomen toen ik hoorde dat het je tijd was.'

'Ik ben zo blij dat u er bent. Hoe laat is het?'

'Zowat tijd voor het avondeten. Heb je trek?'

'Nou en of.'

'Mooi. Ik heb krachtige bouillon voor je meegebracht.'

'Lekker. Heeft u haar al gezien?'

Moeder glimlachte. 'Het is een schatje. Hoe gaat ze heten?'

'Dat weet ik nog niet. We kunnen niet nog een Suzanne in de familie hebben, hè?'

'Noem haar maar Arendina, naar je schoonmoeder. Je zou haar er heel gelukkig mee maken.'

'Eens heb ik mezelf gezworen dat nooit te zullen doen.'

'Ze heeft je het leven heel moeilijk gemaakt, ja?'

'O, moeder. Ik kan niet zeggen hoe moeilijk.'

'Reken je haar dat nog steeds aan?'

'Ik weet het niet meer. Ik geloof van niet, maar ik kan het ook niet vergeten. Ze is wel veranderd, na de storm, maar toch... Sinds die tijd is ze zelfs wel vriendelijk voor me. Ik wilde dat ik kon geloven dat ze zo bleef. Dat ze het meent.'

'Dat doet ze ook, meisje. Ik weet het zeker.'

'Dan zal ik het ten slotte ook maar geloven, hè, moeder?'

'Goed zo. Denk je dat je haar dan ten slotte kunt vergeven wat ze je heeft aangedaan?'

'Waarom deed ze het, moeder? Dat heb ik nooit begrepen.'

'Ze hield zielsveel van haar enig kind. Dat was de enige fout die ze maakte, Suus. Ze kon hem niet loslaten en nog minder met een ander delen. Ze was jaloers op zijn liefde voor jou.'

'Dat was niet nodig.'

'Ik denk wel dat ze daar inmiddels zelf achter gekomen is.'

'Zou het?'

De wijze Sanne knikte met een blik van rustige liefde in haar ogen. 'Jawel. Denk daaraan, dan kun je ook vergeven, Suus. Vergeving is een groot goed. Dat leert de Bijbel ons ook. Zonder vergeving kunnen wij geen van allen een goed christen zijn.'

Suus glimlachte bevrijd. 'Ja, moeder, nu het tussen Dirk en mij goed is, kan ik haar ook wel vergeven. Liefde kan een mens tot vele dingen drijven, dingen die je in je wanhoop anders nooit zou doen, hè? Daar ben ik zelf ondertussen ook wel achter gekomen. Het is haar vergeven. Het stoort me niet langer en tegenwoordig is ze werkelijk aardig voor me, eerlijk is eerlijk.'

'Noem je dochter dan rustig naar haar. Dat zal nu geen pijn meer doen.' De beide vrouwen lachten samen in innige verbondenheid, toen stond moeder op om in de keuken een kop warme bouillon voor de kraamvrouw te halen.

Later kwamen ze allemaal naar de kraamkamer. Dirk, haar beide ouders, haar zusje en ook moeder Leeuwestein. Er werd beschuit met muisjes rondgedeeld en de pasgeboren baby werd wakker van de drukte. Ze liet een paar klagelijke geluidjes horen, wat de beide grootmoeders naar de wieg deed snellen. Omdat ze niet in een bedstee sliepen, had het kind een echte wieg en geen krib om in te liggen.

'Neemt u haar maar, vrouw Leeuwestein,' zei Sanne van Bressij glimlachend.

'Nee, nee, de eer is aan u. Ze zal wel naar u heten, het wicht.'

Suus tilde het hoofd op. 'Nee, moeder, het kind heet Arendina, naar u. Als er nog eens een kindje komt, is het weer de beurt aan de Van Bressij's, maar deze keer is het een klein Dientje.'

Warempel, nu huilde moeder Leeuwestein en dat had Suus nog nooit gezien. Zelfs niet toen vader stierf. De dankbare blik van Dirk deed haar een brok in de keel schieten.

'Dientje,' mompelde Dries van Bressij, met een nadenkende blik in zijn ogen die er nog was toen ze werden onderbroken door Pieternel, die Woutertje en Driesje binnen bracht om even naar hun zusje te kijken, voor ze moesten gaan slapen. 'Met een Dientje is voor onze familie een roerige geschiedenis begonnen. Ik heb de familiebijbel meegenomen, om daar de naam van het nieuwe kind in te schrijven. Haal het Boek eens, Mineke. Het ligt nog in de keuken. Ik heb er na het eten uit gelezen. Een psalm, mijn kind.'

'Vertel eens, vader, over vroeger. Over die eerste Dientje. Hoe zat dat precies?' smeekte Suus.

Dries van Bressij sloeg de eerste bladzij op van de oude familiebijbel van Maesvreugt. 'Hier staat het. Mijn grootvader, ook een

Andries, was getrouwd met Magda den Hartigh, maar dat was een ongelukkig huwelijk en hij kreeg een kind bij een dienstbode. Dat was de eerste Dientje. Later is grootvader toch nog met zijn Nelleke getrouwd. Ik herinner me haar nog goed. Ze was heel lief en moederde over ons. Toen ze eenmaal was gestorven, ging grootvader ook heen, van puur verdriet. Ze konden niet zonder elkaar, die twee. Tante Dientje zegt dat dat altijd zo geweest is.'

'Wat is dat allemaal al lang geleden, hè?'

'Tante is nu in de zeventig, dus kun je nagaan. En dan was er ook nog die geschiedenis van mijn vader, Hendrik. Hier staat hij. Die kreeg een ongeluk op de Buitensluisse paardenmarkt. Hij was toen getrouwd met je tante Sabina, die later naar Maasdam ging om met de schoolmeester daar te trouwen. Een schoolmeester voor een boerendochter. Dat gaf me een opschudding.'

Ze lachten allemaal, omdat moeder verongelijkt opmerkte: 'Sabina is anders best gelukkig met haar boekenwurm.'

'Ja, ze leest tegenwoordig zoveel dat ze net zo geleerd dreigt te worden,' zei Dries hoofdschuddend. Het was iets dat hij maar niet begrijpen kon. Wie las er nu een boek als je met je blote handen de eerlijke aarde kon bewerken?

'Zelf hebben we ook al het een en ander meegemaakt,' peinsde moeder. 'Ik herinner me hoe je van streek was na de ramp met de stoomboot, de 'Nieuwe Maas', weet je nog, Dries, toen de tram en zelfs de brug er nog niet waren?'

'Nu je het zegt, dat lijkt al lang geleden, vrouw.'

'Dat is het ook,' mompelde Sanne. 'Meer dan vijfentwintig jaar.'

'Ik zag een jong meisje voor mijn ogen verdrinken. Pietje heette ze, dat vergeet ik nooit van mijn leven. Ik heb er jarenlang van gedroomd, zelfs nog nadat wij getrouwd waren, Sanne.'

'En toen kwam ik,' grinnikte Suus.

'Ja, en nu is er alweer een nieuwe generatie. Jij hebt kinderen die Mastland zullen voortzetten. Mineke wil naar de stad om voor onderwijzeres te gaan leren en na mij zal Hendrik Maesvreugt overnemen. Hendrik wordt een goede boer. Gelukkig aardt hij naar mij, naar alle Andriessen. De vroegere Hendrikken hadden niet allemaal een even aangenaam karakter. Hij zal over twee maanden eveneens een getrouwd man zijn, Suus.'

'Genoeg over het verleden nu,' vond Dirk. 'Nu is het tijd voor de toekomst. Laten we het glas heffen op onze toekomst, Suus, op die van onze kinderen en van de hele generatie jongeren, die na ons het heft in handen zullen nemen en zullen zorgen voor dat, wat wij in ons leven hebben opgebouwd.'

Ze maakten het niet laat, die avond, maar het was de gelukkigste avond van Suus' leven geworden. Om zo bij elkaar te zitten, de hele familie, zonder één onvertogen woord. Het tedere gebaar, waarmee moeder Leeuwestein haar wang had gestreeld, voor ze naar bed ging. De rust en de levendigheid op Dirks gezicht, die maanden weg waren geweest en er nu weer waren. Nu was alles goed, wist ze. Alles was ten slotte toch in orde gekomen. In stilte zond ze een dankgebed omhoog, toen Dirk de nachtronde deed, zoals hij elke avond gewoon was te doen om zelf te zien of alles op de boerderij in orde was voor hij naar bed ging.

Toen hij terugkwam en zijn kleren over een stoel hing, keek Suus hem met glinsterende ogen aan. 'Ik had nooit gedacht dat ik me nog eens zo gelukkig zou voelen, Dirk.'

Hij glimlachte. 'Ik ook niet. Ik verwonder me er nog steeds over dat alles zo goed terechtgekomen is.'

'Ik ook,' antwoordde Suus en ze lachte niet langer. Ze keek hem ernstig aan. 'We weten nu, dat we niet zonder elkaar kunnen leven, Dirk. Laten we voortaan zuinig zijn op ons geluk. Er mag nooit meer iets tussen ons komen. Zolang jij en ik samenzijn... zolang zullen we alles aan kunnen. Er zal op onze weg heus nog wel eens een kruis komen om te dragen, maar ik ben er niet bang voor, Dirk. Jij en ik, zo is het goed. Samen kunnen we alles aan.' Ze glimlachte onder zijn kus.

'Het is dat je een kraamvrouw bent,' mompelde hij, nadat hij als vanouds de petroleumlamp laag had gedraaid.

'Nog even geduld. Er zal nog wel meer veranderen, niet? Ik kan nauwelijks wachten tot het zover is.'

'Wat zeg je me daarvan!' zei hij verwonderd en hij was zo verbaasd dat ze nog lange tijd in het donker moest lachen.

TENSLOTTE

De geschiedenis van de Hoekse Waard is veelbewogen. Deze romancyclus heeft hiervan slechts een gedeelte kunnen weergeven, omdat het romans zijn en geen geschiedenisboeken. Toch hoop ik erin geslaagd te zijn de lezer een beeld te schetsen van het boerenleven in een veelbewogen tijd, waarin veel veranderde.

De afgesloten samenleving, die we in het eerste deel, *Gebonden schoven,* aantreffen, ondergaat grote veranderingen door rampen en landbouwcrises, maar bovenal door de komst van een vaste oeververbinding en later de stoomtram. Daardoor werd de eeuwenlange isolatie opgeheven. De toen uiterst moderne ontwikkelingen hadden grote invloed op de samenleving. Arbeiders konden nu in de stad vaak beter betaald werk vinden. Anderen emigreerden naar Amerika, om daar iets te bereiken. De mechanisering in de landbouw kwam op gang en ook het godsdienstige leven bleef niet onaangeraakt door de nieuwe tijd. Zo zien we in *De laatste strohalm* en *Als het koren is gerijpt*, hoe de ontsluiting van het eiland tot stand komt. Tenslotte doet in het laatste deel, *Grazige weiden, vruchtbaar land*, de twintigste eeuw zijn intrede, waarin de veranderingen alleen nog maar versnellen.

Het wordt nooit meer zoals vroeger. Vaak wordt met nostalgie omgezien naar het boerenleven van weleer, dat vele goede kanten had, maar dat ook veel dingen kende waarnaar geen zinnig mens zou willen terugkeren. Ziekten als pokken en cholera, een onvoorstelbare armoede en godsdienstige verstarring tot in het uiterste, waarin men elkaar niet meer de vrijheid gunde het geloof te beleven zoals men dat wilde. Ik hoop dat dit vierluik ertoe heeft bijgedragen dat de lezer een meer genuanceerd beeld heeft gekregen van het boerenleven uit vroeger tijd. Zodat wij omzien in verwondering en niet langer met een heimwee dat ongenuanceerd was. Zodat wij trots kunnen zijn op dat, wat in de streek behouden bleef, maar ook verheugd in de wetenschap dat veel verdween waarvan we alleen maar kunnen hopen dat het nooit meer terug hóeft te komen. Zodat na het plezier in de romantiek ook een klein moment van bezinning past.

Gerda van Wageningen